ICHIJINSHA IRIS NEO

CONTENTS

悪役令嬢のはずなのに、氷帝が怖いくらいに溺愛してくる

1. 悪役令嬢ソフィア、氷帝に求められる

飴色《あめいろ》に輝くシャンデリアの下で、ご婦人方がひそやかに笑う。

彼女たちは扇で口元を隠しながら、ツバメがさえずるようにお喋《しゃべ》りを始めた。

「――美しく気高い氷帝はどんなご令嬢と結婚なさるのかしら？」

「皇帝陛下も二十一歳ですものね、そろそろご婚約されてもいい年齢だと思いますけれど」

「ですけど皆さん、あの『氷帝』よ？　真冬の湖のような氷の眼差《まなざ》しが、特別な誰かを見つめてとろけることがあるのかしら」

「美しい薔薇《ばら》には棘《とげ》がある……と言いますものね」

「あら、氷帝がひとりでいるのは、彼自身に問題があるとおっしゃりたいの？　わたくしはね、麗《うるわ》しい彼に釣り合う女性がこの世に存在しない――それが一番の問題だと思っていますわ」

「確かにそうね」

「氷帝の隣に並ぶならば、この上なく美しいご令嬢でないと、わたくし納得できないわ」

「そして優雅で」

「陽気で、温かみがあるといい――だって千年とけぬと言われた氷をとかさなければならないもの」

「それから謎めいた存在であってほしい。『氷帝の隣に並ぶ、あの素敵なご令嬢はどなたなの？』とわたくしびっくりしたいわ」

「だけどそんなご令嬢がいらっしゃるかしら？」

「どこにもいない」

「では氷帝はずっと孤独なままね」

＊＊＊

皇宮の正面玄関前に一台の馬車が停まった。

今宵開かれるパーティーに参加するため、豪華絢爛《けんらん》な装《よそお》いの貴族たちが、これまでに大勢この場所を通過している。

馬車寄せに待機していた皇宮使用人は、慣れた様子で馬車に近寄った。踏み台を設置し、扉を外から開け、貴人が出て来るのを待つ。

初めにドレスの裾と、華奢《きゃしゃ》な靴の先端が視界に入った。

まるで羽根が舞うような軽やかな動き。

伏し目がちに控えていた皇宮使用人は驚きを覚えた。馬車から降りる際は段差があるし、たいていのケースでかなりモタつくものだが、この客人の動作は見事なまでに滑らかである。

「――ありがとう」

こちらの介助に対して、気取らないお礼の言葉が返された。温かみのある綺麗《きれい》な声だ。

皇宮使用人がそっと顔を上げると、視線の先には――……馬車から颯爽《さっそう》と降り立つ、ひとりの令嬢の姿が。

鮮烈で、清らかで、眩暈《めまい》がするほどに美しいその女性は、楽しげに微笑《ほほえ》みながらパーティー会場に

向かって歩き始めた。

＊＊＊

パーティーに参加する者は、ふたつのタイプに分けられる。

それは『馴染《なじ》める者』と『馴染めない者』――そのどちらかである。

田舎者を自負するヘストン子爵夫人は明らかに後者だった。社交は貴族の義務だから出席しているものの、毎度毎度、こうして華やかな場所にやって来ることが苦痛で仕方ない。

ヘストン子爵夫人は隣に立つ夫に話しかけた。

「これから地獄の数時間を我慢しないとね」

気質の似ている夫も『やれやれ』という顔をしている。

ふたりは会場に入る気になれずに、まだ廊下の端に佇《たたず》んでいた。気持ちは暗く沈んだままだ。どうせ今日もいつもと同じことが繰り返されるのだろうから。

ところがこの日は様子が違った。

――カツ、カツ、カツ、カツ、カツ、カツ――。

背後から小気味良い足音が響いてくる。これを聞き、ヘストン子爵夫人のどんよりした顔が少しだけ変化した。

ああ、なんて素敵な足音なのかしら……湧き上がって来たのは奇妙な感想。

ただの足音なのに、軽やかで、生き生きとしていて、注意を引かれる。まるで上品で陽気なワルツ

を聴いているかのよう。

不思議な高揚感を覚えて振り返ると、廊下を歩いて来るひとりの美しい令嬢が目に留まった。

「まぁ……」

ヘストン子爵夫人は思わず感嘆の声を漏らしていた。

こんなに綺麗で健康的な女性を初めて見たわ……。

きらめくハニーブロンドの髪は癖がなくサラサラで、アイラインはアーモンド形で品が良く、どこか気を惹《ひ》く色気と、あどけない清潔感が絶妙なバランスで交ざり合っている。ゴージャスで清楚《せいそ》でキュートで、いつまでも眺めていたくなるような素晴らしい容姿だ。

そして圧巻のスタイル。

腕やウエストはかなり華奢であるが、胸のあたりはボリュームがあり、メリハリがあってラインが美しい。

その令嬢はあざやかな緑のドレスを身に纏《まと》っていた。

なんて素敵なの……。

うっとりと見惚《みと》れていると、視線を感じたのか、令嬢がこちらに顔を向けた。

ヘストン子爵夫人は『相手は冷めた顔つきで、すぐに目を背けるに違いない』と考えていた。華やかなあの令嬢は、地味なオバサン貴族にジロジロ見られて内心不快に感じつつも、時間の無駄とばかりにスルーするだろう。そもそも上位者はこんなふうに廊下でぼうっと時間を潰したりはしないものだし、ヘストン子爵夫人が相手から侮《あなど》られる要素はいくらでもある。

けれどその予想は見事に裏切られた。

その令嬢が物柔らかに瞳を細め、しっかりとヘストン子爵夫人と視線を合わせたのだ。

そしてキュートなウインク――陽気でフレンドリーで、邪気の欠片《かけら》もない仕草である。

ごきげんよう、どうかあなたもパーティーを楽しんで――そんなふうに視線で語りかけられた気がした。

ヘストン子爵夫人は動転し、頬を赤く染めた。

すると令嬢がにこりと人懐こく微笑んでくれ、颯爽と目の前を通り過ぎて行く。

彼女が堂々とした振る舞いで会場に入って行くのを見送ってから、ヘストン子爵夫人は呟《つぶや》きを漏らした。

「私、あんなに素敵なお嬢さんを見たのは、生まれて初めてよ」

かたわらの夫も呆気《あっけ》に取られている。

「しかし……どこのどなただろう？　あれだけ目立つ容姿なのに、今日初めて見るなんて」

確かにそう……ふたりは狐《きつね》につままれたように視線を交わした。

＊　＊　＊

その美しい女性がパーティー会場に足を踏み入れた瞬間、入口付近にたむろしていた貴族たちの顔つきが変わった。

え……とんでもない美女が登場したのだけれど……一体誰？

全員が瞳に困惑の色を浮かべる。

色あざやかな緑のドレスを完璧に着こなした彼女は、ただ者ではないオーラを放っている。振る舞いが洗練されているので、名家の令嬢であると思われるのだが、不思議なことにこの場にいる誰ひとりとして、彼女が何者なのか言い当てることができない。

するとそこへ四十代半ばの洒落《しゃれ》た紳士が現れた——あれはブラックトン侯爵だ。

周囲がざわつく。婦人たちは強い興味を引かれ、扇の陰でこっそり言葉を交わした。

「大物が登場なさったわ……さて、あのご令嬢とどんなご関係なのかしら」

ブラックトン侯爵は華やかで押しの強い貴族らしい貴族であり、いつもはパーティー会場の上座から離れず、一流の人しか相手にしない。そんな彼がこうしてわざわざ入口付近まで出て来て、くだんの令嬢のもとに早足に近づいて行くのだから、嫌でも皆の関心を引く。

「もしかして愛人——とか？」

「ブラックトン侯爵は女性関係も派手だけれど、皇宮のパーティーに愛人を連れ込むような無粋《ぶすい》な真似《まね》はなさらないはずよ」

ご婦人たちがヒソヒソ話していると、緑のドレスを着た令嬢が、やって来たブラックトン侯爵を見返してにっこりと邪気のない笑みを浮かべた。

そして衝撃の挨拶。


「——はぁい、元気？　あなたが私のお父様？」

どよどよ……周囲は大混乱だ。

「え、今、『お父様』って言った？」

「ええ、そう聞こえたわ……じゃあふたりは親子？」

「だけど『娘』が『親』に対して、『あなたが私のお父様？』って訊《き》く？　顔を知らないの？」

その場にいた全員がブラックトン侯爵と令嬢を凝視する。

ちょっと待って、そういえば……ブラックトン侯爵には息子のほかに娘がいて、少し問題のある子だったため、まだ子供のうちに外国へ追い払ったという噂《うわさ》がなかったかしら？

では彼女が、その……？

陽気に微笑む令嬢と対照的に、声をかけられたブラックトン侯爵は顔を引きつらせている。

＊＊＊

ブラックトン侯爵はすっかり大きくなった娘を前にして、戸惑いを隠せない。

それはまるで地面に落ちている毛玉を眺めて、『これは丸まったハムスターの背中なのか？　それとも別の何かなのか』と考えているような顔つきだった。

「……七年前まで同居していただろ。父親の顔を覚えていないのか」

七年前といえば、ソフィアは当時十二歳。子供の頃に家を出て、長いあいだ外国のマルツで暮らしていたとはいえ、親の顔を忘れてしまうほど幼齢のうちに別れたわけではない。

ブラックトン侯爵の皮肉を、ソフィアはおおらかに受け流す。

「もちろんお父様のお顔は覚えていますけれど、結構老けちゃったから、一応確認しておこうか

な、って」

「そりゃ七年もたてばな！」

「あと、背が縮んだ？」

「お前の背が伸びたんだ！」

ソフィアは『なるほどぉ』と納得し、ふたたび満面の笑みを浮かべた。そしてさっと両手を広げ、『さぁほら！』のアピール。

「……なんだ、そのポーズは」

ブラックトン侯爵は警戒したままだ。

「再会を喜ぶハグをしましょう、お父様」

そう促され、ブラックトン侯爵の顔つきがさらに微妙になった。とはいえハグを拒否するのも大人げないような気がしたため、彼はぎこちなくこれに応えた。

親愛の欠片もない、よそよそしい触れ合い――ブラックトン侯爵は娘の背をポンポンと軽く叩《たた》き、さっと身を引いた。

一方、ソフィアのほうも『なんか違う』感を醸し出していた。ハグのマナーは『親愛』の気持ちを示すことであるから、父のやり方では落第点だ。ソフィアは愛想笑いをしたまま、微《かす》かに右の口角を下げ、『しっくりこないわ～』みたいな目でブラックトン侯爵を眺めた。

「それでお父様、外国のマルツで伸び伸ーび楽しく暮らしていた私を急に呼び戻して、理由はなんですの？」

ソフィアの話し方は元気で生き生きしている。対し、ブラックトン侯爵のほうは苦い声で語る。

「お前に大事な話がある」

「あら」

ソフィアは瞬きしてから言葉を続けた。

「ねぇお父様、私、七年ぶりに故郷ガーランド帝国に戻りましたのよ」

「知っている」

「つまりこれは七年ぶりの、感動の親子対面！」

「だからなんだ」

「まず褒めてほしいわ！」

「褒める？　何を？」

「旅程がキツキツだったのに、私はこうしてちゃんと間に合わたせたでしょう？　義理堅く、お父様が指定した時間ピッタリにパーティーに現れた。侍女のルースにも頑張ってもらったわ。おかげでドレスの着こなしは完璧――私って偉い！」

「ああ、そうだな、偉い偉い、ご苦労さん」

ブラックトン侯爵は軽くあしらい、本題に入ろうとする。

「ええと、それでだ――」

「待った」

ソフィアは手のひらを父に向けて黙らせる。

「込み入ったお話を、ここでなさる気？」

そう問われ、ブラックトン侯爵は周囲を見回した。

確かにソフィアの言うとおりで、ここは入口付近とはいえパーティー会場であるから、内密の話をするには適していない。野次馬たちが近くで聞き耳を立てていることに気づき、不機嫌に咳払《せきばら》いをする。

ブラックトン侯爵に睨《にら》まれ、下位貴族たちは青ざめた。

それを冷ややかに眺めながら、ブラックトン侯爵は『これで目障《めざわ》りなやつらはすぐ消える』と考えていた。ところが、

「だめですわ、お父様」

ソフィアが人差し指を立て、『ノンノン』と左右に振ってみせるではないか。

「何がだめなんだ！」

「お願いごとがある時は、笑顔で——気持ち良く、協力していただかないと」

父に駄目出しをしてから、ソフィアは見物人たちに向けてにっこりと微笑みかけた。

「皆様、ごめんなさいね——至らない父で」

「おい！」

「親子水入らずのお話があるようなので、少しそっとしておいていただけるかしら？」

縮み上がっていた見物人たちが、可愛《かわい》いソフィアに微笑みかけられて、ほんわかと頬を染めて遠ざかって行く。

ソフィアはニコニコしながら彼らに手を振ってみせた。

ブラックトン侯爵は娘の無邪気なやり口に相容《あいい》れないものを感じ、ゾッと鳥肌が立ったのだが、面倒なのでさっさと話を終わらせることにした。

「あー……お前を呼び戻した理由だが、婚約者との顔合わせのためだ」

「へぇ！　お父様の婚約者？　とうとう再婚なさるの？」

「馬鹿、そもそも離婚しとらんわ！　お前の母親は今もまだ私の妻だ」

「だけど私、お母様とまだお会いしていないわ」

「今夜のパーティーは欠席しているだけだ。そのうち会える」

「じゃあ本当に離婚していないのね？」

「そう言っとるだろ」

「それじゃあ重婚ですわ、お父様――妻子持ちのくせに『俺に可愛い婚約者ができた』じゃないですよぉ。もう大人なんだから、わきまえて」

「だから私の婚約者ではない！　お前の婚約者だ」

思ってもみない展開に、ソフィアは目を丸くして父の顔を見つめた。

「え！　私に婚約者がいるなんて、聞いていませんけどぉ！」

「今、聞いただろ」

「乱暴！」

人でなしを見るような視線を娘が向けてくるのだが、ブラックトン侯爵は平然とこの抗議を無視した。

「相手はテオドール・カーヴァー、公爵令息だ――分かるな？　うちは侯爵家、向こうはお偉い公爵家様様。越えられない爵位の差がある。そしてお前自身にも問題がある」

「私、何か問題がありましたっけ？」

「魔法の才能がないだろ」

確かにソフィアには魔法の才能がない。魔力がゼロだと判明したのは、十二歳で受けた魔力測定時だ。彼女が子供時代に家を出ることになったのは、このことが原因だった。

ガーランド帝国の上位貴族は、魔法を使えないと差別を受ける。男子なら嫡男でも相続権を失うし、女子ならまともな縁組はもう望めなくなる。

落ちこぼれとみなされたソフィアは実家で邪魔者扱いされ、ブラックトン侯爵家を追い出された。

彼女が虐げられる原因となった魔力の話題だ――普通ならこれを持ち出されたら動揺する。

けれどソフィアは陽気なお馬鹿娘であるので、父親に嫌味を言われても、ちっとも凹《へこ》まない。

「だけどそのぶん可愛いでしょ、イエイ！」

「だからなんだ」

ブラックトン侯爵はイラッとして娘にすごんだ。

「とにかくお前は、ただただ婚約者に媚《こ》びるしかない立場だからな」

「えー……」

「えーじゃない」

「やーん」

「やーんじゃない、いいからしっかりやれ」

ブラックトン侯爵は娘の鼻先に指を突きつけ、一言一句区切りながら言い聞かせた。

「顔合わせは、これから――お相手のテオドールくんを連れて来るから、頑張って気に入られるんだぞ！」

＊＊＊

父が「テオドールくんを呼んで来る」と言ってその場を離れたので、ソフィアはそこで待つことにした。壁に飾られた絵画を眺めていると、

「君がソフィアか？　俺はテオドール・カーヴァーだ」

後ろから声をかけられ、くるりと振り返る。

テオドールと名乗った彼は、見上げるような長身のがっちりした体格の青年だった。年齢は二十代半ばくらいで、キャラメルブロンドの髪を綺麗になびかせている。

呼びに行ったはずの父が一緒ではないので、どうやら行き違ったらしい。

――「君がソフィアか？」と尋ねられたので、

「そうよ」ソフィアはこくりと頷《うなず》いてみせ、小首を傾《かし》げた。「なぜ私がソフィアだと分かったの？」

「ブラックトン侯爵から、『娘とはパーティー会場の入口で待ち合わせている』と伺っていたからな」

「そうだったのね」

納得したソフィアはにっこり笑った。

すると対面したテオドールはそれで打ち解けるどころか、真逆の反応を見せた。微かに顎を引き、戸惑ったような表情を浮かべたのだ。

――ソフィアの艶やかなハニーブロンド、きらめくような菫色の瞳を前にして、テオドールは少々まごついていた。ソフィアのドレスはビスチェタイプで、袖も肩紐《かたひも》もなく、布地があるのは脇から下

の部分――滑らかな体のラインがよく分かるデザインになっており、彼女はどこもかしこも――そう、鎖骨までもが美しいのだった。

テオドールが口を開きかけ、閉じ……ということを繰り返していると、彼の背後にぴったりと張りついていた小柄な女性が、焦《じ》れたようにテオドールの背を突いた。

それによりテオドールは、あらかじめ練習してきた台詞《せりふ》を思い出したという様子で、なんの前置きもなく喋り始めた。

「――ソフィア・ブラックトン、君との婚約を破棄させてもらう！」

「はぁ？」

ソフィアは目を丸くした。なんというかもう、ただただ理解不能の事態である。

そもそもソフィアは、つい五分前、自分に婚約者がいると聞かされたばかりなのだ。その事実すらまだ受け入れられていないのに、もう婚約破棄とは！

テオドールのやり口は、まるで手品師のそれだった。突然コインが出現したり、消失したり、というのを見せられているみたいな気分だ。こんなふうに好き勝手されたら目を丸くして固まるしかない。

ソフィアはお行儀よくその場に佇《たたず》んだまま、テオドールをじっと見つめ返した。

テオドールは婚約破棄宣言をしたあと、それ以上詳しく説明することもなく、どういうわけかソフィアの胸の膨らみを凝視し始めた。ソフィアが『なんなの？』と微かに眉根を寄せる中、テオドールの背後にいた女性が先に、彼の軽薄な態度に腹を立てた。

「ちょっと、テオ！　早く彼女にガツンと言ってやってよ！」

「あ、ああ」

テオドールは振り返り、カーリーなダークヘアの女性を慌てて引き寄せて紹介した。

「ええと、こちらは俺の子猫ちゃん——ゾーイ・テニソンだ」

ゾーイは勝気そうな瞳をソフィアに向け、これ見よがしにテオドールにしなだれかかった。

「ソフィアさん、私たち愛し合っているの。将来結婚するつもりなのよ。だからあなたの出る幕はないから。ちなみにね、ソフィアさん——あなたって魔力なしの落ちこぼれらしいけれど、今回あなたがフラれたのは、それとは関係ないことなのよ？　単に女として、私より劣っているというのが理由なの」

「そうなんだ。俺はゾーイと結婚する。だから君とは結婚できない。愛のない結婚はできないんだ」

「えー……」

ソフィアは眉尻を下げ、元気のない声を出した。

七年ぶりに故郷の土を踏み、こうして着飾って皇宮のパーティーにやって来た。

そもそも父から送られてきた手紙には『お前に良い話があるから、至急帰って来い』としか書かれていなかった。それでソフィアは、『屋敷で飼っているぶち犬が子犬をたくさん産んだから、一匹やる』みたいなハッピーな展開を期待していたのだ。

子犬はあとでもらうとして、とりあえずはこのパーティーを楽しもうと思っていたのに、出席してみたら予想と違った。お前に婚約者ができたと一方的に告げられ、しかもその男性はほかの女性の肩を抱き、仲睦《なかむつ》まじいところを見せつけてきた。

愛する人がいるならあらかじめ父に話を通しておいてよぉ……せっかくお洒落したのにぃ……。

しょんぼりするソフィアを眺め、なぜかテオドールは勝ち誇っている。

「俺と結婚したかったから、そりゃあがっかりしたよな」

「そういう意味で、がっかりしたわけじゃないけれどぉ」

「え、俺にフラれて、がっかりしたんじゃないのか？　こんなイケメンにフラれてショックだろう？　なんで？」

という間の抜けたやり取りをしていたら、突然横手から屈強な男性がふたり進み出て来て、テオドールの腕をぐっと掴《つか》んだ。

「――坊ちゃま、こちらへ」

坊ちゃま、と呼びかけているので、どうやら彼らはテオドール公爵家に雇われている使用人らしい。鍛え上げられた体や素早い身のこなしは護衛のように見えるが、不思議なことに彼らは、敵ではなく護るべき子息テオドールを威圧している。

彼らが有無を言わせず退去を促すも、本人はそれを振り払おうとする。

「いやまだソフィアが俺をイケメンと思っているかどうか、ちゃんと確認できてないから」

「いいから、こちらへ――婚約破棄だなんて馬鹿げたことを口走って、あとでお父上から叱られますよ」

「父上は俺の自由にさせてくれるさ」

「テオドール公爵は息子に好き勝手させる気がないから、こうして私たちをお目付け役としてここに派遣したのですがね！」

「いや、だけどな――」

お目付け役の人たちはそろそろ我慢の限界だったようだ。目には怒りが滲《にじ》んでおり、あれよあれよ

という間に軽薄なテオドールの口を塞いでしまう。そしてテオドールを羽交い絞めにしてどこかに運んで行った。

かたわらにいたテオドールの子猫ちゃんことゾーイ・テニソンも、「彼を離しなさいよ！」と喚《わめ》きながら一緒に退場して行く。

広間の入口付近とはいえ、テオドールのしたことは大変みっともないことであったので、かなり人目を引いていた。

ソフィアは人垣の向こうのほうで、父が額を押さえていることに気づいた。

身内の義務として近くに来てこの空気をどうにかしてくれるかと期待したのだが、ブラックトン侯爵は薄情にもこちらに背を向け、『私は関係ありません』とばかりに会場の奥に消えてしまった。

ひとりその場に残されたソフィアは上っツラだけの笑みを浮かべ、優雅に肩を入れてキレのあるターンをしたあとで、見事なウォーキングを披露して広間から出て行った。

そうして人目のない廊下に出たあとはコソ泥のように爪先立ちになり、「ひぇー……」と呟きを漏らしながら、その場から退散したのだった。

＊　＊　＊

東翼から本館に抜ける廊下を歩いていたノア・レヴァント皇帝陛下は、もうすぐ主廊下に合流するところまで来ていた。

これから華やかなパーティーに出席するというのに浮かれる気配もなく、白皙《はくせき》の美貌は凍えるよう

に冷え切っている。

——ふと、彼の表情に微かな変化が起こった。

目の前の主廊下を、爪先立ちした令嬢が小走りに通り過ぎたのを目撃したためだ。

ノアは主廊下に出たあとで足を止め、黙したまま、先の令嬢が去った方向を視線で追った。

「陛下」

側近のイーノクが歩み寄って来る。

「どうかなさいましたか」

「……いや」

ノアは気だるげに瞳を細めた。

「なんでもない」

ふたたび氷雪のような冷ややかさを身に纏《まと》い、ノアは歩き始めた。

＊＊＊

——その夜、ブラックトン侯爵邸。

「ごきげんよう！」

ソフィアはにこやかな態度で古巣に足を踏み入れた。実に七年ぶりの帰省である。

パーティー会場を飛び出したソフィアは、行くところもないので実家を訪ねることにしたのだ。

多少ゴタゴタしたものの、御者に「ブラックトン侯爵邸に行ってちょうだい！」と頼むだけで、詳

しい場所を説明しなくても運んでもらえたのは助かった。

「私はソフィア・ブラックトン――この家の娘よ」

エントランスで彼女を出迎えた老齢の執事は、ソフィアの名乗りを聞いて微かに顎を引いた。

「ソフィアお嬢様、もちろん存じ上げております……私は七年前もお仕えしておりましたので」

「そう、覚えていてくれてよかった」

ソフィアは頓着せずににっこり笑う。

「しばらくのあいだお世話になるわ、よろしくね」

「かしこまりました」

「こちらは私の侍女のルースよ。外国のマルツで暮らしていた時もずっと仕えてくれていて、家族同然だから一緒に来てもらったの」

ソフィアは斜め後ろに控えていた三十代後半の侍女を紹介してから、

「じゃあ私の部屋に案内してちょうだい」

と執事に向かって元気良くお願いした。

＊　＊　＊

意外なことに、部屋はソフィアが出て行った七年前のまま維持されていた。娘恋しさに保存していたとも思えないので、ブラックトン侯爵はこの部屋に手を加えることすら煩《わずら》わしかったのだろうか。

案内役の執事と別れて自室に入ったソフィアは、ドサッと長椅子に腰を下ろした。

「あーん、参ったぁ……」

額を押さえ、初めて弱音を吐く。

一方、侍女のルースもまた心ここにあらずという様子で、部屋のあちこちをキョロキョロと見回している。普段ドッシリとしていて何事にも動じない性格なので、こんなふうに落ち着きがないのは珍しいことである。

ルースが眉根を寄せて呟きを漏らす。

「ブラックトン侯爵邸……ゲームで見たとおりの建物ね……」

ゲーム……？　ソフィアはクッションを抱え込みながら前のめりになった。

「ちょっと、ルース？　どうかした？」

「なんと言ったらいいか……」

ルースはもう一度部屋を見回してから、やっと視線を目の前のソフィアに移した。応接セットのそばにかしこまって立ち、ソフィアに尋ねる。

「それよりも、お父様のご用件はなんだったのですか？　屋敷に着いてから話すとおっしゃっていたので、馬車内で伺いたいのをずっと我慢しておりました」

「それがびっくりなの！　私には婚約者がいたのよ！　ついさっき騙《だま》し討ちをするみたいに、パーティー会場で知らされたの」

「おやまぁ」

ルースがへの字口になり、探るような表情を浮かべる。

「お相手は、ノア・レヴァント……？」

「いいえ、私の婚約者はテオドール・カーヴァー公爵令息よ」

「おっと、テオドールですか？　彼も攻略対象者のひとりではあるけれど、それはまた……」

考え込んでしまったルースを眺め、ソフィアは小首を傾げた。

「ルース、あなた、何か知っているの？」

「あー……ここはおそらく『LOVE×MAGICAL×WORLD』という乙女《おとめ》ゲームの世界です。私は前世日本という国で暮らしていましたが、死んだあとで乙女ゲームの世界に転生した模様」

「乙女ゲーム……？　今のって何かの呪文？　初めから終わりまで、全部理解できなかった」

ソフィアが目を丸くして困っているので、ルースは端折《はしょ》って言い直した。

「ええと、そうですね——私にはちょっとした予知能力があるとお考えください」

「予知能力!?」

「つまり、お嬢様の未来が少しだけ見えます」

「わお」

ソフィアは興味津々で前のめりになった。

「そういえばあなたって、出会った時から『ただ者じゃない』すごみがあったわ。あなたが超然としているのは、そういう理由があったのね」

「すごみって、単に私がデブだから迫力満点なだけでは？　あと、私は見た目も無愛想ですし」

ルースがげんなりしたようにそう言うと、ソフィアがキッパリと物申した。

「ルース！　いつも言っているでしょう——自虐をすると、幸せが飛び蹴りして逃げて行くわよ」

「ただ黙って去るだけではなく、最後に飛び蹴りまでするんですか……幸せってチンピラなんです

ね」

「そうよ、気をつけてね――て、そんなことより、あなたの未来視の話をくわしく聞きたいわ」

「何か知りたいことでも？」

「教えて……私、何歳で死ぬの？」

「それは存じません」

ゲームどおりに断罪されれば、もうすぐ死ぬかもしれないけれど。

「あーん、そうなんだぁ……」

心底がっかりしているソフィアを眺め、ルースは『お嬢様は死期を知ってどうする気なのだろう』と疑問に思った。息絶える年齢よりも、むしろ死ぬまでのプロセスを気にしたほうがよいのでは？

「あのですね、お嬢様」ルースは咳払いをして続ける。「私が見た未来では、お嬢様はとても嫌な性格をしていました」

「あ、それ、ちょっと分かるわ」

ソフィアがびっくりした顔で姿勢を正す。

「分かるのですか？」

「私ね、十二歳まですごく嫌なやつだったの。でもこの国を出て外国のマルツで暮らすうちに、今のハッピーな性格に変わった」

にこにこと語るソフィアを眺めおろし、ルースは感慨深い気持ちになった。

――実はルース、何年も前から、自分は乙女ゲームの世界にモブキャラとして転生したのでは？と疑っていた。

けれどその推測が当たっているかは、どうにも怪しくて。

なぜかというとルースが仕えるお嬢様、ソフィア・ブラックトンの性格が、ゲームのキャラクター設定とまるで異なっているからだ。そりゃあもう修正不能なくらいに違っている。

ゲームのソフィア・ブラックトンは淫靡《いんび》なほどにセクシーで、とんでもなく嫌な女なのである。

彼女は一目惚《ひとめぼ》れした若き氷帝ノア・レヴァントにしつこく付き纏い、実家の権力を使って、彼の婚約者の座に納まる。

当然、お相手のノアには激しく嫌われており、ヒロインにヤキモチを焼いて、あの手この手でいじめまくる。ソフィア・ブラックトンは、ヒロインの恋が成就するためのスパイス的な存在、かませ犬キャラクター――つまり『悪役令嬢』なのだ。

そんな悪役令嬢のはずの彼女が、どうしてこんなことに。

いや、ズレが生じたきっかけは分かっている――ソフィアが十二歳の時、魔力測定を受けたところ、『魔法の才能なし、魔力ゼロ』ということが判明したせいだ。上位貴族は程度の差はあれど、魔法が使えることが当たり前になってくるので、まるでできないとなるとかなり問題になる。

これが原因で、ソフィアは実家のブラックトン侯爵家から追い出されてしまった。絶縁まではいかなかったものの、親から完全に見放され邪魔者扱いされたため、彼女はひとりぼっちで船に乗り、外国に逃げ出した。

そして辿《たど》り着いたのは叔母が暮らす国、マルツだった――ちなみにソフィアがルースと出会ったのは、マルツに渡ってからのことである。

ここがまずゲームとは大きく異なっている。ゲームのソフィア・ブラックトンは突出したエリート

で、ハイレベルな魔法を難なく使いこなせる天才少女という設定だからだ。その面で秀でていたからこそ、人格に問題があるのに氷帝の婚約者になれた。もちろんゲームのソフィア・ブラックトンは、自国を追い出されたりしない。

しかし現実のソフィアはハードモードな人生を歩んでいた。実家から『お前は能なし、恥さらし』と突き放され、そのことで強烈な挫折を味わい、十二歳で自尊心を叩き折られた。

魔法の才能ゼロでは、ゲーム世界のように氷帝との婚約話が持ち上がるはずもない。けれどまぁ、現実のソフィアは氷帝と出会う前に国を追い出されたので、彼女は彼に関心もなかったわけであるが。

その後ソフィアを引き取ったのは、お気楽パーティー・ガールな彼女の叔母だった。外国で叔母と暮らしたことでソフィアの価値観が百八十度変わる。『なぁんだ、肩の力を抜いて、気楽に生きているほうが、断然ハッピーね！』ということに彼女は気づいたのだ。

そんなわけでソフィアは、長いこと外国のマルツでのびのび過ごしたために、叔母そっくりな、呑《のん》気《き》で陽気なお馬鹿娘に成り下がってしまったのである。

——そういえば、ゲームとは違う点がほかにもある。それはソフィアの婚約者だ。

テオドール・カーヴァーは攻略対象のひとりだが、悪役令嬢ソフィア・ブラックトンとは特に接点はなかったはず。

ゲーム内の彼は無味乾燥というか、そこそこイケメンでそこそこ爽やかで、陰気なわけでもなく、かといってすごくキュンな台詞を言うわけでもない——そんなキャラクターだった。たまに出てきて、悪役令嬢を迷惑そうに眺めるだけの男。

けれどこの世界では、テオドールがソフィアの婚約者に決まったらしい。

華々しく気高い、氷帝ノア・レヴァントではなく。

地味な展開になってしまった気はするが、まあ、いいといえばいいのか……？　優先すべきことはソフィアの安全なのだし。

「お嬢様、元の嫌な性格に戻ると断罪されるおそれがあるので、今のままでいてくださいね」

ルースは真剣な顔でお嬢様にお願いした。

「ＯＫ、安心して――嫌な女にならないように頑張るわ♡」

ソフィアが両手の指で器用にハートマークを作ってみせたので、ルースは『やれやれ』と眉尻を下げた。

＊　＊　＊

――翌朝、二階のソフィア自室。

床まである両開きの格子窓を開け放ち、ソフィアは遅めのブレックファストをとることにした。

ブラックトン侯爵邸の見事な庭園を眺めおろしながら、小鳥のさえずりに耳を傾ける。

「搾りたてのオレンジジュースのフレッシュな香り――完璧な朝ね！」

満足げな笑みを浮かべ、ワインでもたしなむようにグラスに口をつける。

朝だろうが夜だろうがソフィアはいつもこんな感じでご機嫌だから、かたわらに佇むルースは慣れたもので表情を変えない。

「お嬢様、テオドール・カーヴァーからお手紙が届いています」

淡々とあるじに告げて、盆に載せた手紙を差し出す。

「げ、テオドール？」

途端にソフィアは顔をしかめ、盆に載せられたものが毛虫か何かであるかのように上半身をのけ反らせた。シッシッ、と手の甲で払うと、ルースからお小言をくらう。

「お嬢様、昨夜、嫌な女にはならないと約束してくださいましたよね？」

「だけどテオドールは不誠実よ！　昨日の今日でよく手紙なんて送りつけられたものだわ」

「どういうことです？」

訝《いぶか》しげなルースを見上げ、ソフィアは『そういえばテオドールとの出会いがどんなに最悪だったか、まだ話していなかったわね』と気づいた。

「テオドールにはね、ゾーイ・テニソンという名前の可愛い子猫ちゃんがいるのよ。彼ったら昨夜のパーティーで、その子とラブラブなところを見せつけて、私に『婚約破棄する！』と宣言したの」

「は……？」

ルースは呆気《あっけ》に取られた。

「ええとそれでは……お嬢様は昨夜『婚約者がいる』と藪《やぶ》から棒にお父様から告げられて、そのすぐあとに相手から婚約破棄を突きつけられたのですか？」

「そうなのよぉ」ソフィアはむぅ、と頬を膨らませた。「失礼しちゃうわぁ！」

「まったくですねぇ……でも」

ふと何かに気づいた様子で、ルースは手紙を眺めおろす。

「もしかするとこの手紙の中身ですが、婚約破棄の慰謝料について書かれているかもしれませんよ」

それを聞いたソフィアはナプキンを膝の上からどけて、軽やかに椅子から腰を上げた。

「目を通しましょう、今すぐに」

ソフィアは形の良い指で封筒を摘まみ上げ、ウキウキしながら手紙を開封する。

「どれどれ……」

ルースとふたり寄り添い、紙面に視線を落とした。

テオドールからの手紙にはこう書かれていた。

『昨夜のパーティーで起きたことはいったん忘れてくれ。ちょっとした冗談というか、そのうちに笑い話になると思う。可愛いソフィア、また会いたい。テオドール・カーヴァー』

ソフィアとルースは三度、手紙を読み直した。とはいえ何度読み直しても、内容が変わるわけもなかったのだが……。

ルースが半目になり、げんなりした声を出す。

「あれ、お嬢様――これ、クズ男のテオドールと縁切りできなそうですよ。こいつ、親にこってり絞られて、お嬢様と結婚する気になったんじゃないですか？」

「やだやだ、鳥肌立つ～」

ソフィアは二の腕をさすりながら、その場で落ち着きなく足踏みした。

「お嬢様、やつと結婚したくないなら、思い切った手を打たないと」

「それってどんな？」

涙目になるソフィアを、ルースはじっと見据えた。

「私にちょっとした未来視の力がある件、昨夜お話ししましたよね？」

「ええ、乙女ゲームがなんとかという話ね？」

「そう──その知識をもとにアドバイスしますと、『皇宮資料室』──お嬢様はまずそこへ行って仕事をすべきです」

ビシッ！　とあるじに人差し指を突きつける自信満々のルースであるが、そうされたソフィアは片眉を上げ、疑いの眼差しを侍女に向けた。

「だけどルースあなた、手首に赤と黄色のシミがついているわよ？　自分の手元の汚れも見えていない人が、私の未来を本当に見通せるのかしらね？」

指摘を受けたルースはバツが悪そうにサッと袖を引っ張り、汚れを隠した。

「これは趣味で絵を描くので、絵の具がついただけです。とにかくお嬢様は私のアドバイスを聞くべきだと思います」

「どうして皇宮資料室で仕事をする必要があるの？」

「そこは乙女ゲームのヒロインが勤務している場所なので、すべての起点になります」

「？？？？？」

「つまり皇宮資料室は、財産・家柄・容姿、そのすべてを高いレベルで兼ね備えた複数のスパダリたちが、ヒロイン目当てに集まって来るスイートスポット──打ちごろの球を見つけたら、あとは飛びついてスマッシュするだけ」

「全然意味が分からない」

「大丈夫」

ルースがソフィアの肩をぐっと掴んで言い聞かせる。

「お嬢様は引きが強いから、そこに行けばなんとかなります。助けてくれる人がきっと現れるので」

ソフィアは単純なので、ルースに強く言われるうちに、すっかりその気になってきた。

頭の良いルースがそう言っているんだもの――間違いないわ！　やったあ、私って引きが強いんだ！　ありがとう、ルース！

両拳を握って「やってみる」と闘志をみなぎらせる。

「よく分からないけれど、スパダリとやらを見つけたら、私、思い切りスマッシュしてみるわ！　スパダリがなんなのかスマッシュをどうやるのか、今は見当もつかないけれど！」

そんなわけで人脈作りのため、ソフィアは皇宮資料室で働くことになった。

＊＊＊

その後なんだかんだあって無事に皇宮資料室で働き始めたソフィアは今、本を探している。

ネイルを完璧に整え、あざやかな青のドレスを見事に着こなした彼女――パーティー・ガールらしいキュートな装いであるが、勤務態度は意外なほど真面目である。

彼女の近くで資料を探していた同僚のリーソンは、ソフィアを横目で眺めて感心したように小首を傾げた。ソフィアは侯爵令嬢であるのに、少しも我儘《わがまま》を言わない。

たいていの美人は僕の前では横柄になるのだが、ソフィアは違うな……リーソンはそれを不思議に思った。

彼は貧乏子爵家の三男で家柄もパッとしないし、見た目も地味ときている。童顔で昔からひと回り上のマダムにはそこそこモテたものの、同年代の女子からは『ずっとお友達のままでいましょう』と言われることが多く、異性として意識されないせいで、女性の残酷な本音を見聞きすることがしばしばあった。

派手な美人はすぐにこちらを下僕認定してくるものなのに、ソフィアにはそういう考えがまるでないらしい。そのことがかえってリーソンを戸惑わせる。

「ソフィアさんは何歳なの？」

「十九歳よ」

ソフィアは答えながらも仕事の手は止めない。

「僕の七つ下か……前途洋々、君はまだこれからいくらでもチャンスがあるね」

「チャンス？」

「ほら、この部署はさ、事務官としてのランクでいうと『中の上』くらいだろう？」

「そうなの？」

「やはり目指すは陛下の側近になれる高位事務官だよね――試験がすごく難しいけれど。ソフィアさんはそれを狙っていたりする？」

リーソンは隣に立つソフィアを見ながら考える――この美貌に、有力な家柄――彼女は皇帝陛下の妻の座を狙う資格がある。皇帝陛下はかなりガードが堅いようだから、仕事面で結果を出してお近づきになるという戦略をお持ちならば、意外と有効かもしれない。

だから真面目に勤務しているのかな？　と思ったのだが、ソフィアにきょとんとされてしまった。

「私は皇宮資料室で仕事をし始めたばかりよ。目の前のことで手一杯で、先のことなんて何も考えられないわ」

これを聞き、リーソンは頭を殴られたような衝撃を受けた。

なんと……貴族令嬢なのに、ここまで打算がないとは！

「君は純粋でいい人なんだね」

「そう？」

「僕なんてここは腰かけのつもりだから、君みたいに一生懸命になれないよ。本命は高位事務官で、試験を三度も受けたんだ。毎度落ちてばかりだけどさ」

リーソンが落ち込みながら呟きを漏らすと、ソフィアが仕事の手を止め、物柔らかにこちらを見つめた。

「あら、何度もチャレンジするなんてすごいのね！　私も『試験』と名のつくものには受かったためしがないけれど、あなたみたいなガッツはないわ。今の話を聞いて、情熱を持って何かに挑戦するって立派だなと思った」

「だけど落ちた時は、この世の終わりみたいな暗い気持ちになるよ……君はならないの？」

「私は一度も試験に受かったことがないけれど、このとおり幸せ♡」

資料を探し終わったらしく、ソフィアが「じゃあこれで」と去って行った。

リーソンは彼女を見送り、しばらくのあいだぼんやりして動けずにいた。

＊　＊　＊

ソフィアは皇宮の二階北廊下を移動している途中で、裏庭で抱き合っている男女を目撃した。

あれ……なんとなく見覚えがあるような？

ソフィアは本を数冊胸に抱えたまま、そろりと窓のそばに寄る。

あ、やっぱりテオドールだわ……先日パーティー会場で「婚約破棄する！」と一方的に宣言されたことが脳裏によみがえる。その翌日には手紙が届き、シレッとなかったことにされたけれど。

そして彼に密着している相手は、テオドールの子猫ちゃんことゾーイ・テニソンだ。

公共の場にいるというのに、彼らは絡み合うように体をくねらせながら、際どい箇所を互いにさすり合っている。その様子を眺めおろし、ソフィアはゾッと鳥肌が立った。

「やだぁ……」

私、あれと結婚させられるの？　地獄……。

先ほど同僚のリーソンに「このとおり幸せ♡」と言ったばかりなのに、ソフィアは一瞬でブルーになった。眉根をきゅっと寄せ、難しい顔で考え込みながら、ふたたび廊下を歩き始めた。

＊＊＊

――同時刻、氷帝ことノア・レヴァントの執務室。

その時ノアは側近のイーノクと打ち合わせをしていた。執務机に向かって着席しているノアと、机の横あたりに佇むイーノク。

イーノクは見た目こそ麗しいものの、中身は大変可愛くない性格をしている。そのため同僚や部下からはあまり人望がないのだが、彼は陛下にだけは忠実な男である。

「陛下宛《あて》にまた献上品が届きました。これで三つ目です」

イーノクの報告を聞き、ノアが落ち着いた声音で答える。

「前回同様、呪いのイエローパールか」

「さようです」

皇帝であるノア宛に献上品があると、まず側近のイーノクが開封する。そのため三回すべてイーノクが中をあらため、ノアに報告を上げていた。

ものは毎回簡素な封筒に入れられており、差出人の名前はない。ただ『ノア・レヴァント皇帝陛下献上品』と表書きがあるだけ。

「イエローパールは今回も大粒で、二十ミリ近くあります。おそらく真珠自体は宝石店で購入し、手に入れたあとで犯人が呪いをかけたのではないかと」

執務机の上にはトレイが載っていて、その上にイエローパールがふたつ置かれている。これらは前回と前々回、送られてきたものだ。

イーノクが手に持っていた封筒を傾け、そこにさらにもうひとつ足した。

イーノクが言うとおり、三つとも大ぶりで見事な品だ。中央は黄色なのだが、光の加減で外側は赤く見えるという不思議な真珠である。なんとなく眼球の虹彩を連想させるような生々しい迫力もあった。

「……素手で触れてみるか」

ノアが手を伸ばし、トレイ上のイエローパール――三つあるうち、先ほど届いたばかりのものを指で摘まんだ。イーノクがギョッとして目を瞠《みは》るが、ノアはすでに対象に触れてしまっており、もうどうにもならない。強力な呪具を扱うにしては、あまりに無頓着すぎる。

ノアがイエローパールを眼前にかざし、何かを探るように目を細めた。

「――呪いの術式が完了したのは、三十分前のようだ」

現在午前九時半なので、三十分前というと九時か……。

「なぜ時間が分かるのですか？」

「イエローパールの内部にこびりついている『魔力成分の残存量』を計った。これは時間経過と共に自然と減少していくものだから、逆算すれば何時に呪いがかけられたかが分かる」

ノアとイーノクは当然ふたりとも魔法を使えるが、行使者のレベルが違うと、見えている世界が変わる。イーノクも上位者であるけれど、それでもノアのように力を繊細に応用することはできない。

とにかく呪いがかけられたのは三十分前……そうなると……イーノクの顔が引きつる。

「この強力で邪悪な呪いを三十分前にかけ、すぐに陛下宛に封筒を投函《とうかん》するなんて……犯人はまともじゃないですね。普通ならヘトヘトに疲れ果てて、しばらく一歩も動けないと思いますが」

「それよりも不可解なのは」

ノアは視線を伏せ、手にしたイエローパールを静かにトレイ上に戻した。

「呪いをかけたのが三十分前だとすると、作業場はここから近いということになる」

「確かにそうですね」

遠方でこれを作成したのなら、ここまで運搬するのに時間がかかってしまうから、それはありえな

い。皇宮への入場自体、セキュリティチェックをクリアしなければならず、その時間もかかる。

イーノクが難しい顔で陛下を見遣《みや》ると、ノアから淡々とした答えが出された。

「つまりこのイエローパールは『皇宮敷地内で』呪いの加工をされた可能性が極めて高い。あるいは作業場が外部であるとしても、皇宮から一ブロック圏内」

「転移魔法が使われた可能性は？」

それなら遠隔地から一気に飛び込んで来られるが……イーノクの問いをノアが冷静に否定する。

「それはない。皇宮周辺では転移魔法が無効化されるよう、厳重な結界が張ってある。ここで転移魔法を行使できるのは私ひとりだけだ」

そもそも転移自体が最高難度の魔法なので、陛下以外に使いこなせる者はいないような気がするしな……イーノクは頭痛がしてきた。

「皇宮の厳重なセキュリティをかいくぐってこんな真似が……ありえない」

「そう、ありえない」

ノアの美しいブルーアイがイーノクを捉える。

「通常、暗黒魔法を行使すると、きつい腐敗臭のようなものが空気中に漂う。私は感覚が鋭敏だから、皇宮付近でそれが発生すれば感知できたはずなんだ。けれど三十分前、私は何も感じなかった」

え……イーノクの顔に戸惑いが広がった。

「しかしそんなことがありえますか？　犯人はどんなトリックを使ったのでしょう？　敵がどんなに強い魔力を持っていても、痕跡を完全に消すのは不可能だと思うのですが」

そもそも皇宮内には上位魔法を使える人間が多く点在している。陛下ほどではないとしても、彼ら

は感覚が鋭敏なので、すぐ近くで暗黒魔法特有の腐敗臭がすれば異変に気づいただろう。少なくとも誰かひとりくらいは感知できたはずだ。けれどそういった報告は一切上がってきていない――今朝も、それ以前も。

「何か重大なことを見落としている気がするな。このイエローパールには呪った相手に精神的打撃を与える古代の暗黒魔法がかけてあり、手口に情け容赦がない。しかしどこかチグハグな印象を受ける」

「陛下、それは一体どういう――」

話が大事なところに差しかかったところで、コンコンコン、とノックの音が響いた。

イーノクはイエローパールの件で気もそぞろだったので、「どうぞ」と言う余裕もなかったのだが、勝手に扉が開いた。

イーノクはまだ入室を許可していないのに扉を開けられたもので、呆気に取られた。

というのも、日常生活で無礼な振る舞いをしがちな人間がいたとしても、氷帝を前にした時だけは、皆お行儀よく態度を改めるのが普通だからだ。

――イエローパールは機密事項のため、イーノクはトレイに布をかぶせて隠した。

隠すくらい別にたいした労力ではないけれど、不躾《ぶしつけ》な訪問者のせいで、こうしてひと手間かかったと思うと苛《いら》立《だ》ちを覚える。

「失礼しまぁす」

その無礼な人物は本を五冊ほど抱えて、俯《うつむ》きがちに、しかめツラでこちらに近寄って来る。まるで難解な数式でも解いているような顔つきだ。

「君は誰だ」

イーノクが尋ねると、その人物が顔も上げずにボソボソと答える。

「私はソフィア・ブラックトン、皇宮資料室所属です。オーベール女史から本をこちらに運ぶように言われて、お持ちしました」

──ドサリ、と乱暴な動作でデスクに本を置く彼女を眺め、イーノクは眉根を寄せた。

「ブラックトン……？　ブラックトン侯爵の娘か？」

「んー……」

生返事だ。イーノクは『この女は、飛び抜けて馬鹿か、飛び抜けて大物かのどちらかだな』と思った。

あまりに無礼なのだが、ありえなさが突き抜けているため一周回って冷静になり、こちらも静かに見守る形になってしまう。

「──君は」

珍しく陛下が初対面の人間に自分から話しかけたので、イーノクはこれに度肝を抜かれた。ぎょっとして視線を転じると、ノアが感情を読み取らせないポーカーフェイスで静かに彼女を眺めている。

「誰に対しても、そんなに不愛想で無礼なのか？」

「うん？」

本を置いたので用は済んだとばかりに立ち去りかけていたソフィアが、夢から醒《さ》めたという様子でパチリと瞬《まばた》きした。そして彼女はゆるりと視線を上げ、真っ直《す》ぐにノアを見つめた。

ふたりの視線がぶつかる。なんともいえない緊張の時間が流れ──……。

数秒後、ソフィアがハッと息を呑《の》み、ガバッとデスクに上半身を投げ出したので、そのあまりに危険な迫り方にイーノクは肝を冷やした。

しかし彼女のほうには陛下を害する気など毛頭ないらしい。というのもソフィアは瞳を揺らし、手のひらをこすり合わせて、憐《あわ》れに、そして知性の欠片もなく懇願し始めたからだ。

「わぁん、ごめんなさーい！　私、今、いっぱいいっぱいなんですぅ！　さっきは考えごとをしていただけなの！　皇宮資料室の上司であるオーベール女史に、私の態度が悪かったって告げ口しないでもらえます？」

「…………」

ノアは顔色ひとつ変えなかったものの、何もコメントを差し挟まなかったので、もしかすると呆気に取られているのかもしれなかった。そしてこの場の誰も制止しないから、ソフィアの馬鹿話が止まらない。

「オーベール女史は推定年齢六十代後半なんですけどぉ、鍛えていてムキムキマッチョなの！　彼女が繰り出すラリアットひとつで、私は天に召されてしまうわ！　あーん、まだ死にたくないよー！」

「君はオーベール女史から日常的に暴力を振るわれているのか？」

「あのねぇ、もしも実際に殴られているなら、私は今こうして生きていませんよぉ！」

「……そうか」

「それで――どうです？　私の態度が悪かったこと、内緒にしてもらえます？」

拝んでいる手の隙間から、チラチラとノアの顔色を窺《うかが》うソフィア……本人が真剣なだけに、行動の馬鹿馬鹿しさがより際立つ。

ソフィアの言動がぶっ飛んでいるぶん、陛下の冷静さが上手《うま》く空気を調和していた。

「分かった。内緒にする」

「本当ですね？」

「本当だ」

ソフィアは途端にご機嫌になり、よっこらせとデスクから体を引きはがし、執務机の前で行儀良く気をつけの姿勢を取った。

そうしてニコニコ顔でノアを眺め、屈託なくこう言ったのだった。

「あなたって、とってもいい人ですね！　それに姿形もとっても素敵！　今日という日があなたにとって、素敵な一日でありますように♡」

「ありがとう」

それを聞いたノアの瞳が柔らかく細められた気がして、イーノクはこのあまりにありえぬ事態に口をカクンと開けていた。

陛下は誰に容姿を褒められたとしても、これまでただの一度も「ありがとう」なんて返したことはなかったのに……少なくともイーノクは、そんな場面を今日以外に見たことがない。

＊　＊　＊

一連の流れにドッと疲れを覚えたイーノクであるが、『これでやっとこの変人が出て行ってくれる』と安堵《あんど》した。ソフィアが口にした「今日という日があなたにとって、素敵な一日でありますように」

はメの言葉だから、これにて厄介者は去り、ようやくこの執務室にも平穏が戻るだろう。

ところが。

「——それで君は、どうしていっぱいいっぱいになっているんだ？」

おい、誰だ会話を続けようとしているやつは……イーノクは反射的に苛立ちを覚えたあとで、すぐに我に返った。この部屋にはもともと自分と陛下しかいなかったわけだから、ソフィアを引き留めた人物が誰かとなれば、答えはハッキリしている。

……え、陛下どういうつもり……？

他人に興味を示すことがほとんどない御方なのに、そんな彼がわざわざソフィアに質問したのか？　せっかく相手が帰ってくれそうなのに？

イーノクは発作的にバルコニーに飛び出して、「なんだこれ——!!」と叫び出したくなった。けれどそんなことをしたら『イカレている』と思われ、これまでコツコツ築いてきた社会的信用を失いかねないので、自制心をかき集めて必死で我慢した。

大混乱のイーノクをよそに、会話を続ける目の前のふたり。

「話せば長いんですよ」

とソフィアがため息を吐《つ》く。

「長くなるとまずいのか？」

「私、忙しいんです。親切なあなたのことは好きだけれど、そんなに長く喋ってはいられないわ」

それを聞いたイーノクは半目になった。

はあ？　忙しいだあ？　何様だよ、陛下のほうが絶対百倍忙しいからな……！

「そうか」ノアは観察するようにソフィアを見つめて続ける。「じゃあひとつだけ聞かせてくれ――侯爵令嬢の君が、なぜ皇宮資料室で仕事をしている？」

「それはね」

ソフィアの眉根がキュッと寄る。

「この窮地を脱するために、私はスパダリを見つけるのよ！　そして見つけたらスマッシュする！」

握りこぶしで力強く語るソフィア。

対し、表情を変えない陛下。

そんなふたりを眺め、げんなりな感情を隠しもしないイーノク。

「スパダリとはなんだ」

陛下が追及する。

「私も知らないわ」

「ではスマッシュとは？」

「それも分からない――だけど時が来れば、『何をすべきか』は勘で分かるはず。私はこれまで勘のみで生きてきたから、その辺は自信があるの」

メラメラと瞳に闘志を燃やすソフィアを、陛下は相変わらずのポーカーフェイスで眺めている。

とはいえ、なんとなくリラックスしているようにも見えたので、彼はこの時間を楽しんでいるのかもしれなかった。

イーノクとしてはもう彼女の話には引っかかりを覚えっぱなしで、一体どこから突っ込んでいいやら迷うくらいだった。

ソフィアのお喋りは貴族令嬢としては問題だらけである。あまりに慎みを欠いている。

うっ――やはりだめだ！　もう黙ってはいられない――イーノクは静観するのをやめて、口を挟むことにした。

「レディ・ソフィア――あなたはオーベール女史から、本をここへ運ぶように言われたのだね？」

「そうですよ」

「ここが誰の部屋か聞いていないのか？」

「ここが誰の部屋かはどうでもいいわ」

おい、どうでもよくないだろ！　というまっとうな指摘はさておき。

「目的地の名前も知らず、よく辿り着けたものだな」

この感じでは『×階の東の角部屋』とかざっくり口頭で指示されても、馬鹿そうだから自力で探し出すのは無理そうなのだが？　『陛下の執務室』という目的地を把握していれば、道中で誰かに場所を訊けるだろうけれど。

「オーベール女史からは、『ここへ届けなさい』と地図をもらったの。私が迷わないように、皇宮資料室からの道順が書いてある――あ！　そうだわ」

ソフィアはデスクに置いた本のほうに手を伸ばし、あいだに挟んであった紙片を摘まみ上げた。

「地図は回収しますね。これがないと私、帰り道が分からないから」

ソフィアがへらへら笑いながら地図を振ってみせたので、イーノクはデスクを回り込んで彼女に近寄り、念のため紙片を確認しておくことにした。

ありえないとは思うのだが、これらのぶっ飛んだ行動がすべて、陛下の気を惹くための作戦という

可能性も考慮しなければならない。イーノクは立場的に、脅威を把握しておく必要があった。

紙片を確認してみると確かに彼女の言うとおり、館内配置図が描かれている。そして目的地である現在地——陛下の執務室に当たる場所に『本を届けるのは、ココ！』とメモ書きしてあった。

オーベール女史のことはイーノクも知っているが、中途半端な仕事をしたことはないし、無駄に新人いびりをするような人でもない。かなり厳格ではあるものの、公正な人物であると思う。

ということはオーベール女史なりになんらかの思惑があって、ソフィアをここへ寄越したのか？

考えごとをしていると、ソフィアが横手からさっと地図を奪い返した。

「じゃあ私、これで！　考えることがいっぱいありすぎて、いっそ何も考えられなくなってきたわ！」

何ひとつ疑問は解消していないわけだが、イーノクはソフィアをリリースすることにした。さっさと帰ってくれるなら御《おん》の字だと、黙って彼女を眺める。

すると。

「——また会おう、ソフィア」

そんなふうに穏やかに声をかけたのは、普段はこういった勘違いされるようなことを絶対に口にしないはずの陛下その人だった。笑みこそ浮かべていないものの、付き合いの長いイーノクは、陛下の瞳がいつになく物柔らかであることに気づいていた。

……これはいよいよもう、勘違いではないのかもしれない？

「本を頼みたくなったら、いつでも言ってくださいね」

ソフィアは屈託なく答え、「じゃあ」と立ち去る素振りを見せたのだが、ターンしかけていた体を

途中でピタリと止めた。彼女は何かが気になった様子で、怪訝《けげん》そうに陛下のほうに顔を向けて固まっている。

「何か？」

「え、いいえ――んー……」

ソフィアは言おうか言うまいか……という迷いを見せてから、困ったように腕組みをして、眉を複雑な形に顰《ひそ》めた。少し斜《はす》に構えた体勢のまま、チラチラと陛下の首下あたりを見つめ、瞳をすがめている。

「言いたいことがあるなら、遠慮せずに言ってくれていい」

「あのね、ちょっと、それ……」

ソフィアはなおも迷ってから腕組みを解き、足を進めて、執務机にぐいと身を寄せた。手のひらをデスクに突き、上半身を乗り出す。

彼女が陛下に対してこのような接近を試みるのは二度目であったけれど、今度のそれは前よりもずっと慎重だった。

「そのブローチ、なんていうか……」

彼の上着に着けられているブローチがなんだか気になる。

イケてない……ソフィアはそう思ったのだけれど、他人の趣味に口を出すのもどうかと思ったので、最後のほうはほとんど声になっていなかった。

細かくカットされた黒い石が贅沢《ぜいたく》に使われていて、プラチナの枠組み内に収まっている。なんとも不思議な形状で、蝶《ちょう》の羽の片側のようにも見えた。細工自体は凝っていて精巧であるのだが、まず服

に合っていないし、彼自身にも合っていない気がした。言葉にしづらい、変な感じがする。

それにこれ、上下逆のほうが良さそう……なんでこうなっているのだろう？

無意識に手を伸ばすと、ブローチに接触する前にサッと手を掬《すく》い取られる。

「──触れてはだめだ」

ソフィアはびっくりして、握られた手から視線を上に移した。

そこにあったのは、サファイアのように透き通った瞳。

まるで時間が止まったかのよう……ソフィアは今自分がどこにいて、何をしていたのか分からなくなった。

五十センチも離れていない近い場所に、彼がいる。年齢はソフィアよりいくつか上だろうか。プラチナブロンドの清潔感のある髪に、滑らかな肌。品の良い鼻梁《びりょう》。形の良い唇。

彼の瞳はまるで海の静けさを閉じ込めたみたいだわ……ソフィアはそんなことを考えていた。

水平線の向こう側は、きっとこんなかしら──……世界の果てと溶け合う、深い、深い、青。

ソフィアの心臓がドキリと跳ねた。かぁっと頬に熱が上がったのが自分でも分かった。

──ノアはその瞬間、自身を取り巻く空間の歪《ゆが》みを認知した。

馬鹿な、と彼は思った。こんなことはありえない。

彼もまた驚きを覚え、すぐ目の前にある菫色の瞳を覗《のぞ》き込んだ。

陽気であるはずの彼女の虹彩は、近くで覗き込めば繊細に色を変える。ほむらのような熱と、哀《かな》しみが交ざり合ったような、神秘の瞳──……。

「ご、ごめんなさい……私、不躾だったわ」

ソフィアがさっと身を引くと、ノアが確かに捕まえていたはずの彼女の華奢な指が、手の中から去っていく。
彼女が部屋を出て行った――あとに大きな問題を残して。

＊　＊　＊

「――今のは一体なんですか？」

問いかけたイーノクの顔から血の気が引いている。

彼も陛下ほどではないにせよ高度な魔法を使いこなせるので、先ほどの異変は感じ取っていた。

「脅威だな」

淡々と感想を述べた陛下がデスク上に手を伸ばし、トレイにかぶせられていた掛け布を取り払った。

ソフィアが来るまで、ふたりはトレイに載せられた呪いのアイテムについて話し合っていた。イーノクはソフィアの視界にこれらを入れないため、咄嗟《とっさ》に布をかぶせておいたのだが……。

陛下が布をどかすと、イエローパールが粉々に砕けていた。三つとも、すべて。

「なぜ……」

イーノクの声がかすれる。

陛下の言うとおり、確かに脅威だった。理解できないことが立て続けに起こっている。

現状、陛下が何者かに付け狙われていて、早急に対策を立てなければならないというこの時に、先ほどの怪現象。

「これは彼女がやった」

「なんと強い魔力だ……『聖女』であってもこんな芸当は不可能でしょう」

呟きを漏らし、イーノクは陛下を見遣る。陛下は相変わらず泰然としていて、何を考えているのか表情からは窺えない。

イーノクの瞳が揺れた。

「これで陛下への害はなくなりましたか？」

祈るように問いかけてみるも、怜悧《れいり》な声音で否定される。

「いいや、このイエローパールはただの象徴にすぎない——犯人が私に『呪っている』という事実を認識させるために送りつけているだけで、元凶は別にある。根源を断たねば終わらない。とはいえ目の前のこれはただの象徴であっても我々には破壊することすらできなかったのだから、ソフィアの能力が規格外であるのは間違いないが」

「やはり急ぎ犯人を突き止める必要がありますね」

とりあえず状況を整理してみよう……イーノクは考えを巡らせてからふたたび口を開いた。

「犯人の行動にはパターンがありますね。呪いのイエローパールが届くのは、いつも決まって週始まりの朝九時半——それも外部からの郵便ではなく、皇宮内の人間しか利用できない『宮内便』が利用されている。そしてこれは呪いたてホヤホヤであり、犯人は三十分前の九時にイエローパールに暗黒魔法をかけ、すぐに投函している」

宮内便を使っていることから、内部犯行であることは明らか。

敵が近くにいるというのは、良い面、悪い面、両方ある。近いぶん痕跡は残りやすいので調査の

取っかかりは見つけやすいが、相手にこちらの行動が筒抜けになってしまうのが難点だ。

「投函した部署の特定は可能か？」

陛下から問われ、

「難しいですね……」

イーノクの顔が神経質にしかめられる。

「皇宮自体がとてつもなく広く、『宮内便投函ボックス』はあちこちに何個も置いてあります。宮内便担当者がボックス内の手紙を端から回収していき、いったん作業室にすべて持ち帰って、宛名の各部に分類してそれを届けるという流れです。皇宮内で一日にやり取りされる郵便物や荷物が膨大なため、担当者は流れ作業で右から左――……ひとつひとつに注意を払っていない」

手紙だけではなく、ゴミ回収や備品の貸し借りなど荷物の受け渡しも多く、仕事量がとにかく多い。ミスを減らすために効率的に流れ作業化しているわけなので、彼らは良くやっている。

「厄介だな」

そもそも宮内便担当者にはこの件を話していない。彼らが『宮内便投函ボックス』から手紙を回収する際、『イエローパール入りの封筒がないか？』というのをいちいち気にしていると、そのさまを目撃した人間が『いつもはさっさと回収していくのに、何を調べているんだ？』と疑問に思い、噂が広まってしまうからだ。

そして宮内便担当者こそが犯人という可能性もあるので、現状で彼らに協力を求めるのは得策ではない。よって投函地点が特定できない。部署が分かれば犯人を絞り込めるのに、残念だ。

どうしたものか……とイーノクが思案していると、

「──次週、朝八時半に皇宮を封鎖してみるか」

という驚愕《きょうがく》の提案が陛下からなされた。

「封鎖、ですか？」

「週明けの朝八時半から全門封鎖──何かもっともらしい理由をつけて、入場者を門のところで足止めする。それでも宮内便で九時半にまた私宛の献上品が届き、それが三十分前に呪われたものであれば、外から持ち込むのは不可能なので『皇宮内で呪いを実行した』ことがはっきりする。とりあえず呪いをかけている現場が『中』か『外』かだけは明確にしておきたい」

「……なる、ほど……」

理屈は分かるが、かなり思い切った手だ。

陛下が続ける。

「この手の問題は探知魔法でスマートに解決したいところだが、あいにく体調が万全ではない」

「陛下……」

「イエローパールの件とは別に、私自身が大きな問題を抱えているからな……この命も風前の灯火《ともしび》だ」

弱音を吐いているようで、陛下の端正な顔はこの上なく優美だった。

この方は自身の命が危険にさらされていても、どうでもよいのだろうか……イーノクは足元が崩れていくようなおそろしさを感じた。

この国はノア・レヴァント皇帝陛下を失えない。けれど陛下自身がすべてに飽きているかのように、何に対しても執着していないのだ。そばに仕える者からすると、これほどゾッとすることはない。

イーノクは焦りを覚え、罪深いことを口にしていた。

「こうなったら彼女……ソフィアを利用してはいかがでしょう？　原理は分かりませんが、ソフィアが強い解呪能力を持つのは確かなようです。そばに置いておけば、役に立つかと」

「彼女にとってはリスクしかない」

「利用したければそうする――陛下はそれが許される立場ですよ」

ソフィアの父であるブラックトン侯爵は損得勘定に長《た》けた人物だ。陛下に恩が売れるとなれば、平気で娘を差し出すだろう。

イーノクのドライな提案に対し、陛下は見解を述べなかった。

＊　＊　＊

――数日後。

ソフィアが皇宮資料室の書棚前で仕事をしていると、意外な客がやって来た。

あ……先日少しお話ししたサファイアの君《きみ》だわ。

こちらに歩み寄って来る端正な青年を眺め、ソフィアは瞳を和らげ挨拶をする。

「ごきげんよう」

「どうも」

サファイアの君が気まぐれな態度で隣に並び、ソフィアにならって書棚のほうを向いて立った。

ソフィアは『彼、背が高いわ』という感想を抱いた。そういえば先日彼は椅子に腰かけていたから、

立ち姿を見るのはこれが初めてね。

彼を見ていると、なんだか不思議な感じがする。

白銀の美しい狼《おおかみ》みたい……ソフィアはそんなことを思った。特別な存在だから、人が気安く触れてはいけないの。

彼の綺麗な指が、本の背表紙を撫《な》でる――……ソフィアがその動きを目で追っていると、怜悧なサファイアの瞳がいつの間にかこちらを覗き込んでいた。凪《な》いだ視線に搦《から》め捕られる。

「――君には何か探しているものがあって、皇宮資料室で仕事をしていると言っていたが」

探しているもの、か……そういえば先日彼にそんな話をしたかもしれない。ソフィアは侍女のルースからアドバイスされて、皇宮資料室で『スパダリ』を探しているのだ。

それに関してはなんの進展もないものの、ソフィアは口元に笑みを浮かべて頷いてみせた。

「ええ、そうね」

「目当てのものは見つかったのか？」

「まだよ」

そもそもソフィアは『スパダリ』がなんなのか、いまひとつ分かっていない。

とはいえ頼りにしている侍女のルースが、ああも自信たっぷりに「皇宮資料室は複数のスパダリたちが、ヒロイン目当てに集まって来るスイートスポット――見つけたらスマッシュしろ」と主張するのだから、その情報に間違いはないだろう。焦らずに待てば、きっと見つかるはず。

ひとつ嬉《うれ》しい誤算だったのは、仕事をしてみると意外なほど楽しくて、気づけばあっという間に時が過ぎていること。だからソフィアは『皇宮資料室で働き始めてよかった』と思っていた。

「目当てのものが見つからなかった場合、君はどうなる？」

ふたたびの質問。

不思議議だわ……とソフィアは思った。彼はほかの人にまるで関心がなさそうなのに、先ほどから色々質問してくる。

ちっとも笑わない人なのに、一緒にいても居心地が悪くない……それもまたすごく不思議。

色々ひっくるめてなんだか可笑《おか》しくなってきたものだから、ソフィアはからかうように彼を眺めた。

「ねえ、いい？　想像してみて」

ソフィアは片手を書棚に添え、もう片手を腰に当てて、体ごと彼のほうに向き直る。

今、自分の口角は綺麗に上がっているかもしれない。こうして楽しい気分でいられるのは、話しかけてくる彼の声が素敵だからかもしれないわ。

ソフィアは彼に尋ねた。

「――坂道の上にオレンジを置いて、下に向かって蹴り飛ばしたらどうなる？」

「転がり落ちて行く」

「その転がり落ちて行くオレンジが、未来の私の姿なの」

「それならば」

彼が謎めいた瞳でこちらを見つめたあとで、気まぐれのように続けた。

「誰かに蹴られる前に、私が拾い上げてやろうか？」

「あなたが？」

「そう」

「んー……どうかしら」ソフィアは軽く眉根を寄せた。「それは難しいと思う」

「なぜ？」

「あなたが拾い上げてくれる前に、テオドールが蹴り飛ばしてしまうわ。テオドールというのは私の婚約者で、軽薄な女好きなの」

「そんな男はすぐに捨ててしまえばいい」

「色々と難しいのよ。私には魔力がないから、家族は誰も味方になってくれない。私は『いい子』じゃないし、あがいてみるつもりだけれど……ハッピーエンドに辿り着くのは大変そうよ」

上流階級に属しているのに魔力がない――そのまずさは彼も理解しているだろう。「裸で夜会に出るのと、魔力がゼロになるの、どちらがいい？」そう尋ねられた場合、後者を選ぶ貴族はおそらくいない。魔力がゼロであることは、衣服を奪われる汚辱をも超えるのだ。

彼がこちらを見た――虹彩が澄んでいて、怖いくらいに静かな佇まいだった。

「だけど君はいつも笑っている」

「いつも、ってわけじゃないわ。私は『いい人』の前では笑顔が出てしまうの」

「君から見て、俺は『いい人』？」

「たぶんね」

和やかに会話をしていたはずなのに、こちらを見つめるサファイアの虹彩にふと影が落ちる。

彼が気だるげに瞳を細めた。

「――君のその善意は報われているのか？」

そう問われ、ソフィアの心が揺れる……報われるために人は笑うの？　違うと思う。

だって私は笑いたいから笑っているだけで、笑顔の時はいつだって楽しいのよ。温かいお茶をいただくだけでも幸せで、心弾む。

だけどあなたはそうじゃないの？

彼が続けた言葉は静かで重く響いた。

「無理して笑うことはない」

「笑顔でいると気持ちが軽くなるわ」

どういう訳かソフィアはこの時、心細さを覚えた。

もしかすると私は彼に笑ってほしいのだろうか？

だとすると奇妙ね……どうして私は彼に笑ってほしいのだろう？

「――俺はとうの昔に笑い方を忘れた」

返されたのは、凍えるような声音。彼が視線を切る――そしてソフィアに背を向けて去って行った。

ソフィアは言葉もなく見送ることしかできなかった。

＊　＊　＊

――週明け、午前八時半、皇宮封鎖。

外から皇宮に入ろうとした人々は、全員例外なく門のところで足止めされた。商品を納入しにやって来た者、皇宮で何十年も働いている者、分け隔てなくすべて。

封鎖の理由は『賓客《ひんきゃく》が来ているため、安全上の理由で、そのあいだは人の出入りをすべて止める』

とのことである。

なんだかよく分からない理由だし、事前予告なしで足止めされた苛立ちはあるのだが、「賓客が来ているから」と言われてしまうと文句も言いづらい。

とにかくこれは公的な理由なので、時間に遅れても咎《とが》められることはない——それで全員が大人しく指示に従い待機した。

＊　＊　＊

——一時間後、午前九時半、皇帝陛下執務室。

「陛下、呪いのイエローパールが届きました。今回も時間どおり、これで四つ目です」

イーノクの顔色は冴《さ》えない。陛下の執務机に置かれたトレイに、封筒からイエローパールを出す。

四つ目と彼は言ったが、先の三つは先週粉々に砕けているので、もうここにはない。イエローパールを謎の魔力で砕いたのは、あの時執務室を訪ねていたソフィアである。

「犯人は几帳面《きちょうめん》だな」

ノアは特に表情を変えずに、呪いのイエローパールに手を伸ばす。前回同様素手で触れ、躊躇《ためら》う様子もない。

「やはり三十分前に呪いがかけられている……つまり今回も実行は午前九時」

ふたりは視線を交わした。イーノクは深刻な表情を浮かべているが、ノアのほうは相変わらずのポーカーフェイスで感情が読めなかった。

イーノクが気重そうに口を開く。

「これではっきりしましたね――犯人は皇宮敷地『内』で暗黒魔法を使ったことになる」

先週ふたりは犯人の行動パターンを分析し、作業場は『皇宮にかなり近い』と推理した。

ただ先週の時点では、皇宮の敷地『外』であっても、一ブロック程度の距離なら急ぎ持ち込んでこちらに送りつけることも可能であるので、範囲を絞れなかった。

そこで今回、午前八時半から皇宮を封鎖――一時間前から誰も出入りしていないのだから、三十分前に呪いをかけられたこのイエローパールは、皇宮『内』で加工されたことになる。

「どういう訳かな……私のテリトリーで好き勝手されているのに、何も感知できないのは」

ノアの声音は淡々としており、感情の乱れはどこにもなかった。

「陛下の体調不良という問題だけでは説明がつきませんね。皇宮内には上位魔力保持者が山ほどいるのに、誰も気づいていないのだから」

鼻で感じ取る臭気と異なり、暗黒魔法行使時の悪臭は石壁であっても突き抜ける。これは空気を振動させる『音』の概念に近いのかもしれない。呪い発動時その波動が空気を震わせ、壁に到達してその壁を振動させ、さらに壁向こうの空気へ伝播《でんぱ》する。そうして伝わって来たものが不快に感覚を刺激するので、受け手は『悪臭に似たもの』として認識するのだ。

イーノクは苛立ちを覚えて奥歯を噛《か》んだ。

……十キロ先の遠方でやられたらさすがに感知できないだろうが、皇宮『内』でだぞ？　弱い呪いなら臭気も微弱なので見過ごしも起こりえるだろう。しかし今回は古代の強い呪術であるから、反応も相当きつくなる。

悪臭は数分で消えるとはいえ、そのあいだ皇宮内の全員が寝ていたわけでもなし、誰ひとりとして気づかないなんてことがありえるのか……？

＊＊＊

公衆の面前でソフィアに恥をかかせた最低男が、ブラックトン侯爵家を訪ねてきた。

客間で対面したソフィアはしかめツラで、軽薄なテオドール・カーヴァーを眺める。

さすがにことがことなので、この場には父も同席していた——三者面談だ。

「——ブラックトン侯爵、先日の馬鹿げた騒動についてお詫《わ》びします。あれはちょっとした冗談でした」

テオドールが改まった口調でそう切り出した。

……ちょっとした冗談、ですって？　ソフィアは呆《あき》れて目を丸くし、猫が威嚇をするかのように肩を怒らせた。

先日寄越した手紙にも同じことを書いてきたけれど、それで押し通すつもりなのね？　こちらの気持ちを無視しすぎじゃない？

ところがブラックトン侯爵は、ソフィアと違って落ち着いた態度である。渋い顔でテオドールを見遣ったあと、事務的にこう尋ねた。

「冗談——つまりパーティーでソフィアに告げたことは、あなたの本意ではないのですね？」

「はい」

「ではソフィアとの婚約は、継続するつもりでいる？」

「もちろん」

ソフィアは目の前で繰り広げられている誠意の欠片もないやり取りが、もう正気の沙汰とは思えないのだった。彼女ができる精一杯の怖い顔でふたりを交互に睨むのだが、どちらもソフィアのことを無視して、どんどん話を進めてしまう。

ブラックトン侯爵は娘のソフィアを気遣うことなく、上辺だけの笑みを浮かべた。

「テオドール君の意志を確認できてよかった。結婚は家と家との結びつきです。今後はこのようなことがないようにお願いしたい」

「承知しています」

「ちょっと、お父様！」

ソフィアがやっと声を上げた時には、ふたりの話し合いはもう決着がついたあとだった。

「ソフィア、テオドール君とよく話し合いなさい」

「いやです！　だって彼には愛《いと》しい子猫ちゃんがいるんですよ！」

「細かいことは気にするな……お前も十分に可愛いから、彼の新しい子猫ちゃんになれるさ」

ブラックトン侯爵は最低な台詞をシレッと吐き、ソフィアの抗議に一切取り合うことなく部屋から出て行った。

ソフィアはむぅと膨れて、対面に腰かけているテオドールをふたたび睨む。

「どういうつもり？」

「どうもこうも」

テオドールは少し参っているようでもあったし、開き直っているようでもあった。ため息を吐いてから続ける。

「先日手紙で、この件については説明済じゃないか」

「パーティーで一方的に婚約破棄宣言した翌日、うちに届いたあの手紙のこと？」

「そうだ。あれでちゃんと君には謝っただろう？」

「謝ってませんー。『パーティーの件は冗談で、そのうちに笑い話になる』とか、『可愛いソフィア、また会いたい』とか、書いてあることが意味不明だったわ」

「婚約破棄宣言の件、勝手なことをするなと父上に叱られてしまってね」

テオドールは肩をすくめてみせる。それから『やれやれ』という様子でソフィアに告げた。

「どうやら俺は君と結婚するしかないらしい」

「あの子猫ちゃんはどうするの？」

「ゾーイは俺の太陽だ」

「つまり別れないつもり？」

「そりゃあそうだよ。彼女とはすでに体の関係もあるから、子供ができているかもしれないし」

――なんなの、こいつー！　ソフィアは怒りで肩を揺らし、きゅっと下唇を噛む。

「だったらあなたは親を説得すべきよ。ゾーイと結婚できるように、必死で努力すればいいでしょ」

「だけどゾーイは男爵家の娘なんだよ。うちは公爵家だから、バランス的にちょっとね」

「ちょっとね、じゃなーい！　気軽に手を出しておいて、ちょっとね、じゃなーい！」

「男は下半身でものを考えてしまう時があるんだよ、ソフィア」

「気持ち悪いよぉ！」

「でもね、ソフィア――俺は君をお飾りの妻にするつもりはないから。ちゃんと手は出す！」

「わぁん、絶望しかない！」

「ちゃんとしっかり抱いてはやる。満足はさせる。でもごめん、一番はゾーイだから」

「うるさーい！」

「ほら、俺たち息がピッタリじゃないか？　このとおり会話も弾んでいる」

「どこが？」

「ソフィアは俺と話していて、楽しそうだ」

「どこがだぁ！」

「それに君の体つき――俺はわりと気に入っているんだよ」

ジロジロ胸を凝視されたもので、ソフィアはゾッと鳥肌が立ち、あまりの恐怖から涙目になった。

＊　＊　＊

テオドールから『ほかに愛する女性がいるけれど、君にもちゃんと手を出す』宣言をされてしまった、絶体絶命のソフィア。

それでどうしたかというと、次の日も皇宮資料室で仕事をしていた。

ソフィアはチャラチャラしていい加減そうに見られがちだが、こういうところは真面目だった。

ポジティブ思考で、目の前のことに全力で取り組むこと――それはパーティー・ガールである叔母

から教わった生き方である。

そんな訳でソフィアが皇宮資料室で真面目に仕事をしていると、年嵩《としかさ》の落ち着いた雰囲気の女性が訪ねて来た。

「――レディ・ソフィア、陛下がお呼びです」

あらまぁ……ソフィアはパチリを瞬きした。

「陛下が？　私になんのご用かしら」

七年ぶりに帰国したお祝いでもしてくださるのかしら？　ソフィアは呑気に考えを巡らせる。

きっとこんな感じ？　――七十歳くらいの白いおひげのおじいさんが、「ソフィア、外国からよくぞ戻ったのぉ！　ウェルカーム！　靴下いっぱいに詰めた金貨を遣わす！」とか言ってきて、渡されたパンパンの靴下を確認してみたら、金貨ふうの包み紙に巻かれたチョコレートがぎっしり入っていて、「もう、陛下、これチョコじゃないのー！」「あはははは～！」となるような愉快な場を設けてくださるのかしら？

「陛下のご用件については分かりかねます」

淡々と返され、女性に先導される形でソフィアはあとをついて行った。

フン、フフ～ン♪　と鼻歌交じりに進んで行くと、やがてある部屋に辿り着いた。警備、前室……と通りすぎて、ひときわ立派な扉の前まで来る。案内役の女性が取り次ぎなどの必要な手続きを終えたあと、

「こちらでございます」

あとはおひとりでどうぞ、というように横によける。

ソフィアは『前に来たことがあるような気もするけれど、同じ建物だから、どこもかしこも似ているのでしょうね』と考えながら、扉を大きく開いた。

ところが――……。

「ん？」

ソフィアは目を疑った。

というのも最奥の執務机に着いているのは、以前少しお話しをした、サファイアを思わせる瞳が印象的な青年だったからだ。

「あ、ごめんなさぁい！　お部屋を間違えたみたい」

ソフィアは目を丸くし、若干後ろ体重の姿勢になりながら、扉外に控えている案内役の女性にコソコソと話しかけた。

「……ここ、陛下のお部屋じゃないわ」

「いいえ、ここで合っています」

「合っていないわよぉ。だって白いおひげのおじいさんがいないもの」

「白いおひげのおじいさんは、もともとおりません」

「え……やだそれ本当!?」

てなやり取りをしていると、部屋の中から事務官ふうの男性が出て来た。そういえばこの人とも先日会話をしている。

「レディ・ソフィア、部屋はここで合っている」

彼が言う。

「あなた、先日お会いしているわよね？」

「ああ、そうだ。私はイーノク」

「そう。私、ソフィア」

「知っている。それでだ――あちらにいらっしゃるのが、ノア・レヴァント皇帝陛下だ」

こ、皇・帝・陛・下……!?

ソフィアは呆気に取られてサファイアの君を眺めた。

ガガーン！　皇帝陛下って、おひげのおじいさんじゃないのぉ……!!

これはソフィアにとって、とてつもなくショックな出来事だった。あまりにびっくりしすぎて三秒ほどフリーズしてしまったくらいだ。

しかし彼女はお馬鹿ゆえ立ち直りも驚異的に早かったので、三秒後には八割がた復旧することができた。

＊　＊　＊

執務机の前までしずしずと歩み寄ったソフィアは、貴族令嬢らしい礼節にかなったお辞儀をしてから、困ったように眉尻を下げた。

「先日はこのお部屋で、本を乱暴にデスクに置いてしまい申し訳ありませんでした」

あれは誰に対しても失礼な態度だったし、ましてや身分が上の相手にあんなことをしてしまったのは、本当に悪かったとソフィアは反省していた。

端で聞いていたイーノクは半目になり、『反省すべきなのは、そこだけじゃない。どこもかしこもだ』と心中で呟きを漏らす。

ところが陛下はとても寛大だった。

「謝ることはない。先日の君の態度は、そんなに悪いものでもなかった」

励まされたソフィアは、『……そうだったかしら？』と斜め上を見ながら自らの行動を振り返ってみて、『確かにそうね！』と納得することができた。それで『危なぁい、セーフ』と思いながら、えへへ、と嬉しそうな笑みを漏らした。

「よかったぁ！」

「いや、よくないだろ」

イーノクが我慢できずに突っ込みを入れる。しかし当の本人は聞いちゃいないのだった。

「それで陛下、私になんのご用ですか？」

安心し切って尋ねるソフィアに対し、ノアが事務的な口調で告げる。

「君に取引を提案したい。ソフィアはこの話を受けることで、テオドール・カーヴァーとの縁を完全に切ることができる」

「それができるなら、嬉しいですけれど……」

だけどそんなうまい話があるのだろうか？　半信半疑のソフィアは小首を傾げる。

ノアは圧をかけるでもなく、冷静な態度を崩さなかった。

「君には、ある役割を演じてもらいたい」

「一体どんな？」

「——私の恋人役だ」

ん……ソフィアは耳を疑った。

「こい・びと役ぅ？　——え？　『こい』ってあの、赤と白のまだら模様で、池を泳いでいるあれ？　私はあれと人間のミックス役に抜擢《ばってき》されたってこと？　演劇初心者には難しすぎるわ、上手く演じられるかしら？」

「鯉《こい》と人間のミックス役を探しているわけないだろ！」イーノクがイラッとして口を挟む。「どんな舞台だ、そんなもん誰も見んわ」

「そうですよ。誰も見ないから、やめたほうがいいですよ」

「だからぁ！　君が演じるのは鯉と人間のミックスではない！　陛下とステディな関係を演じるってことだ！」

まくし立てすぎて、イーノクの息が上がっている。

一方、ノアのほうはクールな佇まいを崩さず、ソフィアの馬鹿話に対しても賢く沈黙を守っていた。

「あぁん、頭が混乱してきたぁ！」

ソフィアは両手のひらで側頭部をぎゅっと押さえつけた。そうしながら瞳を揺らしてノアを見遣る。

「……あの、どうして私なのでしょう？」

「君の『能力』が欲しいだけ」

ノアが淡々と答えた。

「え……私の『事務能力』って、陛下に一目置かれるほど優秀でした？」

ソフィアがまじまじとノアを見つめて尋ねると、横手からイーノクが電光石火で口を挟む。

「んなわけないだろ」

「じゃあなぜ？」

ノアは物柔らかにソフィアを見返した。

「なぜかという理由を気にするより、協力した場合に得られるものについて考えたらどうだ？　君はテオドールと別れたいのだろう——ならば私の恋人役を演じるのが、希望を叶《かな》える手っ取り早い手段だと思うが」

それは確かにそう……けれどこの事態はソフィアの手に余った。そこで自力で答えを出すべく頑張るのは諦め、すぐにギブアップした。

「アドバイザーの意見を聞いてもいいでしょうか？」

「今の話を誰かに伝える気なのか？」

ノアが端正な顔をしかめる。

「そうでぇす」

「ここで交わされた話は機密事項だ」

「でも私には判断がつきません」

「一体、誰に話す気なんだ」

「侍女のルースです。彼女はものすごく賢いの。これまで一度だってルースが間違っていたことはないから、私は彼女の意見を聞きたいわ」

「ソフィア……大丈夫か？」

ノアは機密云々《うんぬん》よりも、ソフィアがそこまで侍女のことを信用して、重大な決断を委ねようとしていることのほうが気になった。

そのルースとやらが極悪人だった場合、これまでなんでも打ち明けてきたであろうソフィアは弱みを握られているも同然なわけで、あとでとんでもないことになるのでは？

「大丈夫です！　二百パーセント大丈夫！」

数値が上限百を超えている……！

ノアとイーノクが絶句しているあいだに、ソフィアは「数日ほどお時間をいただきますねー！」という台詞を残し、あっという間に部屋を飛び出して行った。

＊　＊　＊

——その夜。

ソフィアは自室の長椅子に腰かけると、クッションを抱え込んで前のめりになった。

「ルース、大変よ！」

侍女のルースはお茶を給仕しながら適当に返す。

「さようでございますか」

「ちょっと、真面目に聞いてよぉ」

「どうしました、翼の生えた猫でも見ましたか？」

「あらルース、あるじに対してそんな態度でいいの？」

ソフィアが顎を引き、両手で猫のかぎ爪を模して脅しにかかる。

「私が見たのは、角《つの》の生えた荒くれもの猫ちゃんかもしれないわよ。それに噛まれたせいで、私も荒くれもの猫ちゃんに変身したかも。ガオー」

「お嬢様、いくつになられたのです、もう子供じゃないんですよ。いい加減、十九歳のレディらしく淑《しと》やかに振る舞ってください」

ため息を吐くルースに、ふくれっツラを向けるソフィア。

「だってルースがちゃんと話を聞いてくれないからぁ」

「はいはい、なんですか」

「じゃあ——ここに座って？」

ソフィアはいそいそと姿勢を正し、すぐ隣の座面をポンポン、と指先で叩く。三人がけの長椅子なのでスペースは充分にあった。

「侍女があるじと並んで座ってお喋りするなんていけません」

ルースは渋い顔だが、ソフィアはお構いなしだ。

「固いこと言わないで、ほらほら。込み入った話だから」

「まったくもう」

ぶつくさ言いながらルースは渋々隣に腰を下ろした。

ソフィアは体ごとルースのほうに向き、声をひそめる。

「大事件よ——私今日ね、ノア・レヴァント皇帝陛下にお会いしたの！　ねぇ知っていた？　ノア・

レヴァント皇帝陛下はね、白いおひげのおじいさんではなかったのよ！」

うぐっ……ルースの呼吸が止まりかけた。

ソフィアは期待どおりのリアクションをもらい大満足の顔をしているが、ルースはそれどころではない。

「ノア・レヴァント皇帝陛下にお会いした、ですって？　それは本当ですか、お嬢様！」

「ええそうよ。彼、白いおひげのおじいさんではなかったわ」

「なんで二度同じことを言うんですか。白いおひげとかどうでもいいですから」

「どうでもよくないもん。私にとっては大問題だもん」

このポンコツお嬢様め……ルースが半目になる。

「で、陛下はなんと？」

「私に仕事を頼みたいんですって」

「はぁ？　仕事？」

ルースが眉根をきつく寄せる。訳が分からなすぎて、飢えた闘犬のような顔つきになっていた。

「……氷帝が初対面の貴族令嬢に仕事を依頼？　そんな馬鹿な」

「氷帝？　何それ」

「彼のあだ名です――ていうかお嬢様、氷帝の前で粗相《そそう》をしなかったでしょうね？」

「え……と、それは」

ソフィアは途端に視線が泳ぎ出す。挙句《あげく》の果てに両手の人差し指同士をツンツンと触れ合わせ始めたため、それを見たルースは冷や汗をかいた。

「ちょっと、お嬢様？」

「だって知らなかったんだものぉ！　実は、彼に会うのは今日で三度目なの」

「さ、三度目⁉」

「ほら私、皇宮資料室でお仕事をしているでしょう？　先日ね、オーベール女史に頼まれて、ある部屋に本を届けたの。私はその時、浮気男のテオドールに腹を立てていたものだから、配達の際にものすごく悪い態度を取ってしまって……その部屋には陛下がいらして、『君は誰に対しても、そんなに不愛想で無礼なのか？』と叱られたわ。私はその時、彼が皇帝陛下だとは知らなかったの」

それを聞き、ひぃ、とルースがのけ反る。

「ああ、もう終わった……お嬢様、残念ですが、あなたはもうすぐ破滅します」

「待って！　大丈夫だから」

ソフィアが腕を引いてそう訴えるのだが、ルースの目は虚《うつ》ろだ。

「なんでお嬢様は自ら虎の尾を踏むような真似を……」

「でも許してもらったから！　謝ったら許してくれた！」

「えー……信じられません」

「本当だってばぁ！　ほら、ルースだって私がポカした時に、最初は怒るけれど、拝み倒すと許してくれるじゃない？」

「まぁそうですねぇ。お嬢様と関わっていると、怒っていることが馬鹿馬鹿しく思えてくるんですよね」

「それよ！」

ソフィアの瞳がキラリと輝く。

「陛下も同じ状態になったのよ！　拝み倒したら許してくれたもの」

「…………」

「あーん、信じてないー」

「信じられるわけないでしょ。だってあの氷帝ですよ？　無礼な女を許すわけが――」

「でも二度目は陛下のほうから会いに来たのよ？　彼が本気で怒っていたら、わざわざそんなことしないでしょ？」

「ん？　なんて言いました、今」

「だから二度目は彼のほうから会いに来たの。その時に皇宮資料室でちょっとお喋りして、それからまた何日かたって――今日、正式に呼び出しを受けた。だから今日が三度目の対面。執務室に伺ったら、陛下から内密にお仕事の依頼があったのよ」

ルースはカクンと口を開け、信じがたい気持ちでお嬢様を見返したのだった。

＊＊＊

想定外……ルースはお嬢様の引きの強さにおそれおののいていた。

皇宮資料室で仕事をして、ほかの攻略対象者を捕まえてほしかったのに、なぜよりによって一番相性の悪い氷帝と関わりを持ってしまうのか。

「いいですか、お嬢様、よく聞いてください」

ルースは長椅子に座り直し、ソフィアを見つめた。噛んで含めるように伝える。

「私が知っている未来では、お嬢様は皇帝陛下の怒りを買い、断罪されてしまうんです」

「えー！　そうなの？　ショックー」

言葉自体は呑気に響いたかもしれないが、ソフィアなりに本当にショックを受けていた。

彼に嫌われるのは嫌だわ……どうして嫌なのか自分でも理由がよく分からないけれど、そうされたらたぶんものすごく悲しい気持ちになるわ……。

ソフィアはしょんぼりしながらルースに尋ねた。

「私……どうして彼の怒りを買ってしまうの？」

「それはズバリ『しつこさ』です。お嬢様はワンコ気質ですよね――気に入った相手には一直線――『遊ぼ、大好き、ワンワン』してはいけません。氷帝はまとわりつかれるのが大嫌い」

「やーん……耳と心が痛い」

「そして美貌を鼻にかけ、自信満々で嫌味な態度――これもＮＧ」

「あーん……私、美貌をしっかり鼻にかけているぅ」

半ベソ状態のソフィアを眺め、ルースが眉根を寄せる。

「ん、そうですか？　美貌を鼻にかけていますかね？　現状のお嬢様は大丈夫かと……これからそうならないでくだされば」

「でもでも私ってほら、とっても可愛いじゃない？」

「…………」

「お洒落が大好きだしー、いつも鏡の前で『今日の私もイケているわ♡』と思ってしまっているのぉ、

どうしよう、そういうところがだめなのね？」

「え、いえ――可愛くてイケているのは事実ですから、自己肯定感が高いのは自然なことですよ。むしろ可愛いのに『私なんてどうせたいしたことない』と悩むほうがどうかしていますし。そうじゃなくて、ほかの人を馬鹿にするような女性になってほしくないという話です」

「それは大丈夫だけど……でも気をつける」

ソフィアは打ちひしがれ、座面の右側に両手をついて耐え忍んだ。

ルースはそれを気の毒そうに見遣りながら、落ち着いた声音で続ける。

「氷帝がお嬢様を好ましく思うことはないので、今の気持ちを忘れないほうがいいかもしれないですね。お嬢様の美貌も彼には通用しませんし」

「そうなの？」

「氷帝はソフィア・ブラックトンの顔が嫌いだったはず……乙女ゲームの設定ではそうでした」

「ガーン……」

「あと胸を強調したいやらしい服を着てベタベタ体を押しつけるのも、彼の怒りを買った原因のひとつです。これからは露出厳禁、お触り厳禁ですよ」

「ふわぁん……いやらしい格好が好きなわけではないのだけれど、鎖骨の形とデコルテの綺麗さが自慢だから、つい襟《えり》ぐりの開いた服を着てしまうの……でも、もうやめる」

ソフィアはこの数分間で大きな学びを得た。

自分では『可愛い』という認識であっても、相手はこちらの顔や胸を見て不快に感じているケースもあるのね。もういっそ猫ちゃんのマスクを作って、彼の前ではそれを着けて過ごそうかしら？　首

から下も猫ちゃんの着ぐるみでね。それならモコモコして可愛いかもしれないわ……。

「それでお嬢様、氷帝から内密に依頼された仕事というのは？」

ルースに尋ねられ、すっかりしょげ返りながらソフィアが答えた。

「私に恋人役を演じてほしいのですって」

「は？」

「恋人役――陛下とステディな関係であると周囲に思わせるお仕事なの」

「え、なんで？」

驚きすぎてルースの口調から敬語が吹っ飛ぶ。

「理由は分からないわ。私、びっくりしすぎて『考えさせてください』と言って逃げて来ちゃった」

「どうなっているんだこれ」

ルースは口元に手を当て、ブツブツ呟きを漏らした。考えごとに夢中になりすぎて、それが声に出てしまう。

「氷帝が悪役令嬢に恋人役をオファー？　そんなシナリオ、『LOVE×MAGICAL×WORLD』にはなかったわよね？　ていうか氷帝ってソフィア・ブラックトンを蛇蝎《だかつ》のごとく嫌っていたはずだけど……なんでわざわざ懐に入れて、相手を勘違いさせるような真似をするのだろう？　何かの罠？」

「ルースにも理由が分からない？」

「そうですねぇ」ルースの眉が複雑な形に顰められる。「あー……もしかして女よけのためとか？」

「女よけ？」

喋っているうちに何かを思い出したらしく、ルースがソフィアのほうに向き直った。

「そうだ、先日こんな噂を仕入れましたよ――マギー・ヘイズという令嬢が氷帝の婚約者候補になっているんだとか。彼女に何か問題があって、お嬢様に恋人役を演じさせることで遠ざけたいのかもしれません」

「マギー・ヘイズ?」

「彼女こそが乙女ゲームのヒロインなのですが――て言っても、お嬢様には分からないか。彼女も皇宮資料室勤務のはずですが、まだ出会っていないですか?」

「んー、そういえば名前を聞いたことがあるような……?」

ソフィアは斜め上に視線を向けて考え込んだ。

2．悪役令嬢ソフィア、氷帝を振り回す

——翌日。皇宮資料室。

同僚三人で書棚の前に並び、各所から返却された本を排架《はいか》していく。戻されたばかりの本は現状ワゴンに載せられていて、それらを協力して棚に戻しているところだった。

作業者はソフィア、そして高位事務官を目指している青年リーソン、もうひとりは伯爵令嬢のアマンダ。

アマンダは眉が吊《つ》り上がった見るからに勝気そうな女性だ。顎を少し上げて値踏みするように相手を見るので、気の弱い人間は彼女の圧にやられて精神的に屈服し、ものの数分で下僕と化してしまう。

彼女は陰でこっそり『蛇女《メデューサ》』と呼ばれているのだが、本人がそのことを知ったら、あだ名の発案者は速攻で息の根を止められるに違いない。

「ねぇアマンダさん——マギー・ヘイズさんて知っている？」

アマンダは情報通でもあるので、ソフィアは彼女に尋ねてみた。

すると。

「うっわ……マギー・ヘイズ？　うっざ！」

アマンダが舌を出し、嘔吐《おうと》しそうな顔つきになる。そのあとでソフィアのほうを横目で見た時には目の下がピクピクと痙攣《けいれん》しており、心底不快に思っているらしいのが伝わってきた。

「いいですか、ソフィアさん——マギーのことなんて気にしないほうがいいです。彼女は私たちとは

住む世界が違いましてよ」

アマンダはソフィアには一応敬語を使う。年齢はアマンダのほうが三つ上なのであるが、実家の爵位が下のため気を遣っているのかもしれない。

アマンダが鼻のつけ根に皴《しわ》を寄せながら続ける。

「この皇宮資料室は三課に分かれています――我々はその中ではトップの一課。マギーがいるのは底辺の三課です。所詮は庶民、聖女だかなんだか知らないけれど、無視です無視――あんなのは無視に限りますわ！」

庶民で聖女……ソフィアは今聞いたマギーの情報を頭の中で繰り返した。

同じ皇宮資料室所属であるのに、マギーと一度も会ったことがないのは、課が違うという理由だけ？　もしかすると聖女とのことだから、そのお務めを優先していて仕事にはあまり来ていない？

うーん、だとすると……ソフィアは小首を傾《かし》げる。

「どうして聖女であるマギーさんが皇宮資料室で仕事をしているの？　聖女ってお祈りをしたり、困っている人を助けたり、色々忙しそうなのに」

「あら、それは氷帝狙いだからですわ。陛下に近づける部署に籍を置いておき、隙を窺《うかが》っているのでしょう。彼女を推している貴族が考えた作戦だと思います」

「氷帝狙い……」

サファイアの涼しげな瞳と、彼の端正な横顔が脳裏に浮かんだ。気だるげにこちらを流し見て、「とうの昔に笑い方を忘れた」と言っていた彼……もしかするとマギーさんがこれから先、氷帝に笑い方を思い出させるかもしれない。

だけど私が『恋人役』を引き受けてしまったら、マギーさんと繋《つな》がるはずだった彼の大切な縁が切れてしまわない……？

顔を曇らせるソフィアに向かって、アマンダがまくし立てる。

「庶民のくせにまったく厚かましい、ちゃっかり氷帝の婚約者候補に名前が挙がっているんですもの！　身分、品格、頭脳、容姿——すべてが劣っているというのに、『聖女』という武器ひとつで皇宮に乗り込んで来て、陛下の花嫁になってやろうだなんて！　ありえないですわ！」

アマンダの語り口は過激すぎるので、話半分に聞くべきかもしれない。とはいえ昨夜侍女のルースも「マギー・ヘイズという令嬢が氷帝の婚約者候補になっている」と言っていた。そして「彼女に何か問題があって、お嬢様に恋人役を演じさせることで遠ざけたいのかもしれません」とも。

……陛下はマギーと結婚したくないのかしら？

情報が少なすぎて判断がつかない。

もしかすると陛下はマギーのことをまだよく知らなくて、それで遠ざけているだけなのかも。ふたりでじっくりお話ししてみれば、互いの良さに気づくかもよ？

陛下から恋人のフリをするようオファーされて、『テオドールと縁が切れるならば』と心が傾いたけれど、あの話を受けるのはやっぱりやめておいたほうがいいかのかな。だって彼がマギーさんと仲良くなれるチャンスを潰してしまったら悪いものね……。

ソフィアが考え込んでいると、アマンダが話題を変えた。

「そういえばソフィアさん、イメージチェンジなさいました？　そういう毒にも薬にもならないようなドレスも似合いますわね——庶民的というか、周囲に埋没しそうな感じでよろしいわ」

はん……と鼻で嘲笑《あざわら》うような口調でアマンダが感想を述べる。

ドレスの話題になったので、ソフィアは元気を取り戻して瞳を光らせた。褒め言葉は素直に受け止めるタイプのソフィアは、口角を綺麗《きれい》に上げ、腰に手を当ててポーズを決めた。

「似合うと言ってくれて、ありがとう――今日から私は『新・ソフィア』よ！」

もう鎖骨もデコルテも出さないわ――ソフィアは『ふふん、どうだ』の笑みを漏らす。

これならうっかりどこかで氷帝に出くわしたとしても、不快に思われることはないでしょう。そしてもちろんこちらから『遊ぼ、大好き、ワンワン』攻撃もしない――なぜなら今日から私は『新・ソフィア』だから！　クールに生きるわ！

得意になっているソフィアの今日の衣装は、白い丸襟の清楚《せいそ》なドレスだ。襟以外は、淡いグレーの細かなラインが縦横に入ったピンチェック柄で、色合いも爽やかである。

アマンダは『うげ……』という顔つきでソフィアをジロジロと眺めてから、すうっと息を吸い、眉尻を下げた半笑いで質問をしてきた。

「あらやだ、それでソフィアさん、どうしてイメージチェンジなさったの？　そういえばソフィアさんて最近、陛下の執務室に本を届けましたよね？　そういう場に出入りするようになったから、地味な服に変えたんですの？　ということは、また次があるのかしら？　でしたらお願いがあるのですが、今度陛下の執務室に届けものをする際は、その役目を代わっていただけません？」

役目を代わる……？　ソフィアはパチリと瞬《まばた》きし、一拍置いてから、首を横に振ってみせた。

「だめだめ」

「あらどうしてですの？　オイシイ役目はひとり占めするつもりですか？」

「いいえ。私は今現在、親切強化月間に突入しているのよ」

「じゃあ親切なソフィアさん、役目を代わっていただけますよね？」

「だめよぉ！　自分の仕事を他人に押しつけたりしたら、私は断罪されてしまうんだから」

「断罪？　何をおっしゃって――」

ふたりの噛《か》み合わない会話に耐えられなくなったのか、一緒に作業していた同僚のリーソンが横から割って入った。

「アマンダ、いい加減にしなよ。業務分担のことで希望があるなら、ソフィアさんに言うんじゃなくて、上司であるオーベール女史に頼むべきだ」

これまでは三人で作業していたものの、女子トークが続いていたので空気と化していた彼だが、ここでわざわざアマンダをいさめたということは、正義感が強いタイプなのかもしれない。

「ちょっとリーソン、あなたは関係ないんだから引っ込んでてよ」

アマンダの声のトーンが一オクターブ下がった。射殺しそうな目つきでリーソンを横目で睨《にら》み据えてから、さらに食ってかかる。

「ていうか私が『氷帝に本を届けたい』と頼んでも、オーベール女史がＯＫするわけないでしょ。だからこうしてソフィアさんに頼んでいるのに、邪魔しないで！」

「オーベール女史がＯＫするわけないなら、ソフィアさんが勝手に担当を代われるわけないだろ」

「はん、なーによ、あなたってソフィアさんの下僕？　グイグイ首を突っ込んできて、キモイったら！」

「君こそキモイんだけど」

「どこがよ、失礼ね！」

「そこまでして陛下の執務室に入りたがるの、異常だぜ？　何かたくらんでそう。惚《ほ》れ薬みたいな怪しいアイテムを持ち込むつもりじゃないのか」

「そんなことしません〜」

ふたりはイーッと睨み合ったあとで、アマンダが地を這《は》うような声音で告げた。

「……ちょっと、そろそろミーティングの時間よ。あなたも出席者でしょ」

「ああそうだな」

「私はもう行くわよ、遅刻する人間だと思われたくないから」

「僕だって」

ここまで三人で協力したので排架作業はあらかた片づいている。ソフィアはふたりに手を振ってみせた。

「あとは私がやっておくわ、行ってらっしゃ〜い」

「ありがとう、ごめんね」

リーソンだけが律儀に礼を言ってくれて、アマンダのほうは「フン」と鼻を鳴らして髪を払いのけたので、それが『頼みます』という意味らしかった。

ソフィアはなんだか可笑《おか》しくなってしまい、笑みを浮かべた。

喧嘩《けんか》するほど仲が良いって言うけれど、このふたりはどうなのかしら……？

＊　＊　＊

それから五分ほど作業を続け、ソフィアは返却された本をすべて棚に戻し終えた。

空になったワゴンを押して部屋から退出し、廊下を進んで行く。

階段の前を通りかかった時、半階下の踊り場から声が響いてきた。何気なくそちらを眺めおろすと、令嬢ふたりがお喋《しゃべ》りをしている——どちらも見たところ十七、八歳くらいだろうか。

「ノア・レヴァント皇帝陛下って超・超・超素敵なの～！」

浮かれた声を出して身をよじらせているのは、赤毛が印象的な令嬢だ。少し垂れ目で、丸顔で、元気で、可愛《かわい》らしいタイプ。

彼女はヘーゼルの瞳をキラキラ輝かせ、胸に抱えた本をぎゅーっと抱きしめている。その本は黒革に赤い飾りラインが入った高価そうな代物で、もしかして皇宮資料室所蔵の本かしら？　とソフィアは思った。

「もう——マギーったら相変わらず『陛下命』ねぇ」

もうひとりの令嬢がやれやれと呆《あき》れたように言うのを聞き、ソフィアは目を丸くした。

え、マギーですって？　じゃあ、あれが聖女のマギー・ヘイズ？

赤毛の令嬢をもう一度しっかり確認してから、ソフィアは慌ててワゴンごとバックをして、壁の陰に隠れた。そして改めて踊り場のほうを覗《のぞ》き見する。

マギーがその場でパタパタ足踏みしながら、キュッと目を閉じて悶《もだ》えた。

「陛下はね、私だけに微笑《ほほえ》みかけてくれるの！　尊い！」

「はいはい」

「私、このあいだ彼にリンゴをむいて差し上げたのよ――ねぇこれってもう夫婦よね？　エスター、あなたどう思う？」

「ちょっとぉ……声が大きくない？」

「皆に聞かせたいくらいよ！　だってもう――もう、あの安らいだ笑顔を見てしまったら、キュンが止まらないの！」

今にも歌って踊り出しそうな気配だ。

ソフィアは壁に背中を預けて放心した。

……そ、そうなの……？　陛下、彼女の前では笑ったんだ……そっかぁ……。

どうしてだか自分でも分からないけれど、胸にぽっかり穴が開いたような気持ちになった。

＊　＊　＊

ショックすぎて、ふたたび空のワゴンを押して皇宮資料室に戻ってしまった。

書棚のあいだにワゴンを置き、その上に腰を下ろす。そして前かがみになり、膝の上で頬杖《ほおづえ》を突いた。

しばらくそのままぼんやりしていると、

「休憩中か？」

横手から声をかけられ、ハッとして体を起こす。

顔をそちらに向けると、美しいサファイアの瞳がソフィアを捉えていた。考えごとをしていたせい

で、彼が部屋に入って来たことに気づかなかった。

「陛下……」

彼がワゴンのそばまでやって来て、手を差し伸べてくる。

「そんな不安定なところに腰かけていると危ないぞ――ほら」

ソフィアは難しい顔で、彼の長くて綺麗な指を見おろした。

「……どうした？」

「あなたの手を借りるべきか否か、考えているの」

「少し手を借りたからといって、まずい事態にはならない」

「そうかしら？」

「君がそうして考え込んでいると、私はこのままずっと待つようなのだが」

チクタクチクタク……ソフィアは少し考えてから、思い切って彼の手に自身の手を重ねた。そして床に降り立ち、ノアと向かい合って立つ。

「――私、今からあなたに『特技』をお見せするわ」

ソフィアが真剣な顔でそう告げると、彼の青い虹彩に温かみが交ざったような気がした。

「俺はどういう気持ちで見ればいいんだ？」

ソフィアはキリッとした表情を浮かべて対面の彼を見据え、人差し指を立てて注意を促す。

「集中よ――いい？　集中して」

「分かった」

誇り高い氷帝が意外なほど従順にソフィアの言葉を受け入れている。相変わらず泰然と構えている

し、侵しがたい品格は保っていたけれど、親しい人間――たとえばイーノクが今の彼を見たならば、『陛下は大変機嫌がよろしいようだ』と考えただろう。

「いくわよ、まずこれを見て」

ソフィアは癖のない艶やかなハニーブロンドを耳にかけ、ノアに対して横顔を向ける。

そして横目でチラチラと彼を見ながら、耳の上部分を丸めて器用に穴に押し込んだ。

「痛くないのか？」

「いいから見ていて――ほらどうだ！」

ソフィアが手を離しても、丸まった耳はそのままの状態をキープしている。ソフィアの瞳は得意気に輝き、口元には自然な笑みが浮かんでいた。

ノアはそれを眩《まぶ》しそうに瞳を細めて眺めている。

「まだよ、まだ――三、二、一」

カウントを終えてソフィアがパチンと指をスナップすると、それと同時に耳がピョコンと元の状態に戻った。

「どう？　どうどう？」

ふたたびノアのほうに向き直り、後ろで手を組んで、相手の反応をじっと窺うソフィア。

「……面白かった」

そう答えたノアは小首を傾げてリラックスしているように見えたが、顔にはやはり笑みはない。ソフィアは複雑な形に眉を顰《ひそ》めて、もっと彼の表情を確認しようとさらに前のめりになった。

――ポンポン。

そうしたらなぜか小さい子供にそうするみたいに頭を撫《な》でられてしまい、ソフィアは仰天する。

「違ーう！　これは『遊ぼ、大好き、ワンワン』の合図じゃなーい！」

「なんだそれは」

「ルースならさっきので大爆笑なんだけどなぁ……さすが氷帝、これじゃだめか……ならば」

ソフィアは難しい顔でブツブツと呟《つぶや》きを漏らし、姿勢を正した。んん、と咳払《せきばら》いをしてから、ふたたびのキリリ顔で彼を見上げる。

「次の特技は『腹話術』よ」

「……芸達者だな」

「そうなのよ、よく見ていてね」

ソフィアは左手でキツネさんを作り、右手でそれを指し示してみせた。

「このキツネさんが今から歌います――いくわよ？」

「ああ」

ソフィア自身は口を閉じたまま、左手の中指・薬指をくっつけたり離したりして上下に動かし、キツネさんの口をパクパクさせる。

「♪ツーイーソーもイケてるね～、でもリューイーソー、リューイーソー、おやあんたはクールにコクシムソウ、でもおいらはやっぱりリューイーソー♪」

なんだこれは……ノアは未知の衝撃を受けた。西部地方に伝わる『橋が落ちた』という童謡のメロディに合わせて、意味の分からない呪文のようなものを並べ、替え歌にしている。

「リューイーソーとはどういう意味だ？」

「知らないわ」ソフィアは首を横に振ってみせる。「この替え歌は侍女のルースに教わったの」

「…………………」

また侍女のルースか……彼女の口からは度々その名前が飛び出す。ふたりは『使用人』と『あるじ』という関係を超えて、もっと深い関わり方をしているような印象を受ける。ノアが考えを巡らせていると、ソフィアが本日何度目かの複雑な表情を浮かべて尋ねてきた。

「んー……楽しくなかった？」

「いや、十分に和んだ」

「……でもあなたは笑ってくれない」

呟きを漏らしたソフィアの瞳が揺れる。

＊　＊　＊

「あなたは……マギー・ヘイズさんには笑顔を見せたって聞いたわ」

ソフィアは迷子になったかのような心細さを感じていた。

私、どうしちゃったのかしら……すべてが空回り。

目を伏せたソフィアを眺めおろし、ノアは瞳を細める。

ほんの少し、彼の纏《まと》う気配が変化した――陽光が不意に翳《かげ》ったかのような、なんともいえない落差。

「それが気になるのか？」

「……たぶん」

ノアの佇《たたず》まいは数分前よりは温かみを欠いているように感じられた。退廃的で気だるく、表情には少し棘《とげ》がある――けれど不思議なことに、気を惹《ひ》くような艶めいた気配もどこかにあった。

「先日の頼みごとについて、答えを聞きたい」

ノアから促され、ソフィアはすぐ近くにあるサファイアの虹彩を見上げた。

頼みごと？　それってつまり偽りの恋人役……だけど彼は本当にそれを求めているの？

「私……あまり気が進まないわ」

「この話を受けないと、君はテオドールと結婚する破目に陥るぞ」

「それは自力でなんとかする」

「なんとかできるとは思えないが」

「でも……私がどうなったとしても、あなたに迷惑はかからないでしょう？」

ソフィアは居心地の悪さを覚えていた。

出会ってこのかた彼はずっと優しかった。ソフィアに対して思い遣《や》りがあったし、追い詰めるような空気を作り出したことは一度もなかった。

けれど今の彼はなんていうか……少しだけ怖い。攻撃的であるとかそういうことじゃなくて、彼がちょっとした気まぐれを起こすだけで、ソフィアのことを深く傷つけることができるだろう。

そう感じてしまうのは、もしかするとソフィアのほうに原因があるのかもしれなかった。

彼はマギーさんの前では笑顔を見せたけれど、私には違う――そのことがすでに心を傷つけていたから、彼と一緒にいるのがつらくなってきた。

「もしかして……俺を試そうとしている？」

そんなふうに尋ねられ、ソフィアは驚いた。

……試す？　何を？

「意味が分からないわ」

「ほんの少し前まで君は無邪気に笑っていたのに、今は怒っているだろう？　君の望みはなんだ」

「怒っていないし、望みなんてない」

「では先ほどワゴンに腰かけてぼんやりしていたのはなぜだ？　服装を地味なものに変えた理由は？　テオドールに対する印象が好転して、結婚しても構わないという気持ちになっているなら、はっきりそう言ってくれ」

責められている心地になり、ソフィアは困り果て、そして苛立《いらだ》ちも覚えた――どうしてそんなことを尋ねるの？

「テオドールは関係ない」

「ではなぜ」

「だってこういう服のほうが、あなたに嫌われないと思ったから」

「……は？」

「私――私、あなたに好かれたいのかも」

狼狽《ろうばい》しながら素直にそう口にしてしまい、ソフィアは顔を赤らめた。だめよ、こんなこと……彼はきっとわずらわしく思うはずだし、もう黙ったほうがいいわ。

「なぜ好かれたいんだ」

この時、少しだけ彼の空気が軟化したように思われたのだけれど。

ソフィアはチャンスを棒に振ったのかもしれない。

「以前本を届けた時、私は失礼な態度を取ってしまったから……あなたは皇帝陛下で私を断罪できる立場だし、これ以上印象を悪くしたくないの」

嘘《うそ》は言っていない——けれど伝え方を間違えたのかも。

対面している青の瞳が凍えるように冷たくなる。

「——というより、君は誰からも嫌われたくないんじゃないか？」

なぜかソフィアはこの指摘に傷ついた。

「あなたは皆に憧れられているから、誰かに嫌われたことがないんでしょうね」

ああもう、私たちはどうしてしまったのかしら……ソフィアはこのままならない現状に焦りを覚えていた。誰かに対してこんなにもどかしさを感じたことはないし、それを相手にぶつけたこともない。

それがどうだろう？　私たちはまだ数回しか会ったことがない仲なのに、こんなふうに喧嘩じみたやり取りをして、気持ちをぶつけ合っている。

そしてそれはノアのほうも同じなのではないか——彼はほかの女性に対してもこんなに自分をさらけ出すの？　いえ、そんなはずはない。もしもそうなら彼は人から『氷帝』なんて呼ばれていないだろうから。

彼はソフィアに腹を立てて凍えるような瞳をこちらに向けたとしても、その奥には苦悩がある。そしてほのかな熱も——だからソフィアもペースを乱される。

「……俺は生まれた時から嫌われていたよ」

彼の漏らした呟きがあまりにも孤独で、これにソフィアは心を強く揺さぶられた。

ハッとして仰ぎ見ると、彼の端正な面差しに『こんなことを言うつもりじゃなかった』という後悔が滲《にじ》んでいる。

「ノア――……」

初めて彼の名前を呼んだ。

理由のよく分からない衝動に突き動かされて、そっと手を伸ばす。

ふと視界の端に影が差した――黒い糸状の何かが蜘蛛《くも》の巣のように空間を侵食していく。その変化は瞬く間に起こり、止めようがなかった。

同時に異変に気づいたノアがソフィアの手を取り、彼女の体を懐に抱え込んだ。

＊＊＊

皇宮資料室の床がボロボロと崩れていく。壁も。書棚も。

崩れた部材が底なしの闇に呑《の》み込まれていくさまを見て、ソフィアは恐怖を感じた。ふたりの周囲にはまだ床が残っているものの、いつまでもつのか。

こうなった原因は分からないが、突き止めている時間はなさそうだ。

「ここから脱出しないと」

ソフィアは目の前にいるノアに視線を戻した。今ソフィアは彼に抱え込まれているので、互いの距離はとても近い――ノアの胸に手を置き、サファイアの瞳を覗き込む。

「……ノア？」

なんだか様子がおかしい。普段は澄んでいる青の虹彩に影が差している。くっきりした青と、嵐の夜のような闇――そのふたつが溶け合い、反発し合い、中でせめぎ合っているかのようだった。

これは周囲の闇が映り込んでいるだけ？　それとも……。

「この現象は俺が引き起こしている」

「え？」

ソフィアは息を呑み、気遣うようにノアを見つめる。

懐に抱え込まれているものの、狂おしく抱きしめられるわけでもなく――……けれどソフィアは彼に縋《すが》られているような心地になった。

どうしよう……私はあなたの助けになれる？

彼は目を伏せ、自分の中の何かと戦っている。

「……呪いの影響で、負の感情に引っ張られる」

呪いの影響……？

周囲を侵食する闇が止まらない。これは彼の昏《くら》い情念と連動しているのだろうか？

部屋はすでに原型を保っていなかった。

「ええとそう――じゃあ何か楽しいことを考えてみて」

「苦しい……溺れそうだ」

「どうして溺れそうなの？」

こっちを見て、ノア――私はここにいる。

現状、なんとか会話はできているけれど、昏いところに心が囚《とら》われている彼を引っ張り上げること

ができない。ソフィアはもどかしさを感じた。

けれどこの細い繋がりが命綱だ——ソフィアは感覚的にそれを理解していた。このまま会話を続けないと……。

「どうして苦しんでいるの？　話して、ノア」

「俺を産んだせいで母は死んだ……俺は望まれない子供だった」

なんて孤独な声なのだろう……ソフィアは胸の痛みを覚えた。

私も家族から疎まれている。魔力がないから、いらない子だと言われたこともある。だけど私には叔母がいた——「生きていていいんだよ」と言ってくれる存在がそばにいた。

だけどノアには？

たぶんあなたは誰にも許してもらえなかったのね。だから苦しいの？

ソフィアはいたわるように彼の背に手を回した。

「ノア、大丈夫だよ。あなたが生きていてくれて、私は嬉《うれ》しい。あなたと何度かお喋りして、すごく楽しかった」

「気休めを言うのはやめてくれ——君を傷つけてしまいそうだ」

「気休めじゃない、本心で言っているの」

もどかしい……せめてぬくもりは伝わる？

ソフィアは自分からノアにギュッと抱き着き、彼の背中を撫でた。必死だった。

届かない？　私の言葉は軽い？　だけど私、嘘だけは言わないって決めている。全部本当なの。

どうか伝わって。

「……君を巻き込みたくない。今のうちに逃げろ」

「どこにも行かない。あなたとここにいる」

「だが――君はきっと離れていく」

信じてもらえない……でも当然かもしれない。

ノアから頼まれた恋人役を、ソフィアは「気が進まない」と言って断ってしまった。断っても彼が困ることはないと思っていたから。

「私たち、友達でしょう？」

お願い……お願い、届いて。

この場面で簡単に「恋人役を引き受ける」と口にすることはできなかった。だってそれは嘘になる。

「友達か……」

抱き着いているから彼の顔は見えない。

ソフィアは懸命に伝える。

「恋人役を引き受けるのは難しいけれど……良い友達にはなれるはず。きっと大丈夫、なんとかなるから、ふたりで対策を考えましょう」

「大丈夫だと言えてしまう、優しい君が嫌いだ」

嫌いと言われてしまった。でもね、あなたが嫌っても、私は――……。

「私があなたに『大丈夫だよ』って言う時は、本当は自分自身に言い聞かせているのかもしれない。私――魔力が全然なくて、家で邪魔者扱いされていたのよ。だけど叔母からここにいていいって言ってもらえて、救われた――あなたもここにいていいの」

しばらくのあいだふたりは抱き合っていた。ぬくもりが互いに伝わって、溶け合い、境目がなくなるような不思議な感じがした。温かいようで、それでいて穏やかであるとは言いがたい――寂しくて、寂しくて、さらに互いを求めるような触れ合いだった。

揺らぎ――……そして引き戻される。互いを想《おも》って触れ合っていれば、それこそが唯一確かなものとして実感できるし、『ここがどこで誰と共にいるのか』ということをノアに思い出させた。

ふと気づけば、いつの間にか闇が晴れていた。日常の景色が戻っている。書棚も壁も床も天井も元の状態に戻り、いつもどおりの皇宮資料室の中にふたりはいた。

バタバタと足音が響いて来た。

「――陛下、大丈夫ですか？」

駆けつけて来たのは、陛下の側近であるイーノクだ。

ソフィアはそっとノアから離れた。

「私……これで失礼します」

それだけ告げるのが精一杯。

ルースから警告されたとおり、どんどん嫌われていってるかも……そんなことを考えながら、ソフィアはその場を去った。

＊　＊　＊

夜、ブラックトン侯爵邸。

自室の長椅子に腰かけ、ソフィアはかたわらに佇むルースを縋るように見上げた。

「私、とうとう陛下から『嫌い』って言われちゃったの……」

しょんぼりしているお嬢様を眺めおろし、ルースは困った顔つきになった。

「お嬢様、一体何をしたんです？」

「ええとたぶん……私が無神経なことを言ってしまったんだと思う」

「ああもう、だから言ったじゃないですか」ルースはため息を吐《つ》いてから続けた。「もともとお嬢様と氷帝は相性が悪いんです。そういう相手とはなるべく関わらないようにすべきですよ」

「あーん……ここ最近やることなすこと、すべてが裏目に出ている気がするわぁ」

「だけどまぁやってしまったことは仕方ないので、気持ちを切り替えていきましょう。ほら、お嬢様——大好きなサクランボですよ。食べて元気を出して」

ソフィアにサクランボの載ったフルーツ皿を渡してやると、

「……ありがと、ルース」

やっといつもの可愛い笑みを見せてくれた。

ルースは『やれやれ』と心中で呟きながら、最適と思われるアドバイスをしてみた。

「そうですねぇ……それじゃ思い切って、婚活とかどうです？　名家の子息を捕まえられれば、テオドールの馬鹿とも縁が切れるし、氷帝とも疎遠になれるのでは？」

「確かにそうね」

「明日は週休ですよね？　ほかの攻略対象者を教えますから、アプローチしてみるとか」

「あなたは時々『攻略対象者』って言うけれど、それ何？」

「お嬢様をピンチから助け出してくれるかもしれない救世主――つまり、スパダリです」

「おお――スパダリ！」

ソフィアの瞳がキランと輝く。

ついにその時が来たのね――私は明日、謎多き『スパダリ』にアプローチする！

新たな目標が見つかり、ソフィアは元気が出てきた。

＊＊＊

――翌日。

仕事はお休みであるけれど、ルースに勧められた『婚活』とやらに挑戦してみるため、ソフィアは皇宮にやって来た。

今日は張り切ってお洒落《しやれ》をした。

侍女のルースから勧められ、ドレスはラウンドネックで淡い色のものを選んだ。このデザインは丸い襟の形から物柔らかな印象を受けるが、袖や胸上の一部がレース生地になって透けているので、清楚な可愛らしさと大人っぽい綺麗さが融合している。

そして首には同色のレースチョーカーを着けた。シルクレースの細工が豪華で美しく、ソフィアのお気に入りである。

これでスパダリに会うためのコーディネートは完璧。

今、ソフィアは騎士団の訓練所にいる。闘技場を囲む階段状の客席に腰を下ろし、下で訓練してい

る騎士たちを眺めおろす。上階の端を選んだので、ターゲットからはかなり距離があった。

ソフィアは好奇心に目を輝かせながら、オペラグラスを目に当てる。

「ええと確か、名前は『バート』──『騎士団長子息で、黒髪、長身、マッチョ、実直なイケメン』だとルースは言っていたわね──え？　何あの体！　私の十倍くらい筋肉があるぅ……本気出したら馬車とか持ち上げられるんじゃない？　すごーい……」

ソフィアはバートを見つける前に、顔に傷があるオジサマ騎士の筋肉美に目を奪われてしまい、「わぁお！」と口元に手を当てた。

「あの筋肉があれば、お部屋の模様替えもひとりで簡単にできちゃうわぁ……便利！」

肩に何匹ワンちゃんを乗せられるだろう？　あのオジサマとお友達になったら、その実験に付き合ってもらえるかしら？　あの方に片膝を突いてもらって、こちらでワンちゃんを次々肩に乗せていくの──そうね、両手は水平に持ち上げてもらったほうがいいかもしれない。そのほうがたくさん乗る。

「──誰を探しているんだ？」

横から尋ねられ、

「バートさんよ」

ソフィアはオペラグラスを覗き込んだまま答える。

そう──そうだ、バートを探さなくちゃ。

「バート……なぜバート？」

「ルースから『彼こそがスパダリです』と教えてもらったの！　はぁ～ワクワク～、スパダリの謎が

ようやく解ける！」

「………へぇ」

「バートさんはイケメンらしくて――ルースはそれが一番大事だと言っていたわ。あと彼はね、裏表のない女性を好むから、私と相性が良いって」

「………そうか」

「私、彼に会ったらスマッシュしてみるわ」

「待て」

「私が思うにスマッシュというのはルース流の比喩で、『勝負を決めにいく』という意味じゃないかしら？　ルースにスマッシュのやり方を聞いたんだけど、私なら上目遣いで相手を三十秒見つめたあとで、そっと目を閉じたらたぶんイケるって……うーん、何がイケるんだろう？」

「おい」

「だけどああ……スパダリの彼に嫌われちゃったらどうしよう。ルースは『バートと会ったらにっこり笑ってハグしろ、いつもどおりで大丈夫』と言っていたけれど、本当に？　ハグはただの挨拶よね？」

「――ソフィア」

「ええ、そう、私はソフィアよ」

流れでそう返し、ソフィアは『ん？』と違和感を覚えた。

あれ……横から話しかけてくるこの人、どうして私の名前を知っているのかしら？

スパダリに関することで頭がいっぱいになっていたため、それ以外のことには注意力が散漫になっ

ていたソフィアであるが――一度疑念が芽生えると、相手の声に聞き覚えがあることに気づき――血の気が引く。

　ソフィアはそっとオペラグラスを下ろし、彼のいるほうに顔を向けた。

「……陛下」

　一席空けて、ノアが並びの席に腰かけている。

「ソフィア、少し話せる？」

「もうすでに少し話したわ」

「スパダリの話じゃなく」

「だけど私、これから大事な用があって……」

「どんな用？」

「バートさんと知り合いにならないと」

　小さく呟きを漏らせば、ノアが謎めいた瞳でこちらを見つめてくる。気まぐれなようでいて、強く惹きつける気配があった。

「そのドレスは初めて見た。バートのためにお洒落をしたのか？」

「ええ」

「君を見て、彼はおそらくこう言うだろう――とても可愛い」

　ノアの声音には温かみがあった。ふたりは手探りで会話を続けているようでいて、不思議なほどに馴染《なじ》んでいた。まるで旧知の仲のように。

「ええと……そうかしら」

このやり取りがなんだか楽しく感じられて、ソフィアはいつもどおりの可愛らしい笑みを浮かべる。

白い野花が風に揺れた時のような、気取らぬ素朴さがそこにはあった。

ノアが物柔らかにソフィアを見つめた。

「――ほら、これでもうバートと会う必要はなくなった。同じやり取りを彼と繰り返しても、退屈なだけだ」

「うーん……だけど私、まだ彼にスマッシュしていないから」

目的を達成できていない。

「じゃあ今してくれ」

「え、ノアに？　スマッシュを？」

びっくりした……真面目な顔で何を言い出すかと思えば！

ソフィアは瞬きし、サファイアの澄んだ瞳をじっと見返す。

「そうだ、相手を変更しても構わないだろ？」

ノアが気まぐれに頷《うなず》く。

「でもあなたはスパダリじゃないし――」

「スパダリじゃないと誰が決めた？」

「誰が？　ええとそれは……ルース？」

「君の見解はどう？　俺はスパダリになれそうにない？」

尋ねられ、ソフィアは小首を傾げてから――……クスクスと笑い出してしまう。

「いいえ――あなたはたぶんなれると思う。あなたは何にでもなれる」

「じゃあ問題はないな。君がバートにするはずだったことを、今やってくれ」

「本当にあなたにスマッシュするの？」

「ああ」

「そうしたら何が起きる？」

「君に美しい景色をプレゼントしよう」

その誘惑は魅力的に響いた。じゃあ……やってみる。

ノアのほうを見てそれをするのはなんだか恥ずかしく感じられたので、椅子に座り直し、正面を向く。相変わらずソフィアの口角は楽しげに上がっていて、微笑みながらそっと目を閉じた。

視界が閉ざされると同時に、ふわりと温かいものが手の甲に触れ――彼に手を繋がれたのだと分かった。

「……ノア？」

目を開けようとした瞬間、浮遊感に襲われる。椅子に腰かけていたソフィアは足を曲げていたのだけれど、太腿《ふともも》の裏に当たっていたはずの座面の感覚が消失していた。

落ちる――……！

んんん……衝撃に備えて体を縮こまらせるが、怖いことは何も起こらなかった。背中と膝裏に腕が回され、ふわりと抱き上げられる。

おそるおそる目を開けてみれば、すぐそばにサファイアの輝き。

「ノア……」

風が強く吹き抜けた。

「わ、あ……！」

ノアに抱っこされたままソフィアは視線を巡らせ、感嘆の声を上げた。

「ここはどこ？」

「皇宮の一番高い場所」

西の端にある塔の上にふたりはいた。とにかくものすごく高い。塔の屋上は尖《とが》った円錐《えんすい》状にはなっておらず、平らな陸屋根である。ここは周囲を監視するためのスペースなのかもしれない。

城下に並ぶたくさんの屋根、所々に点在する緑、小川、整然と整えられた石畳の街道——それらを上から眺めおろすと、都市の精巧さ、美しさがよく分かる。

そして空が近い。くっきりとした青を背景に、雲が流れて行く。

「こんなに美しい景色を見たのは、生まれて初めてよ！」

ソフィアは景色に気を取られていたけれど、ノアは周囲には目もくれず、彼女の虹彩が陽光を反射して色を変えるのを眺めていた。

「どうやったの？」

そう尋ねる彼女の瞳がようやく戻ってきたことで、ノアの纏う空気がさらに柔らかくなる。

「魔法で転移した」

「すごーい！　ねぇ、時々これをしてくれる？」

「ああ、そうだな……」

ノアは物思うような顔つきになった。

「君の言うことをなんでも聞くから、代わりに……先日私が頼んだ恋人のフリ、考え直してくれない

か？」

ソフィアが断ってしまったあの件を、彼がふたたび持ち出してきた。

ノアは本当に困っているみたい……「君の言うことをなんでも聞くから」なんて、ずいぶん下手《したて》に出るのね。抱っこされていることもあり、危うくキュンとしかかったソフィアであるが……。

つい流されそうになったところで、マギー・ヘイズの顔が脳裏に浮かんでためらいを覚えた。

「それ……マギーさんに頼んだら？」

「なぜここでマギーが出てくる」

「あなたが彼女の前で笑ったりするから」

「笑ってない」

「でも」

彼女はそう言っていたもの……あなたに微笑みかけられた、って。

「信じないのか？」

「んー……」

「ソフィア」

「どうしようかなー……」

本気で頼むなら、強く押して……そうしたら引き受けやすいかもしれない。

そんなソフィアの気持ちをノアが汲《く》み取ったかどうかは、定かではないけれど。

「頼むよ」

「んー……」

「友達だろう？」

そう言われ、ソフィアの口角が悪戯《いたずら》に上がる。

「かもね」

「じゃあＯＫ？」

「待って――引き受ける前に、事情をちゃんと説明してほしい。先日あなたは『呪い』がどうこうって言っていたでしょう？」

「分かった」

ポーカーフェイスなのは相変わらずであるけれど、ソフィアからようやく前向きな返事をもらえて、ノアはなんだかホッとしているように見えた。

＊　＊　＊

ふたりは塔の屋上に留《とど》まったまま、石が積まれて椅子状になっているところに腰を下ろした。

横並びになり、ノアが口を開く。

「少し前から私宛《あて》に呪いのイエローパールが届き始めた」

呪い……？　不安を感じたソフィアは彼の青い虹彩を覗き込んだ。

「それにはどんな呪いがかけられているの？」

「絶縁の呪い。犯人は、呪いをかけた相手を孤独にさせたいらしい――つまり私は愛する者から嫌われてしまう」

なんてひどい……ソフィアは心を痛めながら彼のほうに手を伸ばす。ノアの手の甲に、自分の手のひらを重ねた。

「あなたの愛は壊されてしまった？　呪いは効いたの？」

とても心配。誰かを好きになったのに、それが呪いで妨害されてしまうなんて。たとえ想いが成就しないのだとしても、せめて相手の心で判断して振ってほしい——ソフィアならそう思う。

彼の想い人を具体的に想像したわけではなく、一般的な感覚として、呪いに邪魔されるのはつらいだろうと思った。

ソフィアが発した先の問いが、ノアの意表を突いたのだろうか。彼は少し驚いたような顔つきになり、ソフィアの瞳を見返した。段々と視線が物柔らかになり、やがて優しく目を細める。

彼がそっと手の向きを変え、ソフィアの指に自身の指を絡めた。

「呪われ始めた時、私に愛する人はいなかった」

「そう……」

「だけど今は」

ノアが気を惹くようにこちらを見つめる。

「——君に嫌われてしまうのは、嫌だな」

彼の艶めいた声が鼓膜を揺らす。ソフィアは言葉もなかった。

胸が甘くうずき……頬がかぁっと熱くなったのが自分でも分かった。

彼の青い瞳がすぐ近くにあり、ソフィアだけを見つめている——……ソフィアもまた目が離せない。

私……ロマンチックなピアノの演奏を聴いた時でさえ、こんなに胸が高鳴ったことはないわ。一体

どうしちゃったのかしら……。

もしも今話している内容が『呪い』という物騒なものでなければ、ソフィアは頭がぼうっとして、もっと衝動的な気持ちになっていたかもしれない。けれど彼の身を案ずる気持ちが、少しだけソフィアを冷静にさせた。

ふたりはしばらくのあいだ指を絡めて見つめ合っていた。刺激的でもあり、とても穏やかでもある。まるで寄せては返す波に身を任せているかのような、不思議な感覚だった。

ソフィアは彼の手をきゅっと強く握り締めた。

「私……あなたのことを嫌いになったりしない」

「これから先、呪われたとしても？」

「私は呪いに自分の心を支配されたくないわ。絶対に抵抗するけれど、万が一そうなってしまったら……すごくつらい。心が壊れてしまうと思う。だからあなたがそばにいて、助けてくれる？」

「分かった」

「約束よ――私にあなたを嫌わせないで」

「約束だ」

ノアが約束してくれたので、ソフィアは彼のために何かしたいと強く思った。

けれどつい冗談めかして伝えてしまう。

「それならお互い助け合わなきゃね。あなたが困っているようだから、私も助けてあげる」

「君は女神のように優しい」

「私がとっても親切だったこと、十年後もちゃんと覚えていてね」

吹き抜ける風がソフィアのハニーブロンドを悪戯に揺らす。

陽光が後ろから射し――……まどろむように彼女を照らし出した。

ソフィアが浮かべた鮮烈で可憐《かれん》な笑みを、隣にいるノアだけがひとり占めしていた。

＊＊＊

ノアが状況をさらに詳しくて説明してくれた。

「呪いのイエローパールは封筒に入った状態で届く。私個人宛で、差出人の名前はなし」

「郵便で届くのなら、消印でどこから出しているか分かる？」

ピンポイントで絞れないとしても、投函《とうかん》した地域で消印を押しているはずだから、犯人が生活しているエリアは大体分かりそう。

ソフィアが尋ねると、ノアから衝撃の回答が。

「ところが犯人は『宮内便』を利用して送りつけてくるんだ――つまり内部犯」

そんな、大変！　ソフィアは思わず身を乗り出した。直接面識のない、思い込みの激しい人から恨まれてしまったのかと想像していた。けれど違ったみたい。

「犯人は皇宮の人なの？」

「ああ」

「やだもう、ノア～……」ソフィアがものすごく悲しげな声を出す。「あなた、恨まれる心当たりは？」

「立場上、山ほどあるかな」

「山ほど⁉」

「そう」

「どうして？　あなたってとっても親切で、とっても素敵で、とっても瞳が綺麗なのに？」

「…………」

「声も素敵なのに」

「…………」

「あと私、髪の感じも好き。それ、とっても似合っているわ」

「…………ソフィア、君は俺をどうしたいんだ」

ノアはほとんど無表情で小さな呟きを漏らした。とはいえ彼は怒っているわけではないらしく、喜怒哀楽すべてが混ざって最後に無の境地に達した人の反応――という感じだった。

ソフィアはソフィアで彼の戸惑いが理解できずに小首を傾げる。

ん？　君は俺をどうしたいんだ……ってどういう意味かしら？

ふたり、しばし無言で見つめ合い――……やがてノアが気分を切り替えた様子で口を開いた。

「話を戻すぞ。犯人の行動にはパターンがあって、毎週、週始まりの午前九時半に、呪いのイエローパールを送りつけてくる」

それを聞いたソフィアは驚きに目を瞠《みは》った。

「毎週？　ひとつ送りつけて終わりにしないのは、何か意味があるのかしら？」

「重ねがけだな。あれは一つひとつがとても強力な呪具であるが、継続することでさらに呪いを強め

ている。呪う対象が弱ければ、たったひとつでも致命傷を与えることが可能だろう。しかし上位魔力保持者を追い詰めるにはひとつでは足りない。私が呪いに屈した瞬間、私の想い人へ影響が及び――それで呪いは完成する」

「これまでにいくつ届いているの？」

「四つ」

「四つも？」

「先の三つはすでに砕け散っているが、それがなくなったとしても呪いは継続しているので、負荷は減っていない」

「つらい？」

「さすがにここ最近、精神に悪影響が出始めた。影響があったのは私だけじゃなく、イーノクもだが」

「どうしてイーノクさんが？」

「私宛の手紙や荷物はまず側近のイーノクが開封するから、呪いの影響を受けたのだと思う。彼もこのところ様子がおかしい」

イーノクの様子がおかしいのは気づかなかったが、確かにノアに関しては、先日すごく具合が悪そうだった。あれは四つ目のイエローパールが届き、ダメージの蓄積で心に隙ができたということ？

あの日、皇宮資料室にやって来たノアは、ソフィアが特技を見せた時までは楽しそうだったのに、なぜかそのあと様子が変になった。流れ上、口喧嘩のようになり……「テオドールに対する印象が好転して、結婚しても構わないという気持ちになっているなら、はっきりそう言ってくれ」と彼は言っ

た。

それから部屋が闇に呑まれそうになったのだけれど、あれは幻覚というよりも、異界に取り込まれかけていたような感じがした。あの時ノアが自分で闇をはねのけてくれたので、侵食が止まり元に戻れたのだ。

ノアほど強い人をあれだけ追い込んだのだから、負の力がかなり強い呪いなのだろう。

犯人はどんな人物？　誰かを呪うために毎週ひとつずつ呪具を送るなんて、すさまじい執念だ。途中で飽きることも忘れることもなく、ずっと嫌いな相手に心が囚われ続けている。まるで犯人自身が、がんじがらめに呪われているみたい……ソフィアはゾッと寒気を覚えた。

執着、妄執……それは苦しい恋にも似ている。

恋……そうだわ、ノアに恋焦がれた誰かが、イエローパールを送りつけている可能性はない……？

「犯人は、呪った相手を孤独にさせたいのね？」

「そうだ」

「イエローパールを詳しく調べたら、犯人が具体的にどんなことを願ったか分かる？　たとえば『信用している部下に裏切られますように』とか『レディ・誰々にフラれますように』とか……願いの内容が分かれば、そこから犯人を絞れないかしら」

「願いの内容までは分からない。というのも私の元に届く現物はただの象徴にすぎないからだ。呪いをかける際に使用している媒体が『核』のはずで、現場を突き止めてそれを壊す必要がある」

そうなのね、困ったぁ……ソフィアはノアのことが心配でたまらなく、眉尻を下げる。

ところが、だ――ソフィアは浮かない顔なのに、ノアはなぜか物柔らかな瞳でソフィアのことを見

つめてくるではないか。

「ん……何？」

「いや、君が本気で心配してくれるのは嬉しいものだなと」

ノアはまだソフィアの手に指を絡めていて、この状態でこの甘い台詞……繋いだ手のひらからジンと痺《しび》れが上がってくる。相変わらず彼の顔に笑みはないけれど、よくよく考えてみると、これはこれでハートに強く響く。

ソフィアは警戒したように微《かす》かに顎を引いた。この時、精一杯怖い顔をしてみたつもりだけれど、果たしてそれが彼に通用したかは分からない。だってノアがこちらを見る瞳はまだ気を惹くようだったから。

「もう、ノア、だめよ」

「何がだめなんだ」

「そんなふうに甘い言葉を口にしてはだめ。お話に集中できないわ」

「俺の言葉は甘い？」

「蜂蜜みたいに甘い。だめ」

彼は役作りが完璧だわ……ソフィアはこっそり考える。恋人のフリをこちらに頼んだものだから、もうそのモードに入っているのね。

……というかノアって、どうして人から「氷帝」と呼ばれているの？　隣にいるあなたは全然冷たくないじゃない、おかしいわ。

これらの甘い台詞が演技だとしても、瞳の奥の優しさには嘘がない。彼はとても温かい人よ。それ

なのにどうして皆、ノアを見て氷帝だと思ったのかしら……。

「とにかくあなたはもっと自分を大切にして。呪いなんかに屈しちゃだめよ」

「それがソフィアの望み？」

「ええ」

「分かった。君がそうしてほしいなら」

彼って偉い人なのに、すごく親しみやすい。真面目にお願いすれば、ちゃんと耳を傾けてくれるもの。やっぱり全然氷帝なんかじゃない。

ソフィアが『あなたって本当に良くできた人ね』と考えながらにっこり微笑みかけると、なぜかノアは『やれやれ』という顔つきになった。

「誰にでも甘い顔をするわけじゃないんだが……理解しているのだろうか」

「大丈夫よ、ノア。皆はまだあなたの本質に気づいていないだけ。あなたはスーパーフレンドリーな人だから、自信持って！」

「…………」

＊＊＊

「どうやったら呪いの現場を突き止められるのかしら」

ソフィアが考えを巡らせていると、現時点で判明していることをノアが教えてくれた。

「イエローパールは週始まりの朝九時に呪いがかけられ、三十分後の九時半に私の元に届く。犯人は

皇宮敷地内で呪いをかけて、すぐに宮内便に乗せているようだ」

え？　『宮内便』を利用しているから内部犯である――先ほどそれは聞いたけれど、呪い自体も皇宮敷地内で行っているの？　外で呪ったものを持ち込むよりも、大勢がいる場所で呪いをかけるほうが難易度はグッと上がるわよね？　すごく大胆な犯人！

「どうして敷地内で呪いをかけていると分かったの？」

「詳細は説明を省くが、今週の頭、朝八時半に皇宮を完全封鎖し、それを突き止めた」

「封鎖？　そうだった？」

「君は皇宮資料室に勤務しているだろう？　出勤日だったのでは？」

「皇宮資料室は意外と朝が早いのよ。八時半には皆もう来ている。すでに中に入っていたから気づかなかった」

「デスク仕事が多い？」

「そうでもないわ、特に出勤直後は皆バラバラ。書架で作業を始める人、各部署を回る人、過ごし方は色々ね。九時十五分に一課、二課、三課と課ごとに別れての朝礼があるから、その時には全員皇宮資料室に戻っているけれど」

ほかの部署は朝九時に朝礼が始まるらしいが、皇宮資料室はそれより十五分ずれていて変則的だ。

「皇宮資料室勤務の上位魔力保持者は四名だな――責任者であるオーベール女史、それから君と同じ一課所属のアマンダ、そして三課所属の聖女マギー・ヘイズ、同じく三課所属のエスター」

ノアは記憶力が良いようで、スラスラと名前が出てくる。

へぇ、そうなんだ……聞いていたソフィアは感心してしまった。意外と近場にすごい人たちがいた

のね。

オーベール女史は腕力も強いけれど、魔力もすごいんだぁ……頭も良いし、無敵だわ。格好良い。

それから同僚のアマンダ——そういえば以前彼女から「今度陛下の執務室に届けものをする際は、その役目を代わっていただけません？」と頼まれたことがあった。あの時はソフィア自身も断ったし、同僚のリーソンが割って入ってくれて、そのままうやむやになったのだけれど。

彼女はこうも言っていた——「皇宮資料室は三課に分かれています——我々はその中ではトップの一課。マギーがいるのは底辺の三課です。所詮は庶民、聖女だかなんだか知らないけれど、無視です無視——あんなのは無視に限りますわ！」って。

ん……でもちょっと待って……「底辺の三課」？　全然そんなことないじゃない？

だって皇宮資料室内に上位魔力保持者は四名しかいなくて、そのうちの半数二名が三課所属なわけでしょう？　三課、すごく優秀。

魔法の実力は十分なのに、身分が高くないから三課所属にされているのかしら？　それってとっても不公平。まぁ事務能力と魔力は無関係ということかもしれないけれど、それでも魔力が強いなら、仕事にも色々応用できるはず……本人たちはどう思っているのだろう？

マギーは聖女としてのお務めがメインだから、皇宮資料室でのポジションはあまり気にしていないかもしれない。けれどもうひとりの女性は？

三課所属のエスターか……マギーとは同じ三課所属ということで、きっと互いによく知っているよね。悩みを相談し合ったり、仕事の合間に雑談をしたり、親しくしているのかも。

そういえば先日初めてマギーのことを見かけた時、黒革の本をぎゅっと胸に抱きしめた彼女が、階

段の踊り場で同僚らしき女性とお喋りしていた……マギーはあの女性に「エスター」と呼びかけていなかったかしら？

……ああ、でも、結局……ソフィアはお手上げの気分で、ノアのブルーアイを見つめた。

「どんなに考えてみても、他人の本当の気持ちは分からないわ。本人が思っていることを素直に話してくれないと、誰もそれを理解できない。犯人は呪いをかける前に……あなたに気持ちを伝えればよかったのに」

それはソフィアからすると唯一の正解に思えた。こじらせるくらいなら、思い切って気持ちを伝えたほうがいい。

けれど聞き手のノアは懐疑的な様子である。

「好意か悪意かは知らないが……どうでもいい相手から溢《あふ》れ出る気持ちを伝えられても、俺が聞く耳を持ったかどうかは分からないぞ」

「そうなの？」

「ああ」

「あなたはスーパーフレンドリーな人なのに？」

「俺はスーパーフレンドリーな人じゃない」

「認めないの？」

ソフィアは微かに眉根を寄せる。

「認めない」

「じゃあ、あなたが可愛い人っていうのは認めるわよね？」

「……誰が可愛いって？」

今度はノアが眉根を寄せる番だった。彼は笑わない代わりに、普段はこういった困惑も表に出さない人だから、なんだか珍しいリアクションだとソフィアは思った。

少し悪戯な気持ちになり、ソフィアは綺麗に口角を上げる。

こういう気分の時に微笑むと、侍女のルースからは「その顔は小悪魔的だからおやめください」と注意されるのだが、あいにく今はお目付け役がいない。理屈はよく分からないのだけれど、ルース曰《いわ》く「特に、男性の前でそれをしてはいけませんよ、相手を煽《あお》る行為ですから」とのことである。

んー……煽るって、怒らせるって意味かしら？　だけど今回の相手はノアだから、きっと大丈夫
——だって彼はスーパーフレンドリーな人だもの！

ソフィアは笑みを浮かべたままノアに語りかけた。

「あなたって、すごく可愛い人よ」

彼はきっと根負けして、「はいはい、もうそれでいい」と認めると思ったの。けれど違った。

ノアが瞳を細め、艶っぽい視線でこちらを眺めたのだ。

「ご冗談を」

「ノア？」

「——可愛いのは、君のほうだろ」

ソフィアは目を瞠った。

うわぁ、やられた……これはハートに刺さったわ！

＊＊＊

「私、あなたの役に立ちたい」

ソフィアは思い切って自分の気持ちを伝えてみた。

彼から協力を求められたのに、なんの力にもなれていない気がする。先ほどからあれこれ質問してはいるけれど、それで何かが前進したわけではないし……。

ノアはさっき「どうでもいい相手から溢れ出る気持ちを伝えられても、俺が聞く耳を持ったかどうかは分からないぞ」と言っていたから、「役に立ちたい」と訴えたところで流されてしまうかしら。

ソフィアがそんなことを考えていると、ノアから驚きの返答があった。

「君はもうできている」

「え、どこが？」

「陽気なお喋りで場の空気を明るくしているし、言葉の端々に思い遣りがある」

「……ノア」

「君の声が好きだ。それから今日のドレスもよく似合っている」

絶賛されたソフィアは照れて頬を赤らめ、ふふ、と笑みを漏らした。

ノアがたくさん褒めてくれたので、『じゃあよかったわ』と素直に思えた。

「背伸びをしないで、私にできることをすればいいのね、ありがとう。実は私が強いジャンルは『お洒落』なのよ。そうだ――実際に呪いのイエローパールを見せてもらえれば、何か分かるかも」

「どんなことが？」

「んー……たとえばどんな人が買いそうか……とか？　パールを好む年齢層やタイプって、意外と限られると思うわ。今回は呪いに使っているわけだけれど、犯人がアイテムとしてわざわざそれを選んだことには、何か重要な意味があるのだと思う。たぶんパールでないと、だめだったのよ」

「なるほど、その発想はなかった」

ソフィアのアイディアを聞き、ノアは興味を引かれたらしい。サファイアの瞳が深みを増す。

「宝石商を当たってイエローパールの入手経路を調べても、めぼしい成果は上げられなかった。これまでは入手経路ばかりに注目していたが、ソフィアが言うように、『なぜイエローパールなのか』という理由を考えるべきかもな」

「イエローパールはどんな感じのもの？」

「二十ミリ近くあり、かなり立派なものだ。地が黄色で、外側に赤みがある」

外側に赤み……ということは。

「かなり強めに調色《ちょうしょく》しているのね」

「調色？」

「真珠は初めに汚れを取り除いて綺麗にするのだけれど、その工程で色が抜けすぎるので、次に調色して色を戻し、深みを出すのよ。赤い染料を使うことが多いみたい。ただ強く調色しすぎると、『色戻し』よりも『色づけ』になってしまう」

「ずいぶん詳しいな、ソフィア」

ノアが驚いているようなので、ソフィアはにっこり笑った。

「隣国で一緒に暮らしていた私の叔母が、大の真珠好きでね？　一度海辺の工房に買いつけがてら、

見学に行ったことがあるのよ。すごく面白かった！」

「好奇心旺盛な人は頭が良いらしい。君と叔母上のことだな」

「えへへ、もっと言って♡」

「君がそばにいてくれて、よかった」

ノアの瞳が優しいのは、隣にいるソフィアがにこにこしているから釣られただけなのか、彼自身の心から温かみが滲み出ているのか……どちらだろう。

ただどちらにせよ、ソフィアはこんなふうに彼から見つめられると、日向《ひなた》ぼっこをしている気分になる。

心が浮き立つと頭も回り出すようだ。ソフィアはあることに気づいた。

「調色……そうだわ、犯人がイエローパールをわざわざ皇宮敷地内で呪っている理由だけれど、『染料』に関係しているんじゃない？　調色に使う赤色染料が天然のもので、皇宮内でしか取れない――そして採取後すぐに使わないと、だめになってしまう素材なんじゃないかしら」

「君の考えは筋が通っている。色素を染み込ませながら呪いを込めるというのは、呪術的にやりやすいしな」

ノアは考えを巡らせる。

これまで呪いが発動した瞬間に何も感じ取れなかったのは、染料として『水』が使われているからか？　それでも痕跡は飛散しそうなものだが、空気中で呪いをかけることに比べると、段違いに隠蔽しやすい。まだ確定はできないけれど、調べてみる価値は十分にある。

ノアは考えを整理した。

「ほかにはそう……本来は真珠を一から生成するほうが呪いは強まる。ただしそうなると呪具は『真珠』ではなく『貝』本体のほうになるから、毎週二十ミリ大の真珠を作り出す生物呪具がこの世に存在するとは考えられない。そんなことができるのは、神々が作り出した神具のレベルだ」

「やっぱり調色の段階で呪いを練り込んだと考えるのが自然かもね」

ソフィアは『早く手がかりを見つけなくちゃ』と思った。

ノアは先ほど呪いについて「重ねがけ」と表現していた。ということは犯人が呪いのイエローパールを送り続けることで、それを受け取ったノアはどんどん苦しくなっていくということだ。

彼を案じて、ソフィアは眉尻を下げる。

「犯人が自分の靴か何かに、真珠調色で使った赤色染料をこぼしてくれればいいのに……そうしたら『あの人の靴には赤いシミがあるから犯人だわ』ってすぐに分かる」

「何度も他人を攻撃していれば、犯人は必ずボロを出す」

ノアはとても落ち着いていた。

「最近、私は君と一緒にいる機会が増えたから、犯人はそれを気にしているかもしれない。たとえば普段は妙に突っかかってくるくせに、時々あれこれ探りを入れてくる――そんな相手はいないか？何か聞き出す時だけフレンドリーな態度を取るような人間がいたら注意してくれ。コロコロ態度を変えるのは、何か目的があってやっているはずだ。あるいは――これまで面識がなかったのに、最近妙に視界に入るようになった人間にも要注意だ。相手が君に付きまとっているからこそ、自然と目につくようになったという可能性もある」

「分かったわ」

ソフィアは頷いてみせた。こういう場合、犯人の執着はそれだけ強いってことなのね。

そういえば叔母様が昔、「好きの反対は無関心なのよ」と言っていたっけ。

そもそも犯人がノアのことをどうでもいいと思っているなら、呪いなんてかけないわよね。だってどうでもいい相手に時間を使うのって、面倒だもの。そんな暇があるなら、ネイルの手入れでもしたほうがいい。

犯人はノアを傷つけることで上に立ちたい、特別になりたいと思っているのかしら？　呪いのイエローパールを送り続けることで、「私を見て！」と訴えているんだ。

なんだか胸が痛むな……ソフィアは昔のことを思い出した。十二歳で魔力がないことが分かり、実家にいられなくなった時、私もそんな気持ちになった。苦しくて、くやしくて、悲しくて、壊れてしまいそうだった。

だけど叔母様がいてくれたから、それを乗り越えられた。叔母様がいなかったら、私も今頃誰かに呪いのイエローパールを送りつけていたかもしれない。

侍女のルースは「私が見た未来では、お嬢様はとても嫌な性格をしていました」と言っていた。なんとかそうならずに済んだけれど、闇落ちするかどうかは紙一重《かみひとえ》で、危ないところだったんだわ。

もしも闇落ちしていたら、毎日暗い顔をして、呪う相手のことをいつも心の中で悪く言って、胸がムカムカして、何かに八つ当たりして、出口も見つからなくて……すごくつらかっただろうな。

こんなことはやめさせなくちゃ。

犯人もつらいかもしれないけれど、だからといってノアが悪意を向けられて良いわけじゃない。私はノアの友達だから、友達を救うことだけを考える。

「ソフィア――先ほど君はイエローパールを見たいと言っていたな」

「ええ」

「ではここに呼び寄せよう」

ノアが指をスナップした瞬間、ソフィアの眼前にイエローパールが出現した。中空に浮かんだ状態でピタリと停止している。

ソフィアは目を丸くしてノアの瞳を見つめた。

「すごい！　どうやったの⁉」

「転移」

「自分が移動するだけじゃなくて、遠くのものを引き寄せることもできるのね、便利～」

ソフィアはにっこり笑って感想を伝えたあと、浮いているイエローパールをためらいなく掴んだ。

「――おい、不用意に触れるな」

珍しく感情が乱れたのだろうか。彼が注意した声はとても早口だった。

あ……と思った時には、ソフィアは隣に座るノアに肩を抱かれていて、イエローパールを掴んだ指もまた彼の大きな手に包み込まれていた。

「どこか痛くないか？」

肩を抱かれているせいで、彼の声がとても近い。

「痛くないわ」

「気分が悪くなったりは――」

「大丈夫」

ソフィアが無邪気に笑うと、ノアが無表情のままスッと瞳を細めた。

「またまたぁ、いい人なのに、謙遜しちゃって～」

「いや、俺は親切な人間じゃない。これは君限定だ」

「ノア──あなたって紳士のなかの紳士ね！　とっても親切」

ふたりは至近距離で見つめ合った。

彼の過保護ぶりが段々と可笑しくなってきて、ソフィアはくすりと笑みをこぼす。

「本当に大丈夫」

「本当に？」

＊＊＊

──と、そんなことより。

ソフィアはイエローパールを眼前にかざし、じっとそれを見つめる。

「あー……えー……？」

間の抜けた声を出すソフィアを眺め、ノアが尋ねる。

「どうかしたか？」

「あの……」

「うん」

「ええと、言いづらいんだけど」

「なんだ」

「…………………思っていたより、ダサイ。イケてない」

奇妙な沈黙が流れた。普段は冷静沈着なノアが絶句している。

ソフィアは困ったように眉根を寄せた。

「私ならこれ、絶対に買わないわ」

「そうか」

「糸を通す穴も開いていないから、ネックレスを購入してバラしたわけではない……ええ、それはそうよね……元がネックレスなのだとしたら、『これ誰が買うの？』って話だもの」

「ソフィア」

「んー……根本的に考え方を変えたほうがいいのかも……これ絶対にオシャレアイテムじゃないわ。自分で身に着けようと思って買ったあとに、呪いに最適だからと転用したわけじゃないんだ。そうか……これは初めから呪いアイテムとして、犯人のところにきた」

ソフィアは自分の世界に入っていて、イエローパールを眺めおろしながらブツブツ呟きを漏らしている。

「ソフィア、大丈夫か？」

「――ノア、皇宮資料室に行きましょう！」

「なぜ？」

「イエローパールについて調べるの！　皇宮資料室にきっと答えがあるわ。だって上司のオーベール女史が『ここにはすべての答えがある』と以前言っていたもの」

ノアの「そうかな？」という疑いの声は、ソフィアの熱気でかき消された。

「こんなにイケてないイエローパールを、これ以上野放しにすることはできない！」

ソフィアがメラメラと瞳に闘志を燃やしてそう宣言するのを眺め、ノアは『まいった』という顔つきになった。

この瞬間、彼の胸の内に確信めいた思いが芽生えた。

ああ……彼女には一生勝てないかもしれない。

＊　＊　＊

ふたりはずっと塔の屋上で話していたのだが、ソフィアがサッと腰を上げて歩き出そうとしたので、ノアがそれを後ろから抱き留めた。

「――飛べばすぐだ、ソフィア」

お腹《なか》に手を回されたソフィアは、耳元で名前を呼ばれてドキリとする。

わぁ……羽根でくすぐられたような優しい声！　過去、たくさんの人から名前を呼ばれてきたけれど、彼ほど素敵な声で私を呼んだ人はいないわ！

距離がものすごく近いのに顔が見えないという常にない状態のため、耳が敏感になっているのかもしれない。ジン……と耳全体が痺れる。

「あ……ノア」

しどろもどろに呟きを漏らす。自分の背中にノアの胸板が当たっているのが、なんだか衝撃で。彼、見た目はゴツゴツしていないのに、やっぱり男の人なんだわ……ソフィアは驚きを覚える。布越しに伝わってくる感触がしなやかで硬い。

動揺して足がもつれた瞬間、浮遊感がやって来た。ソフィアは反射的に目を閉じる。

屋外で吹いていた風がやみ、空気が変わったのを感じた。心が落ち着く匂い……ああ、これは慣れ親しんだ古本の匂い？

「ん……」

目を開けるとすぐそばに書架があった。ノアの魔法で、皇宮資料室に一瞬で転移したようだ。

「――大丈夫か？」

あーん、また近くで素敵な声！　ソフィアは真っ赤になり、身をよじった。

「だ、大丈夫じゃなーい！」

「ソフィア？」

「ノア、ノア、それだめぇ……」

後ろから耳元で名前呼ぶのやめてぇ……こんなことされたことないから、おかしくなっちゃう！

お風呂に入れられた水嫌いの猫みたいに、ソフィアは混乱して両手をバタつかせた。

もうどうしていいのやら！

夢中で動かした指先に本の背表紙が引っかかり、それがこちらに落ちて来る。

「あ……！」

やだもう、勢い良く床に落としたら、本が傷んでしまうわ――慌てて両手を伸ばし、キャッチ成

功！


ところが無理な動きをしたせいで、さらにバランスが崩れる。

「きゃあ！」

「ソフィア――」

気づいた時には後ろ向きに引っ張られ、彼に包み込まれた状態で床に尻もちをついていた。

ノアが大切にかばってくれたらしく、どこも痛くない……だけどノアは平気？

「ごめんなさい！　あなたをクッションにしちゃった」

「大丈夫だ。それよりほら――君はラッキー・ガールだな」

ソフィアの膝上に、開かれた状態の本が一冊。

後ろにいるノアがその紙面を指で示す。章タイトルが目に飛び込んできた。

「赤の王女――氷龍と願いの珠《たま》？」

ソフィアはパチリと瞬きして、その本を眺めおろした。

＊　＊　＊

あるところに、氷の鱗《うろこ》を持つ、立派な氷龍がいました。

その氷龍はとても貪欲でした。

欲しいものが手に入らないと、氷龍が怒って暴れるので、皆は困り果てました。

それを見かねた山の精霊が、自分の右目を取り出し、さらに右手を斬り落として目玉を包み、それ

に魔法をかけて黄金の龍珠《りゅうじゅ》を作りました。その龍珠の中には、氷龍のよこしまな願いをすべて詰めました。

そして龍珠を氷龍に与えました。

氷龍は龍珠を呑み込み、とても満足しました。

なぜなら自分の願いが腹の中に入ったことで、願いがすべて叶った世界に意識が飛び、素敵な夢を見ることができたからです。

龍珠がお腹の中にある限り、氷龍は幸せでいられます。

氷龍が満足して眠っているあいだに、山の精霊は、氷龍の体を国で一番護《まも》りの強い場所に移しました。

そして氷龍の周りに黄水晶を砕いたものを敷き詰め、それを結界にして閉じ込めました。

これで安心――氷龍は黄水晶のそばを離れられません。

なぜなら黄水晶は、氷龍のお腹の中に入っている、大好きな龍珠と同じ色だからです。氷龍が黄水晶に愛着を持ったことで、結界の力がさらに強まりました。

ところがある日、氷龍が咳をした拍子《ひょうし》に、お腹の中から龍珠が飛び出し、どこかに消えてしまいました。

氷龍は怒り狂いました。

けれど黄水晶の石が近くに敷き詰められているので、どうしてもそこから出られません。

氷龍はその場で大暴れしました。

氷龍がのたうち回ったことで、国に大きな災いが起こり、それを憂《うれ》いた赤毛の美しい王女が、氷龍

を退治すると言いました。

赤の王女は自分の体を少し切り、傷口から溢れ出た聖なる血を剣に塗りました。

そしてその剣を狂暴な氷龍の口に突き刺して倒しました。

世界は平和になりました。

＊＊＊

「え……赤の王女が氷龍を倒したの？」

ふたりは床に座り込んだまま仲良く本に目を通していたのだが、オチのところまできて、ソフィアは驚きに目を瞠った。

大昔に氷龍を倒せなかったからこそ、後世の今になって、ノアに対する呪いに利用されているのかと思ったのに……ソフィアはふたたびざっと読み返し、小首を傾げた。

「でもそうか——今回の件、『氷龍』は関係なくて、『龍珠』に注目すべきなのかも？　本には『氷龍が咳をした拍子に、お腹の中から龍珠が飛び出し、どこかに消えてしまいました』とあるものね。もしかするとこの龍珠が、ノアの元に届くイエローパールなのかしら？　龍珠、イエローパール——どちらも黄色だもの」

「しかし」

耳元で彼の落ち着いた声が響く。

「イエローパールはこれまでに四つ、私の元に届いている。本に書いてある内容だと、龍珠はたった

ひとつのようだから、その点が合っていない」

「確かにそうねぇ」

不思議だわ……。

ところで今の体勢は、読書にはあまり適していないように思われた。というのも先ほど尻もちをついたあと、そこからふたりはほとんど動いておらず、前後に重なったまま本に目を通し始めてしまったからだ。

互いの体はピッタリくっついている。なんなら転んだ当初よりも、ノアの拘束は強まっているくらいだった。彼はソフィアのお腹に後ろから両手を回し、まるでお気に入りのクッションか何かを抱えるように、大切に包み込んでいる。

ソフィアは初めこの距離感に少し戸惑ったのだけれど、すぐに本の内容に気を取られ、彼に何か言うことはなかった。

後ろにいるノアが続ける。

「ただ……『龍珠』と『イエローパール』、このふたつは色以外にも似た点があるな」

「それはどんな？」

「本に『龍珠の中には、氷龍のよこしまな願いをすべて詰めました』と書かれているだろう。私を付け狙っている犯人も、イエローパールによこしまな願いを込めている――『呪った相手が孤独になりますように』『愛する者から嫌われますように』と」

「そうね……じゃあやっぱりこの本に書かれていることは、今回の事件と繋がっている？」

ほかのページにもざっと目を通してみたが、特に収穫はなかった。

当時の時代背景や、風習、文化についてページの多くが割かれていて、社会史としては面白いのかもしれないけれど、ソフィアたちが知りたい内容『氷龍はどのくらいの大きさなのか』や『消えた龍珠は結局見つかったのか』などについては書かれていない。

ノアが本のある部分を指す。

「気になるのはこの箇所――『氷龍が満足して眠っているあいだに、山の精霊は、氷龍の体を国で一番護りの強い場所に移しました』――国で一番護りの強い場所――つまりそれは皇宮であると思われる。話の最後に『赤の王女が氷龍を倒した』とあるので、その脅威はもう消えているはずだが……大昔に邪神が皇宮にいたのは事実であり、しかも氷龍は皇宮に移動した『あと』で龍珠を失くしている」

ということは皇宮敷地内を徹底的に探したら、龍珠が出てくるかも？

というか犯人はすでに龍珠を見つけていて、それを真似《まね》してイエローパールに呪いをかけるやり方を思いついた？

「ねえノア――本には『氷龍の周りに黄水晶を砕いたものを敷き詰めました』と書いてあるわ。ということは皇宮内で黄水晶のある場所を探せば、その近くから龍珠が見つかる？」

「かもしれない」

「その場所に心当たりはない？」

「黄水晶の床なんて、見たことがないな。私が知らないだけか、あるいは――皇宮は過去に何度か大改修をしているから、黄水晶はもうすでに撤去済という可能性もある」

うーん……ソフィアはもどかしく感じた。

手がかりを見つけて一歩前進したような気もするけれど、具体的にはまだ何も判明していない。

ソフィアは小さく息を吐き、パタンと本を閉じた。それを何気なく見おろし……。

「あ」

と声を上げる。そういえば中身に夢中になっていて、装丁を確認していなかった。

手元の本は個性的なデザインで、ソフィアはこれに見覚えがあった。

黒革の表紙に、特徴的な赤いラインが入っている本――以前これと同じものを、ある人物が大切そうに胸に抱えていなかったか？

場所は階段の踊り場で、彼女はこの本を持ち、ノアへの愛を熱く語っていた……。

ソフィアはそっと上半身を捻《ひね》り、ノアのほうを振り返った。

ふたり、至近距離で見つめ合う。

「私……この本をマギー・ヘイズさんが持っているのを見たわ」

＊＊＊

「――マギー・ヘイズが関係している場合、さらに面倒なことになるな」

ノアの声音はどこか冷たく響いた。

この変化をソフィアは少し意外に感じた。だって私たちはつい先ほどまで、氷龍にまつわるややこしい推理をしていたのだ――その時のほうが頭を使って面倒だったはず。それなのにソフィアを抱っこしながら意見を言っていた彼の声は、ずっと優しかった。彼は人から「氷帝」と呼ばれるだけあっ

て、確かに笑みこそ見せないけれど、ソフィアと話す時はずっと優しい。

けれどマギー・ヘイズが関係しているかも……という可能性が浮上したら、感情のひだが消え、無機質になった気がする。

「……ノア？」

ソフィアが心配になってじっと見つめると、彼の視線が和らぐ。

「問題ない、大丈夫だ」

「そう？」

「政治的なしがらみはあるが、この手の問題は側近のイーノクが上手《うま》く処理する」

「イーノクさん」

確かにイーノクは上手くやりそうだとソフィアは思った。頭が良さそうだし、彼は陛下のことが大好きみたいだから、敵認定した相手には容赦しなさそう……。

ノアが続ける。

「今後のことを話し合いたいのだが、その前に君の侍女に会わせてくれ」

「ルースに？」

「君はなんでもルースに相談するし、彼女のことを二百パーセント信頼しているんだろう？」

「そうよ」

「それなら私も会っておく必要がある。君は彼女を信用しているようだが、私はよく知らないからね」

ノアにそう言われて、ソフィアはなぜか嬉しく感じた。言葉にネガティブな響きがなく、ルースの

ことを疑っているというより、関心を持ってくれているのが伝わってきたからだ。

それってノアがこちらを友達認定しているから……よね？　先の提案は『理解を深めて、もっと仲良くしましょう』という意味に聞こえた。

ソフィアは心が温かくなり、にっこり笑って了承した。

「分かったわ♡　今日、ルースは皇宮の庭でスケッチをしているから呼んでくるわね」

そんな訳で、のちほどルースも交え、陛下の執務室で話をすることになった。

＊　＊　＊

ルースはソフィアに捕まり、気が進まぬまま陛下の執務室に連行された。

ああ……まったく面倒なことになった！

お嬢様がグイグイ手を引き、こちらの意向は無視で突き進んで行くので、『なんという駄犬ぶり！』と恨めしく思ってしまう。散歩コースを好き勝手に決める、言うことを聞かない犬みたいだ。

とはいえルースが心の中で悪態をついていられたのも、執務室に入るまでだった。

普段は図太い彼女であっても、さすがに皇帝陛下の御前に引っ張り出されては、心臓をギュッと鷲《わし》掴《づか》みにされたかのような緊張を覚える。

うわどうしよう……。

伏し目がちに縮こまっていたルースであるが、『いつまでもこうして俯いてはいられない』と覚悟を決めた。

おそるおそる顔を上げる――すると執務デスクの向こうに、氷帝ノア・レヴァントの麗しい姿が見えた。

おおおお――これはすごい！　ルースはビクリと体を震わせた。ひねくれ屋の彼女が皮肉のひとつもひねり出せないほどに、氷帝の存在感は圧倒的だった。

美形とか優雅とか知的とか、もはやそういう次元にはいない人だわ……ルースは正しくそれを悟った。ゲームではノア・レヴァントが一番好きなキャラクターであったけれど、実在している彼を見てしまったら、『好き』とか『格好良い』とかそんな感想を気楽に述べることすらおこがましく感じてしまう。

緊張する……でも落ち着いて……ルースは意識して深く息を吸った。

大丈夫、大丈夫よ。何も殺されるわけじゃない。堂々としていればいいの……何度か深呼吸を繰り返し、平素の落ち着きを取り戻す。

切り替えが早いのも年の功だろうか。ルースはすでに四十近い年齢なので、人生経験はそれなりに積んできている。

そして自分の外見がほかの女性と比べてかなり見劣りするという自覚もあったから、美形な男性を前にしても舞い上がらずにいられた。だって毎朝鏡で自分の姿を見る度に、『ほぼ五頭身じゃない？』とか『機嫌の悪いブルドッグみたいな顔ね』とか自分でも思うくらいなのだ。相手にされるわけがないのだから、気楽なものである。

大体、氷帝はふた回り近くも年下だしね……少し余裕が出てきたルースは部屋の中を見回してみた。

え……やだあれイーノク？　なんと窓際にイーノクがいるではないか――彼もまた攻略対象者だ。

インテリ系の腹黒キャラ。

……だけどなんだか彼、こちらを睨んでない？

そうされる筋合いもないのにと、ルースは不快感を覚えた。なんとも説明のつかない執拗《しつよう》さでイーノクがこちらをジロジロ見てくるので、理由はなんにせよ良い気はしない。

ブスなオバサンが入って来たものだな、勘弁してくれ、とでも思っているのだろうか？

なんて感じが悪いのだろう……イーノクはもともとそんなに好きなキャラでもなかったので、向けられた視線により、彼に対する好感度は底打ちとなった。

「訊《き》いてもいいか？」

端っこにいるイーノクに気を取られていると、陛下からそう声をかけられた。ルースはかしこまり、礼をとる。

「はい、なんなりと」

「君がソフィアに仕えている理由は？」

理由？　なぜそんなことを訊くのだろうか。他者に関心を向けないはずの氷帝――先の問いかけはまったく彼らしくない。

これに対し、ルースは正直に答えることにした。

ノア・レヴァントはとにかく勘が鋭く、賢い。浅はかな嘘をついても、すぐに見破られてしまうだろう。だったら素直に答えておいたほうがいい。

「私がお嬢様にお仕えする理由は、彼女が面白い人だからです」

「面白い……そうか」

短い返答であったけれど、なんというか、声音が柔らかい。これにルースは『おや』と注意を引かれた。

そういえば、彼の表情……すごく穏やかではないかしら？

いや――普通の人と比べれば、そりゃ笑顔を見せるわけでもないし、取っつきやすいとは言いがたい。それはそう。けれどゲームをプレイ済みのルースはよく理解している――普段の彼はもっと冷ややかであることを。だからこそ彼は人から「氷帝」と呼ばれているのだ。

では少し……踏み込んでみようか……ルースは言葉足らずだった気がして、さらに続けた。

「お嬢様は下の人間に親切です。それは底抜けに善良であるとか、八方美人であるとか、そういうことではないのです。ただ自然体――意地悪なところがなく、適度に淡白で、他者のだめなところもある程度寛容に許してくれる――自分もだめなところがいっぱいあるからお互いさまよ、と言って。そのためお嬢様に仕える私は気楽でいられます。お嬢様の下で働いたあとでは、もうほかでは働けません」

「なるほど、よく分かった」

陛下の唇の端が微かに……見間違いでなければ、ほんのわずかばかり上がったような気がして、ルースは呆気《あっけ》に取られた。

――え？　氷帝が笑った？　嘘でしょう？

ゲームだと、頑張って、頑張って、裏技を駆使して、やっと見ることができるご褒美であったはずだけれど？　それがこんな初期で出ます？

かたわらでお嬢様が「ルースがほかで働けないって言ってくれて、安心したぁ。面倒ばかりかけて

いるから、そのうち愛想を尽かされるんじゃないかと心配していたのぉ」とか間抜けな感想を漏らしているのを聞き、『いや馬鹿な、こんな阿呆《あほ》の子に氷帝がほだされるはずがない』とつい考えてしまうルースであった。

＊＊＊

「それでお嬢様、私はどうしてこの場に連れて来られたのですか？」

若干責めるようにお嬢様を横目で睨むと、

「あのね、ルース──私、陛下の恋人役を引き受けようと思うのだけれど、あなたはどう思う？」

と尋ね返され、仰天した。

「え？　あの話、まだ続いていたのですか？」

「そうみたい……彼から熱烈に頼まれて、断れなくなったっていうか……」

んんん？　熱烈に頼まれた？　氷帝がお嬢様にそれを乞うたということ？　そんなことありえる？

もはやルースはパニック状態だ。

「え、なぜ？」

「うーん、私の演技が上手いから？」

「演技、上手いんですか？」

「知らないわ。オファーいただいたってことは、たぶん上手いんじゃないの？」

「あのね、お嬢様」ルースはイラッとした。「阿呆な推測は不要です。告げられた事実のみを話して

ください」

ルースに叱られても、しょげるようなソフィアではない。んー……と斜め上を見て記憶を探り、

「彼に謎のイエローパールが届いていてね？　呪いとか色々複雑なの」

「その説明では全然分かりません」

どういうことなのだろう？　ルースが氷帝を見遣ると、彼からかなり腹を割った説明がなされた。

「これから話すことは口外無用でお願いしたい」

「承知いたしました」

「私はある深刻な問題を抱えている。それがクリアできていないせいで、すべてが後手に回っている状況だ。現状、正体不明の敵に狙われているのだが、まるで対処できていない」

「敵、ですか……」

ルースは息を呑んだ。そんな展開はゲームにはなかった。

一体、何が起きているの？　悪役令嬢ソフィア・ブラックトンは呑気《のんき》なポンコツだし、氷帝を狙う正体不明の敵は現れるしで、ゲームと違いすぎない？

とはいえ展開どおりのこともあり……。

「あの、陛下が抱えている問題とはもしかして、魔力に関係することですか？」

これは乙女ゲームで仕入れた知識だ。皇帝ノア・レヴァントは魔力過多の問題を抱えている。ゲーム内ではヒロインのマギー・ヘイズがこれを解決するわけだが、この世界ではお嬢様が氷帝の相棒として選ばれたということ？

ノアが頷く。

「そうだ。解決策をずっと探していたのだが、なかなかこれというものを見つけることができずにいた。ところがソフィアならこの状況をなんとかできるかもしれない」

本当にお嬢様にそれができるのか？　はいったん置いておくとして。

「えーと……たとえばお嬢様を『秘書』としてそばに置いておくのでは、だめなのですか？」

なぜ恋人役にこだわる？

「彼女には二十四時間、私のそばにいてもらわなくてはならない。事務的な関係ということでは外部に説明がつかないだろう」

「なるほど……では、お嬢様を陛下の婚約者にしないのはなぜですか？」

ルースはこの点について納得がいかなかった。

貴族令嬢であるお嬢様が陛下と恋仲になったと噂され、すべてが片づいたあとひとり放り出されたら、行く末はどうなる？　陛下は自身が抱える問題を解決してもらうつもりであるなら、見返りとしてその後の彼女の人生も面倒を見るべきでは？

「婚約者に据えてしまうと、ソフィアの選択の自由を奪ってしまう。こちらの都合で付き合わせるのに、結婚まで強要するのは忍びない——ソフィアはテオドール・カーヴァーとの一件で、今は結婚に対して良いイメージを持っていないだろう？　現状は私が抱える問題の解決策が見つかっておらず、外部に事情を説明することができないから、恋人役を演じてもらうしかない。しかしソフィアが解決してくれたあとは、『治療に協力してもらっていただけだ』ということを必ず周知させる」

だから『恋人役』なのか……婚約してしまうと、あとで『事情があって一緒にいた』と説明しても、契約の領域になってくるから、そのまま結婚へ進むしかなくなる。

陛下はソフィアの気持ちを優先してこの提案をしてくれたというのが、ルースにも理解できた。

「ではその後、お嬢様が誰とも結婚できないという事態にはならないですね？」

「約束する。治ったらあとは知らぬ存ぜぬ、ということは絶対にない。責任は持つから、治療には誠心誠意協力してほしい」

＊＊＊

陛下の物腰は常識的で落ち着き払っており、この策に過度な期待をかけている様子もなかった。

期待どころか、だ――……本題に入った途端、陛下の纏う空気は冴《さ》え冴《ざ》えとしたものに変わっていたので、彼のそんな在り方は、冷めた視点を維持している人のそれであるともいえた。

ルースは難しい顔で考え込んでしまう。これは、でも……。

「今……世間では、強大な癒《いや》しの力を持つ聖女が出現したことが話題になっていますね？　とある庶民のお嬢さんが脚光を浴びている」

「マギー・ヘイズのことか」

そう――シンデレラ・ガールとして一躍時の人となったマギー・ヘイズ。

彼女は十七歳になるまで自身が能力者であることに気づいておらず、とある事故現場に居合わせて、怪我《けが》人を奇跡の力で治してみせた。

十七歳で聖女認定――これは貴族ではありえないことである。

なぜかというと貴族は、十二歳になったら必ず魔力測定を受ける決まりになっているからだ。その

時点で各人の能力は公的機関でしっかり検分され、広く周知される。

ちなみにこの年齢で測定を受ける理由は、魔法の才能が開花するのが十二、三歳前後であるためだ。これは第二次成長期が関係しているのかもしれない。

才能の開花前にすでに魔力測定は可能な状態になっているので、十二歳時点で先に判定を受けておき、その後の学習計画を立てるという流れになっている。

その魔力測定時に『才なし』と判定された者が、後天的に爆発期を迎える可能性はほぼゼロである。これは歴史がそう証明している。そういった意味では、サプライズの起こりえない領域であるといえる。

ところがこのルールは庶民には当てはまらない。そもそも庶民が魔力を有していること自体が滅多にないので、彼らには魔力測定を受ける機会すら与えられていないからだ。

だからこそマギー・ヘイズのようなケースが起こりえる。

ルースはためらいがちに口を開いた。

「ええ、その――マギー嬢なら、陛下の問題も解決できるのではないですか？　彼女は近々名家の養女に迎えられる予定であるとか。陛下の婚約者候補としても名前が挙がっていると聞きましたが」

氷帝が結ばれるべき本来の相手はそちらだ。

陛下はマギーとすでに会っているのか？　それともまだなのか？　ルースとしてはそこが気になる。

「マギー・ヘイズに私的な問題を相談するつもりはない」

「え？　ですが」

「私が頼るのはソフィアだけだ」

なぜ……！　ルースは叫び出したかった。前世でゲームをプレイ済なので自分は正解を知っている。陛下の問題を解決できるのは、マギー・ヘイズだけである。

お嬢様には無理――だってゲームのソフィア・ブラックトンは十代前半から英才教育を受け、長い年月を魔法研究に費やし、身を焦がすほど氷帝に執着して、とうとう闇の魔法にまで手を出したのに、それでも彼の問題を解決してあげることはできなかったのだから。

それは凡人には決して手の届かない領域なのである。

無理だ。お嬢様には絶対に無理。

「それ――私には無理です、陛下」

不意に、これまで黙っていたソフィアが口を開いた。真っ直《す》ぐに陛下を見つめて、そう告げる。いつになくきっぱりした口調だった。

「さっきまで、あなたが困っているなら助けたいと思っていたの。私にできることなら協力したい。だけどこれはやっぱりだめ――恋人のフリをする理由が『魔法』にあるのなら、私には何もできません。マギーさんが解決できそうなら、陛下は彼女に頼むべきです。そのほうがいいわ」

「――ソフィア」

それは静かな声音であるのに、彼がソフィアを呼ぶ声はとても優しかった。聞きようによっては、甘やかにも感じられるほどに。

彼もまた真っ直ぐにソフィアを見つめ返して告げる。

「初めて会った日に、互いの手が触れた時のことを覚えているか？」

手が……ソフィアの脳裏にあの日の出来事がよみがえる。

あの時、彼の着けていたブローチがなんだか気になって、うっかり触れようとした――それを彼に止められ。近くで見つめ合った。

こちらに向けられた、あなたの瞳の色があまりに綺麗で。

まるで時間が止まったみたいに感じられた。

「……ええ」

ソフィアは頬を赤らめた。どうしてだかあのことを思い出すと、心臓の音がうるさくなる。

「それなら分かるだろう？　私の言いたいことが」

「それでもたぶん私には無理だわ」

「君ならできる」

「分からない」

「せめてトライしてみてほしい――私を助けてくれないか？」

成り行きを見守っていたルースは、鈍器で頭をガン！　と殴られたような衝撃を味わっていた。

懇願――あの誇り高き氷帝が、お嬢様に乞うている！　先ほど確かお嬢様は「彼から熱烈に頼まれた」と語っていた。あれは嘘偽りなく、真実だったのだ。こうして実際に見てみると、すごい光景だなと思うけれど。

氷帝に求められたソフィアは少し泣きそうになっているようにも見えた。

これまでは年齢のわりに幼い言動が多く、陽気な子供のままでいた彼女が、心揺らし、大人の女性に変わろうとしている。

「私、今……ものすごく困っているわ……」

とうとうソフィアが泣きごとを漏らした。

それは同性のルースでもドキリとさせられるような、艶めいた呟きだった。

＊　＊　＊

せめてトライしてみてほしい――そう乞われたソフィアは。

慎重な足取りで執務机を迂回《うかい》し、ノアが腰かけている椅子のところまで近寄って行った。隣に立って彼の端正な顔を見おろしながら、『まるでできる気がしないわ』と途方に暮れてしまう。

「――ソフィア」

促すように、手のひらを差し出される。すらりと伸びた指は繊細なつくりであるけれど、それでもやはりソフィアのものよりもずっと大きくて、男の人の手だなという感じがした。それを意識したことで、滅多に動じないはずのソフィアがガチガチに緊張してしまう。

彼女は大変人懐こい性格をしていたけれど、実はこれまで生きてきた中で、男性と親密な関係になったことが一度もない。

これまでに何度かノアに手を握られているけれど、それは流れや勢いでそうなったため、そこに込められた意味を落ち着いて考えるようなこともなかった。

これはお友達とするような、挨拶の握手とは違う触れ合いだわ……ソフィアは浮ついた感情よりも、緊張のほうを強く感じた。

おっかなびっくり、彼の手にそっと自分の手を乗せる。

一方、ノアは。

ソフィアに対して抱いていたイメージ――『元気で物怖《ものお》じしない女性』という人物像が、必ずしも正しくないことに気づかされていた。

どう見ても彼女は男慣れしていない。触れた指先はとても冷たく、挙動もぎこちなかった。

そういえばこれまでに何度かソフィアを抱き留めているが、時折ひどく狼狽していたな……ほかの何かに気を取られている時は平気なようだが、接触を意識した途端、挙動不審になっていた気がする。

ノアは物柔らかな瞳で彼女を見つめた。そして接触により、変化が起こるのを待った。

「……な、何も起きない……」

ソフィアが動揺した様子で呟きを漏らす。確かに何も起きなかった。

またダメだったわ……ソフィアは胸を痛めた。

こうして誰かの期待を裏切るのはこれで二度目だ。一度目はかなり大きな騒ぎになった。十二歳の時に魔力測定を受け、ソフィアには魔法を使う才能がないと宣告されたことで、家族はソフィアに失望し、冷めた怒りを向けた。これによりソフィアは家にいられなくなり、外国に渡った。

長い年月を経てふたたびガーランド帝国に戻ってみて、それで何かが変わっただろうか？　変えることができただろうか？　――答えは「いいえ、何も」だ。

今回ノアは「君ならできる」と期待してくれたけれど、やはり自分はそれに応えることができなかった。たいていのことなら笑い飛ばせるけれど、魔法に関することだけは別だ。ソフィアはしょんぼりして俯《うつむ》いてしまった。

「あの、陛下」ソフィアが元気のない声で呟きを漏らす。「私には魔法の才能がないんです。だから

何も起きないのだと思うわ」

「そうは思わない。君は魔法を使えるはずだ」

意外にもノアはそれを否定する。

「でも」

「君に触れていると、確かに何かを感じる。けれどとても淡い——まるで硬い殻に覆われ、厳重に封をされているかのようだ。これはなんだ？」

傍観していた侍女のルースは、思わず一歩進み出ていた。考えごとをしながら、ほとんど無意識のまま口を挟む。

「陛下は正しい……お嬢様は魔法を使えるはずです」

＊＊＊

全員の視線が一斉にこちらに向いたので、ルースはハッと我に返った。

「あ——失礼いたしました」

「いや、いい」ノアが促す。「なぜソフィアは魔法が使えると思うんだ？」

「それは、あの……私がそう考える理由は省いてもいいですか？　ちょっとややこしいので、説明しづらいのです。ですがお嬢様の身に起きているであろう現象について、私の考えはお伝えできます」

「分かった。話してくれ」

「まず前提として、お嬢様は魔法を使える——このことを前提に話を進めていきます。しかもそれは

並のレベルではない。ガーランド帝国でもトップクラスで、三本の指に入る力量のはずです」

ゲームではそうだった。ここはそれとは違う世界なのかもしれないが、それでも氷帝ノア・レヴァントが『ソフィアには何かがある』と秘めたる可能性を見出《みいだ》したならば、おそらくそのとおりなのだと思う。

その力が氷帝の抱える深刻な問題を解決できるレベルなのかどうかは分からない。けれどとにかく、ソフィアの中に強大な魔力が眠っている可能性は高い。

しかしこの説は、ソフィア自身が一番受け入れられなかったようだ。

「あのね、ルース——だけど私、十二歳の時、魔法の才能がないって判定を受けているのよ」

「原因はわかりませんが、その時の結果がエラーだったのではないですか？」

「でもぉ、普通に生活していて、『私、魔法を使えるな』って感じたことがないのよ。そんなことある？　能力のあるなしは、自分が一番分かるものだと思うんだけど」

そのきざしがあれば、ソフィアだってもう一度魔力測定を受け直していただろう。けれどそれを感じたことは一度もなかったのだ。

「それは単なる思い込みなのかもしれませんよ」

「どういうこと？」

「無能力者という判定を受けたことで、お嬢様は『自分はだめだ。落ちこぼれだ』と思い込み、呪術的な縛りを自分自身に向けてしまったのでは？　不幸なことに、魔力が桁外れに強かったため、抑圧する力もそれに比例した。それがあまりに強固であるがゆえ、完全に隙なく封印され、お嬢様の中に強大な魔力が眠っていることを、誰も探知することができなくなった。皇帝陛下はお嬢様より上位能

力者なので、硬い殻の下に眠る力の波動を感じ取ることができたのかもしれません」

ルースの話を聞き、ノアが考え込んだのはわずかな時間だった。やがて彼ははっきりと意思を乗せてソフィアを見つめた。

「ルースの話は筋が通っている――先日、私が知覚したものも、今の話を裏づけると思う」

「……ということは？」

ソフィアの声が揺れた。

「君は魔法が使える。探さなければならないのは、ロックを外す方法だ」

「お嬢様」ルースは眉根を寄せ、ソフィアに尋ねた。「初めて陛下とお会いになった日に、何が起きたんですか？　同じ状態に近づければ、またロックを外せるかも」

「何が起きたんだと言われても」

「普段と違う精神状態になりませんでしたか？」

「普段と違う……？」

ソフィアは呟きを漏らし、目の前にいるノアを眺めおろした。彼はまだソフィアの手を握っていて、こちらをじっと見つめている。

――ソフィアはかぁっと頬が熱くなるのを感じた。彼と視線が絡むと、頭が混乱してくる。

「えっと……近くで見ると、あなたの瞳は海の深い青を思い出させるわ……」

「お嬢様、モジモジして訳の分からないことを言わないでください」

はたからピシャリとルースのツッコミが入る。

「あーん、でも、雑念が混ざるのぉ！」

「お嬢様は異性への免疫がないですもんね」

「そんなことないですぅ！」

「お子ちゃまだから……」

「そんなことないもん！」

「陛下を前にして、ドキドキしたからロックが外れたんだったりして」

この時ルースが何気なく口にした言葉が、解決のヒントとなった。

図星を突かれたソフィアが耳まで赤くして、

「やーん、恥ずかしい！　言わないでぇ！」

と可愛い声で叫んだのだ。

シン……と部屋が静まり返る。ルースは真顔に戻り、まじまじとソフィアを見つめた。

「え？　本当に？　じゃあ、お嬢様は胸がキュンとしたら、魔力が解放されるっていうこと？」

＊　＊　＊

「……どうしたらキュンとなるんだ？」

現状、ノアは執務机のほうには半ば背中を向けていて、かたわらに佇むソフィアに対しては、ほとんど正面から向き合っている。椅子に腰かけたままの陛下が自然な動作で手を引くと、繋がれているソフィアはまた半歩彼のほうに近づいていた。

強引な手つきで引き寄せられたわけでもないのに、ソフィアの心構えがグラグラなせいなのか、何

をされても抗《あらが》えそうにない。

「どうしたらキュンとするかなんて、分からないわ」

「もっと近づいてくれないか？」

「え」

「嫌なら拒絶してくれ」

たぶんノアはほとんど力を込めていなかった。誘うようにさらに引かれ、ソフィアは膝からカクンと力が抜けて、彼の足の上に腰を落としてしまった。少し開いていた彼の足のあいだに入り込み、左腿に腰を下ろした形だ。

ノアはソフィアが滑り落ちてしまわないように、スマートな手つきで彼女の腰を支え、さらに引き寄せた。ふたりの顔がありえないくらいに近づき、恋人同士の距離になる。

ソフィアはすっかり混乱していた。

「わ、私、どうしたらいいの？」

「この距離はつらい？」

彼の声音は穏やかで、落ち着き払っているのに、それでもどこかに艶っぽさのようなものもあった。

ソフィアを見つめるブルーアイが微かに細められ、美しくきらめいている。

「つらいっていうかぁ……ふわーん」

狼狽したソフィアは瞳を揺らし、どうしようもなくなって、彼の肩に手のひらを突く。

それでようやく、ノアが例のブローチを着けていないことに気づいた。

今日は長い時間一緒に過ごしたのに、今気づくなんて……。

「……ブローチ」

「うん」

「どうして今日はしていないの？」

「君のおかげ」

「私の？」

「君が俺を楽にしてくれた。出会った日もそうだし、先日皇宮資料室で闇に取り込まれそうになった時も、君が支えてくれただろう？」

視線が絡む。彼が口にした内容は、ソフィアにはとても不思議に感じられる。

「私は何もしていないわ」

「あのブローチは浄化装置なんだ。私は魔力保有量が多すぎて、それが自分自身を内側から傷つけてしまう。魔法を行使することで残量を減らしたとしても、その澱《おり》のようなものは体内に残るのでクリーンにはならない。その手の澱は通常、休息を取れば排出されるものだが、私の場合は人間が処理できる限界量を超えてしまっているのだろう――……それに睡眠を取るとまた新たに魔力が溜《た》まってしまうので、キリがないんだ。普段はああいったアイテムを使ってやり過ごしているんだが、そろそろ限界がきていた」

「限界？」

「あれは国宝級の代物で、もう替えがない。あの手のものは使用しているとやがて摩耗し、壊れてしまう。君が触れようとしたあれは七つ目で、もうギリギリのところまできていた」

「アイテムが壊れたら、あなたはどうなっちゃうの？」

「無事では済まないだろうな」

「命に関わる？」

「そうだね」

「私に何かできる？」

「俺を助けることができる――それは君にしかできない」

乞われたソフィアは真っ直ぐに彼の瞳を見つめ返した。

――ノアは彼女の瞳を覗き込み、やはり温かみと哀しみが交ざり合った、不思議な色合いの虹彩だと考えていた。

「このあいだ……私があなたを少し楽にできたの？」

「ああ」

「でも完全には治せなかったのね？」

「そうだね。定期的に同じことをしてもらわないとだめみたいだ」

「私……自覚なく、浄化の魔法を使ったのかしら？」

「そうだと思う。とても強い魔法だった」

「あのね、あの……やっぱりあなたは、聖女のマギーさんに同じことをお願いしたほうがいいかも」

「……彼女ともこうして触れ合えと？」

陛下のその問いは、辻褄《つじつま》が合っていないように思われた。

というのも、マギー・ヘイズはソフィアと違って胸がキュンとしなくても魔法を使えるのだから、治療に際してふたりが触れ合う必要はないからだ。

ということはつまり先の台詞は、肌の触れ合いそのものではなく、どちらかといえば心の触れ合いのほうを指しているのかもしれなかった。

「命に関わるのなら、そうしたほうがいいわ」

「彼女にはこれをしない」

「だけど」

「……俺は君を困らせている？　ソフィア」

とても困らせているわ……ソフィアは思った。頭の中はグチャグチャだし、心の中は嵐だ。目の前にいる彼の瞳から視線を外せないし、こんなに心臓がドキドキしているのって、たぶん病気じゃないかしら？　目元もじわりと熱いし、なんだか潤んでもいる。

「私……あなたを治せたらいいのにと思う」

「よかった。じゃあ協力してくれる？」

「ええ」

「どうしたら胸がときめく？」

ふたたびそれを問われ、ソフィアは息を呑んだ。

ど、どうしたら……？　どうしたら、って、そんなの……。

「私、優しくされたいわ」

「分かった」

「あ。でも、今でも十分に優しいわね」

先ほどは眺めの良い塔の上にも連れて行ってくれたし、彼の声はいつも優しいの。

「それなら、ほかには？」

「そうね、笑いかけてほしい。あなたはいい人だと思うけれど、ちっとも笑わないから」

「……怖い？」

「怖いというか、寂しい……ねぇ、笑って？」

「難しいな」

「助けてほしいなら、それが条件よ。私だけに、スイートに笑いかけるの……いつも。いつもよ」

「君を褒めるだけじゃだめ？」

「褒めるって、どんなふうに？」

彼は少し考えるように間を置き、やがて肩の力を抜くと、大切な人を慈しむような視線でソフィアを見つめた。

それはソフィアにお願いごとを聞いてもらうための演技なのかもしれなかったが、対面している彼女には、彼の本気が込められているように思えたのだ。

ノアが伸ばした左手のひらが、ソフィアの背中にそっと当てられる。

――ソフィアは彼に抱み込まれ、護られている心地になった。助けを求めているのは彼のはずなのに、ソフィアには逆のように感じられた。

「君との出会いは、私の人生で最高の出来事だった――可愛いソフィア、お願いだから、どうかずっとそばにいてくれないか？　いつどんな時でも、君のお喋りを聞いていたいんだ」

「いいわ。じゃあ……もう一回、『可愛いソフィア』って言って。今のやつ、気に入ったわ」

ソフィアが冗談めかしてそう言うと、彼の口角が上がった。

「──可愛い、可愛いソフィア」

蕾《つぼみ》が花開く瞬間を見ているかのようだった。それはソフィアだけに向けられた無防備な顔で、キラキラ光る陽光や、色あざやかな草原、突き抜けるように澄んだ青空──そんな普遍的な光景にも似た、鮮烈な輝きを秘めていた。

ソフィアはパチリと瞬きした。一拍置き、首の後ろあたりにジワリと熱が広がる。その熱が瞬く間に全身を巡り──……それは対面している彼にも波及していった。

──ノアは彼女から放たれる波動の心地良さに身を委ねていた。あたたかく、人に寄り添うように優しいのに、圧倒されるほどのエネルギーに満ちている。それが彼の中の淀《よど》みを綺麗に洗い流していった。

──とうとう見つけた、と彼は考えていた。唯一無二の答えを、彼は見つけたのだ。

夕暮れ時で、空には茜《あかね》色が混ざりつつあった。大窓の外を流れ星が横切ったことに気づき、侍女のルースはそちらに目を向けた。

ふたたび流れ星。尾を引き、それが消えぬ間に、さらに次が。

異変を感じた側近のイーノクも窓のほうを振り返り、その幻想的な光景を目視した。空を横切っていく、数えきれないほどの光。

──ノアはもう一度夢見るような笑みを浮かべ、彼女に語りかけた。

「君は天才だ、ソフィア」

その声が耳に入り、鼓膜がジンと震える。

ソフィアは彼を見つめ、頬を染めてにっこりと笑みを返した。

3．氷帝、ヤキモチを焼く

「――あなたの瞳、色味が淡く変化しているわ」

ノアの膝上に乗せられているソフィアは驚きのあまり身を乗り出し、思わず彼の頬に指を触れていた。そのままキスをする気なのではないか？　というくらい親密な距離まで近づいてしまっている。

室内にいたほかの人間――傍観していたイーノクとルースは、『さすがにこれだけ顔にペタペタ触れられたら、氷帝は許さないだろう』と考えていた。

ところが。

ノアはソフィアに触れられても怒るでもないし、不快な表情を浮かべるでもなかった。

「澱《おり》が洗い流されたから、虹彩にもそれが表れたのかもしれない」

ソフィアに説明する彼の口調は穏やかで優しい。

だからソフィアもリラックスしきっている。

「じゃあ、あなたの瞳はもともと水色だったってことなのね」

「そうだね」

「う－ん」ソフィアはほんの少しだけ首を傾《かし》げた。「濃い青も良かったけれど、今の淡い色も素敵ね！　春先の爽やかな日に、早起きして見上げた空みたいだわ」

「ありがとう」

「どういたしまして」

ソフィアはにこにこ笑い、ふとあることに気づいて笑みを引っ込めた。

「あ、でも――そのうちにまた色が濃くなってくる？」

「たぶん」

「どのくらいで？」

「ここまで体の状態がクリアになったことがないから、よく分からない。おそらく半月か、ひと月？」

「じゃあ私たち別に恋人同士のフリをしなくてもよくないかしら？　瞳の色でリミットが分かるなら、濃くなってきたら浄化すればいいんだもの。あなたにはお手間をかけて申し訳ないけれど、私をキュンとさせてくれれば、浄化は二度成功したのだから、またできると思うわ」

ソフィアが『いいことを思いついた』というようにそう指摘をすると、陛下は喜ぶどころか、物思う顔つきになった。いつの間にか彼の表情から柔らかみが消えている。

「……ソフィアは嫌なのか？」

「え？」

意味がよく分からなかった。戸惑っていると、彼が乞うようにこちらを見つめてくる。

「俺は君にそばにいてもらいたい」

「う……そうなの？」

「ああ、そうなんだ」

「じゃあ時々あなたに会いに行く――ええとそう、イエローパールの件も気になるし」

「時々ではなく、ずっといてほしい。突然、限界が来た時に、怖いから」

「そうね、確かに……急に具合が悪くなるかもしれないものね」

「君がそばにいない時に、終わりを迎えるのは嫌だ」

ん……？　ソフィアは彼の言い回しに、ちょっとした引っかかりを覚えた。意味はよく分からないものの、胸がザワつき、かぁっと頬が熱くなる。

——彼は『突然終わりを迎えるリスクがあるから、君がそばに張りついて、それを防いでくれないと困る』という利己的な言い回しをしなかった。むしろ『浄化はどうでもよく、最期はそばにいてほしい』という懇願に聞こえなくもなかった。

でも……そんなはずはない。ソフィアは『自分はとても頼りにされているのだ。そこまで彼が不安ならば、助けてあげなくちゃ』と考えを改めた。

「えーと、ずっとというのは、皇宮に住んでほしいということかしら？」

「そうだ」

「んー……別にいいっていえば、いいけどぉ」

「気前がいいな」

「もうすでに分かってると思うけど、私ってとっても優しいのよ♡」

ソフィアが至近距離で可愛《かわい》い笑みを浮かべたので、ノアは自分の脈拍が少し速まったことに気づいた。

けれど彼の表情はそう大きく揺らがなかったものだから、ソフィアがそれに気づくこともなかったのだが……。

「それに考えてみたら私、あなたと恋人同士のフリをしないと、テオドール・カーヴァーと縁が切れ

ないんだった」

「……そういえばテオドールはなぜ正式に婚約破棄しないんだ？　自分から夜会で騒ぎを起こしたくせに、その後考えを改めて、君に復縁を迫っているのか？」

「そうなの」

「どうして？」

「親から勝手なことをするなと怒られたみたい」

「それなら俺がテオドールの父親——カーヴァー公爵と話をつけよう」

「いえいえ、そんな！　そこまでおおごとにすると、私と陛下が結婚するみたいな流れになっちゃう」

「そうなるとまずいのか？」

ソフィアは『陛下は変なことを言うわ』と考えていた。

ついさっき彼自身が、「こちらの都合で付き合わせるのに、結婚まで強要するのは忍びない」と言っていたのに。それに彼のほうだって、ソフィアと結婚させられて一生縛られるのは嫌なはず。

「まずいわ、結婚はだめよ——とにかくカーヴァー公爵の説得はしなくて大丈夫。陛下と恋人同士っていう設定をチラつかせるだけで、公爵は息子の結婚相手は別で探すと思う」

「……君がそうしたいなら、それでいいが」

「カーヴァー公爵はあなたを敵に回したくないはずよ？　私があなたのものだと分かれば、すんなり破談ということになると思うの。私にこだわる理由がないもの」

「そうかもな」

「ああ、よかったぁ、ほっとしたわ！　私、テオドールがとにかく苦手だったの」

「彼は女癖が悪いようだ」

「そうなの。彼ったらね、可愛い子猫ちゃんを囲い込んでいて、すでにそちらに手をつけているくせに、私にも手を出すと言ってきたのよ」

「え？」

「顔を会わせると胸ばかりジロジロ見るし、しっかり抱いて夜は満足させるとか、気持ち悪いことばかり言うの。すごく嫌だった」

あの時抱いた怒りを思い出し、下を向いて膨れツラになっていたソフィアは、ふと周囲の温度が数度ほど下がったような気がした。ヒヤリとした気配を感じて顔を上げると、ノアがなんともいえない表情でこちらを眺めている。

パッと見は平静なのだけれど、含みがあるというか、何かの限界を突破した人の顔にも見えた。あらゆる感情を経由したあとで、一周して元に戻り、今は危うい均衡をなんとか保っている状態、というふうな……気のせいだろうか？

「あの……ノア？」

「テオドールとはもう会わせない」

「そ、そう？　ええと、ありがとう」

「その代わり君は、ずっと俺の目の届くところにいてくれ」

「ええと、そうね。いいわ」

この時ソフィアは絵に描いたような見事な安請け合いを披露した。

こういった安請け合いは後日トラブルの元になりかねないのだが……ソフィアがそれについて注意深く考えることはなかった。

＊＊＊

「これから一緒に君の家へ行って、ブラックトン侯爵に話を通そう」

話が纏《まと》まりかけたところでノアがそんなことを言い出したので、ソフィアは仰天した。

彼はついさっきも「テオドールの父であるカーヴァー公爵と話をつける」などと言い、行きすぎた親切心を発揮したばかりである。

なんとかそれをソフィアが止めたのに、今度はこれだ……彼は今、親切強化月間中か何かなのだろうか？　だとしたら奇遇である――ソフィアも今まさに親切強化月間に突入しているので、ふたりは足並みが揃《そろ》っている。

と、それはさておき。

「私の父と会うなんてだめよぉ！」

ソフィアは全力で拒否した。

「どうして？」

「そもそもノアは私の家族にどこまで話すつもりなの？　あなたが問題を抱えていて、私がそれを助けられるかもというところまで、全部？」

「ブラックトン侯爵のことをそこまで信用できない」

「じゃあ？」

「俺が君を気に入り、手元に置きたいと考えている——そう伝えるつもりだ」

「それならやはり、あなたが直接話す必要はないと思う。私のほうから伝えておくから大丈夫よ」

「そうは思えない。やはり俺が——」

「だめ、だめ」

「ソフィア」

「だってね、父はものすごく変人なの」と、ものすごく変人のソフィアが言う。「娘の私が上手《うま》く話をするから、任せておいて」

「……大丈夫か？」

ノアは怪訝《けげん》な表情である。けれどソフィアにはソフィアの考えがあるのだった——陛下からそんな話を持ちかけられたら、父は無理やりふたりの婚約を纏め上げようとするかもしれない。

だって絶対『チャンス！』と思うに違いないわ。

だからソフィアが父を上手く丸め込む必要がある——「なんとなくフィーリングが合って、陛下と恋人関係になったのだけれど、しばらく放っておいてね。そうすれば彼は感謝すると思うわ！　恩が売れるわよ。下手に陛下に結婚の予定なんかを訊《き》けば、彼は途端に面倒になって、私への関心を失うかもしれない」——これで押し通す。

父はドライな人なので、ソフィアが陛下と恋人関係になれただけでも、たぶんよしとする——テオドール・カーヴァーに安く売りつけるよりはずっと得だと考えるはず。

「大丈夫、大丈夫」

ソフィアは軽～く請け負った。

「それならソフィア――一度家に戻り、夜にはこちらに来られる？」

え、今夜？

尋ねられ、ソフィアはうーん……と考えを巡らせる。

「それは無理ねぇ」

「なぜ？」

「荷造りがあるし、転居には数日かかるわ。準備が整ったらまた会いに来るから、それまで時間をちょうだい」

そう告げたソフィアはノアの膝からやっと下りて、

「じゃあ、またね！」

と手を振り、侍女のルースを促して部屋から出て行った。

＊＊＊

侍女のルースは部屋を去る時少し汗をかいていたし、火照りを感じていた。

いやぁ、とんでもないものを見たわぁ……ルースの心臓は早鐘を打ち、珍しく興奮が静まらない。

ああもう何あれ。

とりあえず心の中で絶叫させてよ――『陛下の笑顔、あまーい‼』『清潔感がちゃんとありつつ、甘くてとろける！』――見物していただけなのに、不覚にも胸がキュンとしてしまった。

これまでちょっとお嬢様のことを侮っていたけれど、実はこの人すごい大物なのかも、とルースはあるじを見直したほどだ。

突き抜けた阿呆《あほう》ぶりで、天岩戸《あまのいわと》を開けさせちゃったよ、という感じ。ルースからすると、反則級の浄化魔法を使えたことよりも、あの氷帝から雪どけのような鮮烈な笑みを引き出せたことのほうが奇跡なのである。

彼は明らかにソフィアの能力そのものよりも、心で繋《つな》がることのほうを求めていた。

ゲームだとヒロインが必死で頑張ってエンディングにこぎつけても、あそこまでの親密度にはなりえなかったのに……ヒロインの場合は『キュンでチート状態に』なんてドキドキ設定はなかったから、氷帝と関わっていく中でコツコツ真面目に魔法を学び、ふたりの関係も亀の歩みのようにゆっくり進む。氷帝もなかなかほだされない。そのはずなのにお嬢様の一体何が、彼を陥落させたのやら。

結局、突き抜けた馬鹿には誰も勝てない、ってことなのか？

この部屋に引っ張り込まれた時は、『この小娘めぇ～！』と恨めしく思ってしまったのだが、結果的に来てよかった。ものすごくいいものを見ることができた。

大満足のルースであったが、踵《きびす》を返す前に横手から強い視線を感じ、そちらに目を向け――見てしまったことをすぐに後悔した。

ああ、もうイーノク――また嫌な目つきで睨《にら》んでいる。

ルースはまた不快感がぶり返してきて、『そこまでブスなオバサンが目障りなのかしらね』と心の中で悪態をつきながらプイと視線を逸《そ》らした。そしてお嬢様のあとについて部屋から出て行った。

＊＊＊

――窓際に佇《たたず》んでいたイーノクはふたりが去ったあと、思わず胸に手を当てていた。

微《かす》かに頬が赤らんでいるのが自分でも分かった。

――ルースか……ああ、年上の女性っていいなぁ……！

これまで彼は異性を強く意識したことがなかったのだが、今日はそれが大きく変わった日だった。彼はルースをひと目見た時から心惹《ひ》かれるものを感じていた。

かの女性はクールで他者に媚《こ》びず、頭の回転が速く、しっかりした職業婦人で、イーノクの目には何もかもが好ましく映った。

実はイーノク――若くて愛嬌《あいきょう》のある痩せた女性が昔からものすごく苦手だった。友人から「さっき、ものすごい美人に言い寄られていただろう？　グラリとこないのか？」と問われたことがあるのだが「あれのどこが美人なんだ？」と返し、猛反発を食らったこともある。

イーノクとしてはお高く止まっているつもりは毛頭なくて、とにかく誰もかれもが同じ顔に見えるし、周囲が「美人」と評する女性に対し、まるで性的魅力を感じることができずにいたのだ。

それがこんな場所で理想の塊に出会えるとは！　神様ありがとう！　イーノクは心から感謝した。

ルースの四角張っているような、それでいて丸い顔の輪郭や、低めの鼻、サイコパスめいた冷たい瞳、血流が良さそうな赤味を帯びた肌、安定感のある筋肉質でどっしりした体つき――もうすべてがたまらなくツボだ。目に焼きつけておきたくて、凝視してしまったほど。

年齢は四十くらいかなぁ？　そうなると、十五ほど上かぁ……こんな若造、相手にされないかな？

ソフィアとの繋がりでまた会えるだろうか？　というか自分から会いに行っちゃおうかなぁ……。

イーノクは浮かれ切っていた。

しかし彼の未来は暗い。たぶん死ぬ気で頑張っても、ルースと結ばれることはないだろう。

＊　＊　＊

仕事の休憩時間に、ソフィアは真珠について調べることにした。幸い勤務先が皇宮資料室であるため、資料はたくさんある。

書架が並ぶ奥に作業スペースとして机と椅子がいくつか設置されているので、そこに本を数冊持ち込んで目を通し始める。

こうして調べてみると、知らなかったことが書かれていて、なかなか面白い。

「へぇ……真珠って生体鉱物《バイオミネラル》っていう分類なんだ……初めて聞く単語だわ。そして今後一生使わなそうな単語だわ」

ごめんなさい、バイオミネラル……私たち、縁がなかったみたい。

だけど考えてみると、ダイイング・メッセージが「バイオミネラル……」だったら、相当インパクト大よね。私、いまわの際にこの単語を使ってみようかしら？　ちなみに現状もうひとつダイイング・メッセージ候補があって、それは「らほつ」なの。「らほつ」は以前ルースから教わった。よく分からないけれど、右巻きで、大変ありがたいものなんですって。

ソフィアはさらに本を読み進めていく。

「ふぅん……海で作られるのとは違って、淡水パールっていうのもあるんだぁ……パールはパールでも育った環境が違うということなのね……私とノアみたい」

皇宮で育ったノアと、大海に放り出されて隣国で育った私……互いにまったく違う人生を歩んできたのに、こうして出会えた。

ノアは冷静沈着だけれど、ソフィアは落ち着きがない。

ノアは頭が良いけれど、ソフィアは勘で判断しがち。

性格も価値観もまるで違う。けれどノアと目が合うと、なぜか心が温かくなるの。不思議だわ……。

そんなことを考えていたら、急に恥ずかしくなってきた。

最近の自分はどうかしている。だってふとした拍子にすぐノアのことを考えちゃうのだから……。

心が騒ぎ、ソフィアは注意力散漫になっていたようだ。だから、

「――ソフィアさん」

いきなり声をかけられ、びっくりした。

慌てて顔を上げると、机の横に同僚のリーソンが立っていた。近くで声をかけられるまで、人の気配に気づかなかった。

リーソンはソフィアよりも七歳上なのだけれど、まったく圧のない人で、普段はフレンドリーに接してくれる。ところが今のリーソンは微かに眉根を寄せ、難しい顔をしていた。

「君、何か悩みごとでもあるの？　思い詰めた様子で本を読んでいるから、気になってさ」

「あらそう？」

思い詰めた顔をしていたかしら？　自覚がなかったので、ソフィアは小首を傾げる。

「私って真面目な顔をしていると、すごく怖い人に見えるみたいなの。侍女のルースにね――『お嬢様は真顔でいると、無表情に人を殺しそうです。さすが悪役令嬢』って言われるもの」

ソフィアがあっけらかんとそう言うと、それを聞いたリーソンが顔を引きつらせる。

「君の侍女、毒舌すぎないか？　あるじに失礼だよ」

「そういうところがルースの魅力だから」

「そうかなぁ？　言わなくてもいいことをわざわざ口にして誰かを傷つける人って、私生活で何かどでかいトラブルを抱えていそうだけれど」

「ルースにトラブルなんてないわよ」

「身近にいる侍女だとしても、所詮は他人なんだから、そんなの分からないんじゃない？」

「分からないけれど、別に分からなくてもよくない？　私は皮肉屋で面白いルースが好きだし、その気持ちは本人にも伝えている。もしも困っていることがあるなら、ルースはまず私を頼ると思う」

ソフィアなりに筋の通った理屈ではあるのだが、リーソンはやはり納得がいっていないようだった。

「君は無防備すぎる……仕えているレディに憎しみを向ける侍女って、案外多いらしいよ？　だってほら、美しい貴族令嬢はすべてを手にしているわけでしょう？　美貌、お金、身分、素敵な結婚相手……そりゃあ女としてうらやましくもなるだろうし、嫉妬したって不思議じゃない。君は侍女から『悪役令嬢』と言われたんだよね？　だけどそれってさ、顔が整っている君に意地悪を言いたかっただけだと思うよ？　『美人すぎて性格悪そう』みたいな」

「リーソン、違ーう！」

ソフィアが断固抗議の姿勢を見せたので、リーソンは驚いた様子で目を瞠《みは》った。

ソフィアは熱を込めて前のめりに訴える。

「ルースは私に嫉妬なんてしない。なぜなら本人がとっても魅力的だから！　彼女は落ち着いていて、賢くて、仕事ができて、機転が利いて、私が困っているとすぐに察して助けてくれる——私にないものをたくさん持っている、素晴らしい女性なの」

「そ、そう……」

「そうなのよ、ルースをあなどらないでね、リーソン」

「あー……これ僕が悪いのか……？」

リーソンは困り果てた顔で、とうとう腕組みをしてしまった。

「君さ……このところよく陛下の執務室に出入りしているよね？」

「それが何か？」

「君の侍女は自己主張が強そうだから、陛下の執務室には近づけないほうがいいよ？」

「自己主張が強いとだめなの？」

「陛下の側近であるイーノク氏のことは知っているだろう？」

「ええ」

「彼は人間嫌いでね、誰にでもすごく当たりがキツイんだ。イーノク氏が懐いている相手はこの世にただひとり、陛下だけ。彼は陛下と自分以外は全員不要なゴミだと思っているから、四方八方に容赦がない。そんな中でも君の侍女みたいに毒舌全開な女性は、イーノク氏がもっとも嫌うタイプだろう。出会わせたら血の雨が降るよ」

うーん……？　ソフィアは斜め上を見て考えを巡らせる。

リーソンはそう言うけれど、もうすでにイーノクとルースは出会ってしまっているのよね。

それにあの時のイーノクは、ルースに対して大変好意的に見えたわ……でも私の勘違い？

ソフィアが考え込んでいると、リーソンが身を乗り出してきた。

「というかソフィアさん――あのさ、もしかしてだけど――君、最近、陛下と個人的に親しくしている？」

「え？」

不意を突かれ、ソフィアはパチリと瞬《まばた》きした。

あれ？　ノアから恋人のフリを頼まれていたけれど、あれってもう対外的にはスタートしているんだっけ？　もしもまだなら現状ではその手の匂わせをしたらだめよね？　ノアに迷惑をかけちゃうもの。

「んー……違う違う……お仕事……私、本、運ぶ……それだけ」

動揺してカタコトになるソフィア……目が泳いでいて、怪しいことこの上ないのだが……。

ただなぜかリーソンはホッとした様子である。

「本当？　君、陛下とは付き合っていないんだね？」

「な……ない」

「よかったあ」

何がいいのかしら？　ソフィアは首を傾げてしまう。

訳が分からないソフィアに、リーソンが屈託なく尋ねる。

「現状、困っていることがあるなら、なんでも相談してよ。同僚だろう？　もっと『仲良く』助け合

わないとね」

「そうね」

……だけどそうかしら？　プライベートでも同僚同士ってそんなに助け合うものなの？

いえ、仕事上でフォローし合うのなら分かるのだけれど。

「それで何を調べているの？」

制止する間もなく、リーソンが机の上に積まれていた本を手に取り、パラパラとめくり出した。

本に目を通すうちに、ふたたび訝《いぶか》しげな表情になる。

「真珠……？　黄水晶……？　君、ここを辞めて宝石商でも始める気？」

「そういうんじゃなくて、ちょっと気になったの」

「どうして？」

「ええと……皇宮内で見かけたような気がして」

ソフィアは嘘《うそ》をつき慣れてないので、とっさに変なことを口走ってしまった。どんな場合でも自分を良く見せる嘘はつかないようにしているけれど、これはノアが関係していることだから、全部正直に話してはいけない……その葛藤で慌ててしまったのだ。

どうしよう、「皇宮内」というワードを出すべきではなかったわ――ああ、普通に「今度、真珠と黄水晶を買おうと思っているの」と言っておけばよかった！

でも一度口にしてしまったから、「今のはなし」とも言えないし……。

「真珠と黄水晶を皇宮内で見たの？」

「ええ……たぶん？」

「そうか……それで君、皇宮内をあちこち散歩をしていたんだね？　何をしているのだろうと不思議に思っていた」

「あなたに見られていたの、気づかなかったわ」

「君ってものすごく目立つからね。そういえばアマンダもあちこちフラフラしているんだ、最近」

「アマンダが？」

意識高い系同僚のアマンダはいつも「時短！」「時短！」と声高に叫んでいるので、無駄な行動はしそうにないから、意外だわ……。

「もしも僕が同じように勤務中フラフラしていたら、彼女はすかさず『給料泥棒！』とののしってくるだろうさ。他人には厳しいくせに、自分にはどこまでも甘いんだからな、まったく勝手な女だよ」

ブツクサ文句を言うリーソンを眺め、ソフィアはくすりと笑みを漏らした。

なんとなく一周回ってノロケのようにも聞こえたからだ。ふたりは普段なんでも好き勝手に言い合っているし、喧嘩《けんか》が終わるとサッパリした顔をしているので、相性はそんなに悪くないように思える。

ソフィアがそんなことを考えていると、リーソンが熱を込めて訴えてきた。

「ねえ、アマンダが皇宮内をフラフラしているのはなぜか、一緒に突き止めないか？　せっかくの機会だし、僕たちふたりで行動して親睦を深めようよ」

「でも……」

同僚を監視するなんて、気が進まないなぁ……困ってしまい眉尻を下げるソフィアだが、そこでハッとする。

そんな消極的じゃだめ——アマンダが呪いのイエローパールを送りつけている犯人かもしれないから、ノアのためにちゃんと調べなくちゃ！　無実だったら、あとでアマンダ本人に「疑ってごめんね」と謝ればいいものね。新色の口紅を贈れば許してくれそうだし。

などとあれこれ考え込んでいると、リーソンが慌てたように続ける。

「ああソフィアさん、断らないで——僕と一緒に行動すると、メリットがあるよ！」

「どんな？」

「君は皇宮内で真珠と黄水晶を見たような気がしているだよね？　でも場所の記憶が曖昧だから、あちこち探している？」

先ほどうっかり口走った内容を詰められ、ソフィアはそわそわしてしまう。

「んー……かもね」

「だったら僕を頼ってよ、皇宮のことはよく知っているんだ。父もここで働いていたから、子供の頃から出入りしていたし。そうそう裏庭にさ——男女が結ばれるという言い伝えがあるブナの木が生えているんだよ、知っていた？」

リーソンのスピーチは熱心すぎて、ほとんどソフィアに覆いかぶさる勢いである。

ソフィアはグイグイ来られて目を丸くした。物理的な距離が近すぎるせいか、彼が何を言っているのか内容がほとんど頭に入ってこない。

とにかくなんという熱意！　リーソンたら、そんなにアマンダのことを調べたいなんて！

だけどそう——私もアマンダのことをずっと疑うのは嫌だし、早く白黒決着つけたいわ。

リーソンの言うとおり、彼を頼るメリットも大きい。土地勘のある人に案内してもらえれば、自分

ひとりでは気づけなかった抜け道とかを教えてもらえて、そこから犯人の根城《ねじろ》を発見できるかもしれない。そうしたらノアも喜んでくれるよね？　私、ノアを喜ばせたいな！

「分かったわ、じゃあ一緒に調べましょう」

「やった！」

リーソンがグッと拳を握り、歓喜の叫びを上げる。

もしもここにルースがいたなら、「お嬢様、同僚男性とふたりで行動する件、氷帝に報告しなくて大丈夫ですか？」と疑問を呈したことだろう。

けれどここにルースはいなかったので、誰もこの流れを止めることができず、ソフィアは同僚のリーソンとふたりきりで行動することになった。

＊＊＊

案内役のリーソンはとても親切だった。

「この先、行き止まりに見えるけれど、もう少し進むと横道があることに気づいて、びっくりすると思う。このルート、あまり知っている人がいないんだ」

ふたり並んで歩きながら、ソフィアは『彼に案内を頼んでよかったわ』と考えていた。

初めは普通に建物内を歩いていたのだが、サンルームを突っ切って屋外に出て、しばらく進んだところでリーソンが横道の存在を教えてくれたのだ。

「私、以前このあたりを探したことがある」

「そうなの？」

「だけどあなたが言ったとおり、『あ、行き止まりだ』と思って、手前で引き返しちゃったの。念のためもっと進んでいれば、知らなかった道に出られたんだ」

思い込みって怖いなぁ……ソフィアは反省した。ミスって自分で『やらかしたかも』と自覚がある時は案外大丈夫で、こんなふうに『自分の判断は正しい』と無意識に信じ込んでいる時に起こるのかもね。

「ひとつ賢くなったわ、ありがとう」

ソフィアがにっこり笑いかけると、リーソンは急に挙動不審になって、あっちを見たりこっちを見たりと視線を忙《せわ》しなく動かし、両手の汗を拭うように脇腹を強くこすって、「今日は暑いな」とモゴモゴ呟《つぶや》きを漏らした。

今日は暑い、か……それを聞き、ソフィアは『確かにそうね』と気づいた。

「このあたりは日当たりが良いわね。ポカポカ暖かい」

「なんかこういうのも楽しいよね」

「歩くと気持ち良いものね」

「ほら見て、ソフィアさん――スイカズラが綺麗《きれい》だよ！」

「わあ、本当だ！　甘くて良い香り～」

「天国……ずっとこの時間が続くといいのに」

「もうそろそろ休憩時間は終わると思う」

リーソンが時間を気にしているようなので教えてあげると、彼の表情がなぜかうつろになった。

どうしたのかしら……？　ソフィアはリーソンの様子を窺《うかが》い、「あ！」と声を上げる。彼の背中越し――ずっと遠くに気になるものが見えたからだ。

「リーソン、大変よ！」

「な、何、どうかした⁉」

「あそこにアマンダがいる！」

ソフィアが指差すほうにリーソンも視線を向ける。ふたりは目を凝らした。

「あ、本当だ……」

壁面に沿った小道をアマンダが歩いているのが見えた。かなり距離があるが、アマンダは同僚で毎日会っているから、遠目でもすぐに分かった。彼女のほうはこちらに背を向けているので、ソフィアたちに見られていることには気づいていないようである。

「なんだか様子が変ね？」

ソフィアが眉根を寄せると、リーソンも同感であったらしい。訝しげに口を開く。

「アマンダらしくないというか、妙にコソコソしているよね……以前僕が見た時も、あんな感じだったな」

やはり様子がおかしい。普段のアマンダは周囲を威嚇するように堂々と歩くのに、今は少し背を丸めて小走りしている。

彼女はどこへ向かっているのだろう……？

ソフィアとリーソンは顔を見合わせてから、慌ててアマンダのあとを追った。

＊＊＊

壁沿いの道をひたすら直進していたアマンダであるが、建物の端まで行き着くと、サッと左に折れてしまった。これにより彼女が死角に入ったため、あとを追っていたソフィアの位置から姿が見えなくなる。

「急ごう！」

リーソンに促されソフィアも駆け足になる。建物の端まで辿《たど》り着き、そっと奥を窺ったリーソンが、

「うわ、いた……！」

と呟き、慌てて顔を引っ込めた。

怯《おび》えたように壁面に背中を張りつけるリーソンは顔色を失っており、体も硬直している。まるで壁の向こう側に、おそろしい化けものでも見たかのようだ。

ソフィアはゴクリと喉を鳴らし、おそるおそる上半身を乗り出して、左の方角を見遣《みや》った。

すると。

「にゃんぴらばんぴらぶーぶーなぁ！　にゃんぴらばんぴらぶーぶーなぁ！　わっそわっそわっそーれえ！」

気味の悪い謎呪文をブツブツ唱えながら、アマンダが天を仰ぎ、鬼の形相で祈っているのが見えた。

「ひぃ……！」

ゾッとしたソフィアは後退し、リーソンにならって壁面にピタリと張りついた。

な、何あれ……？

見間違いでなければ、アマンダはねじったスカーフを頭に巻き、そこに木の枝を二本挿していたようなのだが――一体なんのためにあんなことを？

「ねえリーソン、あれって」

ソフィアが小声で話しかけると、リーソンが苦しそうに俯《うつむ》き額を押さえてしまう。

「どうしよう……僕のせいだ」

「え？」

「まさかあの与太話《よたばなし》を信じるとは……アマンダって思っていたより馬鹿だったんだ」

「リーソン？」

呼びかけると、リーソンが縋《すが》るようにソフィアを見つめてきた。彼は少し泣きそうになっている。

「ああ、僕、アマンダに殺されるかも」

「どうして？」

「彼女に嘘のおまじないを教えたんだ――まさか信じるとは思っていなくて――だってあんな馬鹿げた話をさ――」

「アマンダになんて言ったの？」

「あー……少し前にさ、君にも話したんだけど覚えている？　裏庭に、男女が結ばれるという言い伝えがあるブナの木が生えているって」

「ええと」

そういえば……うっすら記憶があるかも？　その話が出たのって、先ほど皇宮資料室にいた時よね？　あの時はリーソンが至近距離でまくし立ててきて、内容があまり頭に入ってこなかったのよね。

不意にソフィアはピンときた。

あ！　壁の向こう側で謎呪文を唱えていたアマンダの背後に、ブナの木が生えていたかも？　もう一度身を乗り出して確認する勇気はないけれど……。

リーソンが続ける。

「あの伝承自体は皇宮に伝わる、わりとポピュラーなものなんだ。それを僕はアレンジして、アマンダに伝えた」

「つまり嘘を教えたということ？」

「そう――ああクソ、そうなんだ」

もう一度手のひらで額をこすってから、リーソンがため息を漏らす。

「ブナの木の下で枝を頭に挿して、呪文を百回唱えると、想《おも》いが通じるらしいよ――僕はアマンダにそう教えてやった。肝心の呪文も併せて伝えた。確か『にゃんぴらばんぴら』なんちゃらかんちゃらってやつで、即興で適当に作ったから再現できない。作り出した僕よりも、アマンダのほうが正確に覚えているのは皮肉だな……あの時の彼女、小馬鹿にして聞き流していたように見えたけれど、実は必死に覚えていたのか」

えー、ひどい……ソフィアはなんともいえない気分になった。

あのアマンダが恋のおまじないを必死に記憶して、こっそり実践していたんだ？　なんか、けなげじゃない？

「リーソン……」

「僕、アマンダが陛下のことをあそこまで好きとは知らなくて」

「え？　アマンダって陛下のことが好きなの？」

そういえば彼女から「今度陛下の執務室に届けものをする際は、その役目を代わっていただけませんか？」と頼まれたことはあったけれど、単にアマンダはその仕事に興味があるだけだと思っていた。

ソフィアが目を丸くすると、なぜかリーソンも驚いた顔つきになる。

「アマンダの気持ちなんて、見ていれば分かるじゃない。彼女は陛下と急接近している君にヤキモチを焼いて、ずっと突っかかっていたんだからさ」

「だけど私、アマンダはあなたのことが好きなのかと思って……」

「はあ⁉　なんでだよ、ありえないから！」

「てっきり、あなたたちは付き合っているのだと思い込んでいたわ。職場恋愛を隠すために、表向きはわざと喧嘩しているフリをしているのかな、って」

「ちょいちょいちょいちょいちょい――待ってくれよ！　アマンダとの仲を誤解されていたなんて、めちゃくちゃショックだよ！」

いつの間にかリーソンがソフィアの前に回り込み、手を握ってきた。

すごい熱量だ。迫られたソフィアは呆気《あっけ》に取られ、少しのけぞってしまう。

「ソフィアさん、よく聞いてくれ、僕は――」

リーソンがさらに何か言おうとしたタイミングで、横手から邪魔が入った。

「あ～、いっけないんだ～」

からかいを超えた、悪意めいた語調。

ふたりが驚いて声のほうを見遣ると、アマンダが半笑いで意地悪くこちらを見据え、両手の人差し

指を突きつけている。

ソフィアたちが話に夢中になっているあいだにアマンダは例のおまじないをやり終え、引き返して来たらしい。先ほどの珍妙な場面を見られているとも知らずに、いつもの強気な態度である。

アマンダが人差し指を動かしながら、歌うように続ける。

「アーチッチ、アーチッチ、リーソンとソフィアがラブラブでぇ〜す」

「アマンダ……」

「ふたりが裏庭でイチャこいてたって、上司のオーベール女史にチクったろ〜、天罰じゃ〜、ざ・ま・あ〜」

「……………」

ソフィアがスッと無表情になる。それを見たリーソンは『あ、彼女の侍女が言っていたことは本当だった――ソフィアさん、無表情に人を殺しそう』と思った。

「♪」

鼻歌交じりに腰を振りながら去って行くアマンダを見送り、ソフィアがポツリと感情のない呟きを漏らした。

「リーソン……さっきのおまじないの話だけど、アマンダに謝らなくていいと思う」

「そうだね」

ふたりはアマンダのせいで虚無を味わわされ、しばらく感情が戻らなかった。

＊＊＊

二階の廊下を通りかかったノアは、屋外にいるふたりに気を取られた。

ソフィア……と、あれは？

少し先の壁際に彼女が張りついており、隣には男の姿がある。ふたりはコソコソ話し込んでいて、親密そうに見えた。

男がソフィアの前に回り込み、彼女の手を握る。

それを見たノアはすっと瞳を細めた。ほとんど表情は変わらなかったものの、冷静沈着な彼にしては、珍しく視線に感情が滲《にじ》んでいる。

そこにどんな思いがあるのかは、見た者により解釈が異なるかもしれない。

氷のように冷え切った瞳の奥にある感情は――……怒りなのか、執着なのか。

あるいは焦《じ》れたような熱なのか。

それはもしかすると、ノア本人ですら分かっていないのかもしれなかった。

「……あの男を知っているか」

尋ねられた近衛騎士は窓辺にさらに近寄り、男が誰であるかを確認した。

「あれは皇宮資料室一課所属のリーソンですね。以前一緒にマナー講習を受けたことがあります」

「そうか」

ノアが視線を切る。そして冷ややかな空気を纏い、歩き始めた。

＊　＊　＊

一週間後。

ソフィアが皇宮資料室で仕事をしていると、遠くで扉が開き、閉じる音がした。

彼女は書棚のあいだにいたので、出入口は直接視界に入らない。

そのままオーベール女史から頼まれた本を探していると、誰かが通路に入って来た気配があった。

顔をそちらに向けたソフィアは、「あ」と驚いてしまった。

「――ノア！」

彼は前に会った時と少し様子が違っていた。

服装はちゃんとしているのに、それでもなんとなく気だるげに見えるのは、前髪が重く顔にかかっているせいだろうか。髪がグチャグチャに乱れているというわけでもないのだが、ＯＮかＯＦＦかでいえば今の彼は完全にＯＦＦモードであり、なんとも退廃的な感じがする。

「お久しぶりね！」

状況を踏まえると、ソフィアの挨拶は能天気にも感じられた。

「……一週間だよ、ソフィア」

対照的に、そう答えたノアの声音はこの上なく静かで、どこか投げやりな響きがあった。

書棚に右肩を触れ寄りかかるようにして佇む彼は、逆光気味で表情が窺えない。

ソフィアは引き出そうとしていた本を書棚に戻してから、彼のほうに近寄って行った。

一歩、二歩、と足を進めるうち、空気が変わっていく。物理的な距離が縮まるにつれ心の距離も近づいて行くような、なんとも不思議な感じがした。ほかの人に歩み寄った時にはこんな感覚になった

ことがないので、ソフィアは今自分自身に起きているこの特別な現象に少し驚いていた。

「そうね……一週間ぶり」

普通の会話なのに、なぜか鼓動が速まる。

「すぐに会いに行くと、君は言ったのに」

責めるような台詞《せりふ》なのに、なんだかくすぐったく感じられ――……彼の声が鼓膜をジワリと揺らし、熱があとに残る。

「皇宮に引っ越すために、荷造りをしていたの」

ソフィアは小さく息を吸い、彼を見つめ返した。

「そんなにかかる？」

「あのね、昔――十二歳以前に書いたものなんかが色々出てきて。こちらに持ち込むつもりはないんだけど、見ているだけで懐かしくて、荷造りが進まなくなっちゃったの。……意外かもしれないけれど、私って子供の時は賢かったのよ」

「今も賢いよ、君は」

「どうして？」

「君がとても親切だから」

彼の在り方は静かで落ち着いているのに、どういうわけか迷子の子供みたいに見えた。

「人生で一番大切なものがなんなのか、ちゃんと分かっている。俺は――……人間ができていないから、優しい君をひとり占めしたくなるんだ」

ソフィアは意図せず、半歩前に踏み出していた。引き寄せられる。

ソフィアは彼を見つめ、そっと手を伸ばした。彼の前髪に触れ、優しく整える。

「会いに行かなくて、ごめんなさい、ノア」

ノアは物思う様子で彼女を見つめ、しばらくのあいだぼんやりと黙り込んでいた。ソフィアが髪に触れてもされるがまま受け入れ……やがて彼女の手が離れると、それを艶っぽい視線で追い、呟きを漏らした。

「……リーソンとは親しいのか？」

リーソンとの関係を問われたソフィアは『え？』と戸惑いを覚えた。なんの脈絡《みゃくらく》もないし、普通に考えて、今ここで持ち出されるべき名前ではない気がしたからだ。

「リーソンって、皇宮資料室所属のリーソン？」

「ああ」

「同僚だからある程度は知っているわ。ええとあのね――彼は私の七つ上で、そう――卵料理が好きらしい」

「卵料理を一緒に食べに行ったのか？」

「いえ？　これは雑談で仕入れたネタ」

「雑談ね……なんだか仲が良さそうだ」

「そうかしら？」ソフィアは小首を傾げる。「んー……さっき『彼は私の七つ上で、卵料理が好きらしい』と言ったのはね？　その程度なら知っているけれど、それだけの関係よ、っていう意味だったの」

筋の通った説明だと思うのに、ノアは瞳を気だるげに細める。

「じゃあ――俺とはどう？　親しい？」

「あなたと私？」ソフィアはつい笑みを浮かべていた。「そうねぇ――ノアとは一緒に綺麗な景色を見た仲よ。あの時はとっても楽しかった」

「……そうか」

「でもね、楽しいことばかりじゃない。私たちは困難にも立ち向かっているから」

「うん」

「あなたはとても困っていて、私に助けを求めてきた。私はたぶん……ほかの人が相手なら近づくことを許可していないわ。だけど相手がノアだから、とびきりの優しさを発揮してOKしてあげたの」

「ほかの人ならOKしていない？　本当かな」

内容と声音がまるで合っていない。疑うような台詞なのに、彼の声はどこか甘さを含んでいた。

厚い雲の隙間から、ほんの少し陽光が射したみたいよ……ソフィアはノアを眺め、眩《まぶ》しげに瞳を細める。

「だって私たち、友達でしょ？」

「そうだったかな」

「そうよ、絶対そう」

ソフィアが後ろで手を組んでにこにこ笑うと、ノアは『やれやれ』という顔つきで彼女を見返す。

「ソフィアとはなかなか会えないし、色々と話が前に進まなくて行き詰まっていた。テオドール・カーヴァーと一度きっちり話をしておこうと思ったんだが、恋人と旅行に出ていてまだ話せていないし」

「恋人と旅行って――ゾーイと？」

彼の子猫ちゃん。

「そうだ」

「じゃあテオドール本人と話をしなくても大丈夫じゃない？　彼、今、可愛い恋人のことしか頭にないのよ」

「けれど旅行から戻ったら、また君にちょっかいをかけるかもしれない」

「それはないと思うわ」ソフィアは楽天的だった。「だってね、父が今朝、『テオドール・カーヴァーとの婚約は上手く解消できそうだ』って言っていたもの。父は自分の娘と陛下が付き合っているとすっかり信じ込んでいるから、張り切っていてね――急いで話をつけたみたいよ。正式な手続きはこれからだけれど、婚約解消の目途はついている」

ソフィアがお喋《しゃべ》りに夢中になっているあいだに、ノアは書棚に寄りかかるのをやめ、彼女の肩に手を伸ばした。

それで一体、何がどうなったのか――……。

ふと気づいた時には、ソフィアは半回転させられ、書棚を背にしていた。向き合った状態でノアが棚に手を突いたことで、彼に囲い込まれてしまう。これでは籠の中の鳥と同じだ。

至近距離にサファイアの輝きがある――深い、深い、青――。

ソフィアはうろたえ、小声で彼に囁《ささや》きかけた。

「……ノア？　近くで見るとあなた、瞳の色がかなり濃くなっているわ」

「かもね」

「どうして？　半月は大丈夫だって言ってなかった？」

あれからまだ一週間しかたっていないのに……。

「君のせいかも」

「私の？」

「どうしてこうなったのか、俺にも分からない」

「あなたに分からないのなら、私にはお手上げよ」

「――ハグしていい？」

「え？」

意味が分からなかった。ソフィアはパチリと瞬きし、呼吸が浅くなったのを自覚した。

彼が何を考えているかもよく分かっていないのに、かぁっと頬が熱くなる。

＊＊＊

うろたえるソフィアとは対照的に、彼はとてもつらそうだった。

「正直、しんどい」

「ノア……」

「寄りかからせてくれ、お願いだ……君は俺の恋人役だろう？」

誰も見ていないのに、恋人同士のフリをするって変じゃないかしら？　ソフィアは疑問に思ったけれど、彼があまりに参っているようなので、こくりと頷《うなず》いていた。

先ほど彼にも伝えたけれど、たぶん……ソフィアは他者に対して親切なほうであるとはいえ、ノア

以外の異性から頼まれたなら、私的な触れ合いについて了承したりはしなかっただろう。

どうしてノアならいいのだろう？　ソフィアは自分自身のことなのに不思議に感じた。

恋人同士のフリをすることを、契約として受け入れたから？

……分からない。自分のことなのに、よく分からないな……。

彼の肩に手を置き、そっと引き寄せる。

ノアはソフィアに従った。彼の動作はひそやかで、猫のようにしなやかだった。

それでいて、とても従順。こうべを垂れ、ソフィアの肩に額を埋める。

しばらくふたりはそのままでいた。彼の触れ方は慎重で、それ以上踏み込んでこようとはしなかった。

ソフィアは初めこそソワソワして、天井を意味なく見上げたり、視線を横に逸らしたりしていたのだけれど、やがて覚悟（？）も決まり、さらに優しく彼に触れるようになった。髪を撫《な》でたり、あやすように背をさすったりというふうに。

そんなことが五分ほど続いただろうか……まどろむような時間は突然終わりを告げる。

というのも横手から、

「おーい!!　そこのふたり、ただちに離れろぉ!!」

という怒鳴り声が響いてきたからだ。そのあまりの大声に、ソフィアはビクリと肩を揺らした。

――び、びっくりしたぁ……！　ハグを受け入れているソフィアには自由になる隙間が与えられていなかったので、寄りかかっているノアの肩を苦労して押し戻し、慌てて左横に視線を向けてみた。

「え、テオドール？」

なんと通路入口に立ち塞がっているのは、軽薄男のテオドール・カーヴァーではないか。旅行から帰って来ちゃったの？

「ソフィアぁ！　お前は俺の婚約者だろぉがぁ！　浮気すんじゃねぇぇぇぇ‼」

「浮気って、あなたねぇ」

ソフィアはムッとして眉を顰《ひそ》めた。婚約者以外の女性といちゃつき、子供ができるような行為をしている人間に、浮気者呼ばわりされたくないんですけど。

けれどテオドールにはテオドールなりの理屈があるらしく、彼からするとソフィアのこれは、とんでもない裏切り行為に該当するらしい。

「俺は絶対にお前と婚約解消しないからな！　せめて一年、一緒に暮らそう。いったん、ズブズブの関係になってから先のことを考えよう！」

「無理ぃ。キモイよぉ」

「キモイじゃない。キモチよくしてやるから」

「ふぇーん。果てしなくキモイよぉ」

「とにかくそこの男、離れろ！　俺だってまだソフィアのおっぱいを揉《も》んだことはないんだぞ！　先を越そうとするんじゃない！」

「下品！」

嫌悪のあまりソフィアは鳥肌が立った。

もうやだ、なんなのこの男、旅行に行って変態度がパワーアップしているぞぉ！　それに現状ノアとはハグしているだけなのに、なんで胸を揉む揉まないの話になるんだ。

――ノアが微かに瞳を細めて、鬱陶しそうにテオドールのほうを流し見る。さっきまでソフィアの肩に額をつけていたせいで、ふたたび前髪が重く垂れてしまっていた。

「……テオドール」

ノアの声は冷ややかに響いた。

「なんだ」

「やかましい」

「なんだとコラァ!!」

「あとで話をする時間を作ってやるから、とりあえず今は消えろ。お前の穢《けが》れた目にソフィアが映っていると思うとゾッとする」

はたで聞いていたソフィアは、『ノアのこんなに刺々《とげとげ》しい声は初めて聞くわ』と驚きを覚えた。

「はぁ？　なんだお前、三下《さんした》風情《ふぜい》が出しゃばるな、引っ込んでいろ！　男娼《だんしょう》か何かか？　小遣いをもらって、ソフィアの相手をしているのか？　それならもう結構だ！　用済み！　旅行のあいだはソフィアを寂しがらせてしまったが、今晩からちゃんと俺が相手をする」

「テオドール！」ソフィアは度肝を抜かれて、素っ頓狂な声を上げていた。「あなた本当に、彼が誰だか分かっていないの？」

「知らん！　誰だ！」

誰だ、じゃないよ、陛下だよ！

なんで顔を知らないのよぉ！　あなた公爵家の人間なんだから、陛下と喋ったことくらい、あるでしょう？

眉根を寄せるソフィアであったが、ふとあることに気づく――あ、もしかしてノアの髪型のせい？　いつもと違うから？

でも――えぇ？　それにしてもねぇ？　なぜ気づかないの？　いくらなんでも迂闊《うかつ》すぎない？

「くそ、だめだ」ノアが漏らした呟きは低く、とても小さかった。「これ以上こいつがここにいると、息の根を止めたくなる」

ソフィアは異変を感じ取った。

空間が軋《きし》んで何かがズレたような感覚。その力があまりに強大であるために、本能的な恐怖を覚えた。

それは圧倒的であるのに緻密でもあった。整然としていて無駄がない。

ふと気づいた時には、左側に氷壁が出現していた。厚みは五十センチ以上ありそうだ――透明で滑らか。

攻撃魔法は詠唱を必要とするとソフィアは大昔に習った。それなのにノアは予備動作なし、瞬きするくらいの気安さでこんなことをやってのけたの？　たぶん彼は本気の一パーセントも出していない。これは単にノアの心の乱れが表れただけだと思う。

「うわぁ！　足を挟まれたぁ!!」

間抜けな悲鳴が響き渡り、ソフィアがテオドールのほうに視線を向けると、氷壁の向こう側にいる彼が両手をワタワタと動かしている。互いのあいだに氷壁が存在しているので、向こうの様子は薄ぼんやりとしか見えないのだが、どうやら彼の靴の先が氷の中に挟まれているらしい。

「ふぎぎぎぃぃ……！　なんだこれは、突如氷の壁が出現した！　怪異だ！」

とかなんとか叫びながら、四苦八苦している。結局、靴をその場に残したままスポン！　と素足を引っこ抜くことに成功したようだ。そうして彼は、

「ソフィアぁ！　また日を改めて話そうではないか！」

そんな捨て台詞を残し、ケンケンしながら部屋から出て行った。

……ていうか、足は無事なのかしら？　凍傷とかになっていないかしら。

よそ見しているソフィアに、ノアが小声で問いかける。

「彼が心配？」

「え？　いえ……」

「君は君自身の心配をすべきだ」

やはりふたりきりになると、ノアの声音はどこか甘く響く。ソフィアは眉尻を下げ、

「……書棚の横に氷の壁を作ったことがバレたら、オーベール女史から怒られてしまうわ」

弱り切って呟きを漏らした。

ノアも少し反省したようで、

「……すぐに取り除く」

と答えた。

＊　＊　＊

ノアが皇宮資料室の氷壁を魔法で消し去り、部屋の状態が元に戻った。

「――ノア」

ソフィアはそっと名前を呼びかけ、彼の青い瞳を見上げる。

テオドールの乱入により、ソフィアはドッと疲れてしまった。それはたぶんノアも同じだろう。ではすでにテオドールは去ったのだから、もう何もわだかまりはないのか？　となると、それもなんだか違う気がする。だってノアはテオドールが来る前から様子が変だったから。

「具合が悪いの？　大丈夫？」

「……分からない」

そう答えるノアはなんだかまだ元気がないみたい。彼が物思う様子でじっとこちらを見おろしてくるので、ソフィアは言葉の続きを待った。

「――ソフィア」

名前を呼ばれただけなのに、どうしてだろう……『そばにいて』の意味に聞こえた。

彼の腕がソフィアの腰に回り、すっぽりと抱え込まれる。ふたたび互いの距離が近づき、ソフィアは狼狽《ろうばい》した。

え……わあ……また恋人のフリに戻るの？　い、一日に何度もだと、心臓がもつかな……？

「こうされると嫌？」

尋ねる声音は落ち着いているのに、彼、すごく寂しそう……ソフィアは困ってしまい眉尻を下げる。

「嫌じゃないわ、でも」

「でも？」

「どうしていいのか分からない……」

私たち、さっきから互いに「分からない」を繰り返しているわ。

「じゃあ別の質問だ――リーソンについてもう少し訊いてもいいか？」

え、またリーソンの話？　ソフィアは目を丸くする。

というかノアったら、リーソンの何がそんなに引っかかっているのかしら？

けれどよくよく考えてみると、これは答えやすそうな質問だった。

「ＯＫよ、どうぞ」

気を取り直してにっこり微笑んでみせると、なぜかノアがすっと目を細める。

機嫌が悪そう……というより、拗《す》ねている？　いえでもまさかね。だってノアはいつも大人だもの。

「君がリーソンと一緒にいるのを見た」

「それはそうでしょう。私がリーソンと一緒にいたとしても、何も不思議はないわ」

後ろ暗いことがないソフィアは笑みを浮かべて堂々と答える。

「……………………」

あら？　納得いっていない？

「だってリーソンは同僚だし」

「同僚と手を握り合うのか？」

「同僚とは手を握り合わないいんじゃない？」

なんで同僚と手を握り合うの？

「…………いや、握り合っていただろう」

今日のノアはわりと細かい。

「そうだった？」

尋ね返し、「あ」と呟きを漏らす。あれか――アマンダの『にゃんびらばんびらぶーぶーなぁ』事件。

ソフィアはアマンダの一件を思い出し、無の表情になった。

それを眺めおろし、ノアも同じような状態になる。

そのまま真顔でふたりは見つめ合い……なぜかノアがダメージを受けた様子で顔を俯けてしまう。

「ノア、どうかした？」

「なんだこれ……味わったことのない感情」

彼の漏らした呟きは小さく、混乱しているのが伝わってきた。

ソフィアはこれに衝撃を受けた。なんと――ノアの『はじめて』がこんな場面で消費されてしまうなんて！　彼が持て余しているのがなんの感情なのかは分からないけれど、そのきっかけはアマンダの『にゃんびらばんびらぶーぶーなぁ』事件なのである――ああ、それってなんて理不尽なのかしら！

動揺したソフィアはノアを強引にハグした。

よしよし、と背中を優しく撫でてやり、背伸びして一生懸命伝える。

「ノア、大丈夫、大丈夫よ」

「……何が大丈夫なんだ、全然大丈夫じゃない」

「大丈夫大丈夫、いいこ、いいこ」

背中ナデナデと、なだめる言葉を交互に繰り返すうちに、ノアの肩から力が抜けていく。とはいえ

それはリラックスというよりも、陥落《かんらく》……という感じの力の抜け方だったけれど。

ノアはこの展開に本心では納得していないらしく、つっけんどんに呟く。

「ソフィアはずるい……俺を黙らせようとする」

「ずるくないずるくない、よしよし」

ソフィアは彼の背中を撫で続ける。

するとさすがにノアも根負けしたらしく、黙したままソフィアの背を優しくポンポンと撫で返した。

丸く収まった……！

ソフィアはこの瞬間、必殺技『ノアをよしよしする』を習得した！

＊＊＊

その後ふたりはノアの執務室に向かった。

ノアは転移ができるはずだけれど、「徒歩で移動しよう」と言ってソフィアの手を取った。

廊下を歩いていると、すれ違った人たちが驚愕《きょうがく》の目つきでこちらを眺めていく。

ソフィアはそれで『今日から恋人のフリ月間が始まったのね』と考えた。ノアはきっと、こうして仲良く手を繋いで歩いているところを皆に見せて、関係を周知させる気なんだわ。

ソフィアとしては以前から彼に恋人のフリを頼まれていたけれど、スタート時期がいまいちよく分かっていなかったので、こうして態度で示してくれて助かった。

「――執務室に着いたら、リーソンと何をしていたのか詳しく話してくれ」

歩きながら、ふたたびノアが先ほどの件を蒸し返してきた。

あれ……丸く収まったと思ったけれど、全然収まってなかった？

「ねえノア、私、リーソンとイエローパールのことを調べていたのよ」

「それならもうリーソンとイエローパールのことは調べなくていい」

「だけど」

「リーソンはいらない」

いえ……いらなくはないと思う。皇宮で働いている人だし。

ソフィアは同僚が正当に評価されるようにと、ノアに頑張って訴える。

「彼、真面目だし、いい人よ。それにリーソンは皇宮のことにすごく詳しいの」

「君がリーソンを褒めるのを聞きたくない」

えー、なんというかたくなな態度！

「でも、あなたがリーソンとのことを私に訊いたのに……」

ソフィアは俯き、可愛らしくむくれてしまう。

「今日のノアは我儘《わがまま》モードね？　もう……もっと長い時間、『よしよし』しないとだめかなあ？」

「…………」

それを聞いたノアが少しよろけた。

＊　＊　＊

陛下の側近であるイーノクも加え、ノアの執務室で話をすることになった。

執務机を挟み、ノアとソフィアは椅子に腰を下ろす。

イーノクはノアのすぐ隣に佇み、神経質に襟元を整えた。毎日ここにいるだけあってイーノクの立ち姿は部屋に馴染《なじ》んでいるのだが、なぜか今は視線に落ち着きがない。

彼、三度も扉のほうを確認しているわ……それが気になったソフィアは尋ねてみることにした。

「イーノクさん、どうかしましたか？」

「どうかしましたか、とは？」

イーノクが訝しげに問い返してきたので、ソフィアは『今の自分が普段と違うという自覚がないのかしら』と不思議に思った。

「何度も扉のほうを見ているから、もしかして誰かを待っているのかな、って」

「は、はあ!?　そんなことはないが」

「そうですか、私の勘違いでした」

ソフィアは確認してスッキリしたけれど、イーノクはこのくだりでかえって感情が乱されたようだ。

眉根がキュッと分かりやすく寄る。

「……というか君、今日はひとりなのだな？」

ひとり？

「いいえ、今部屋には三人いるわ」

ノア、イーノク、ソフィアの三人。

日頃ソフィアが皇宮資料室から本を届ける時はひとりでここへ来るし、『今日はなぜひとり？』の

問いが当てはまらないので、イーノクが何を言いたいのかよく分からない。

「だからそうじゃなくて……！　先日は一緒に、ほら——君の——」

先日？　それって侍女のルースをここへ連れて来た日のこと？

この時ソフィアの脳裏に、同僚のリーソンから忠告された内容がよみがえった。「君の侍女みたいに毒舌全開な女性は、イーノク氏がもっとも嫌うタイプだろう。出会わせたら血の雨が降るよ」とリーソンは言っていたのだけれど……え、本当に？　イーノクがこうしてわざわざ確認してきたということは、彼、ルースと再会したら血祭りにあげるつもり？

ソフィアが警戒していると、これまで傍観していたノアが落ち着いた声で割って入る。

「イーノク——今日はソフィアのみだ。彼女の侍女は同席しない」

「そ、そうですか……」

分かりやすくガッカリしているイーノクを眺め、ソフィアは『彼、ルースを血祭りにあげるチャンスが潰れたものだから、落ち込んでいるの？』と焦り、前のめりになった。

「イーノクさん、噂《うわさ》は本当なんですか？」

「噂？　なんのことだ」

「イーノクさんは自己主張が強いルースのことを、不要なゴミだと思っているんですか？」

混乱したソフィアは、以前同僚のリーソンから言われた内容を、ギュッと凝縮して変な形でアウトプットしてしまった。

原形は「君の侍女は自己主張が強そう」というリーソンの主観と、「イーノク氏が懐いている相手はこの世にただひとり、陛下だけ。彼は陛下と自分以外は全員不要なゴミだと思っている」というこ

れまたリーソンの主観である。

これらを合体してアレンジすると、まるでイーノクがルースを蔑み、特別憎んでいるかのように聞こえる。

ソフィアに問いを突きつけられ、イーノクはポカンと口を開いた。驚きすぎたのか、彼の動きが止まる。その後数秒たってからやっと復旧し、イーノクは怒りで肩を震わせながら叫んだ。

「な、な、なんだそれ――！　二百パーセント、ありえない――！！！！」

先日ソフィアが「二百パーセント」というフレーズを使ってから、この界隈《かいわい》でなぜかこのワードが人気のようである。ノアも使ったことがあるし、今度はイーノクまでも。

イーノクが熱っぽく続ける。

「ルースさんは立派な職業婦人だ！　不要なゴミだなんて、そんな失礼なことを思うわけがない！」

「あ、そうですか、それならよかった」

「あーもう！」

イーノクの狂《くる》おしげな様子に驚き、ソフィアは着席したまま黙ってのけ反る。

「私がルースさんを嫌うわけないだろう！　私がルースさんを嫌うわけないだろうっ!!」

同じこと二回言った……この時ソフィアの心と、陛下の心がシンクロした。

イーノクご乱心で場が荒れ、気まずい沈黙が流れた。

＊＊＊

しばらくしてから気を取り直して、ソフィアが説明を始めた。

「皇宮資料室で黄水晶や真珠のことを調べていたんだけど、読んでいる本を『同僚』に見られてしまって」

先ほどノアが「君がリーソンを褒めるのを聞きたくない」となぜかすごく不機嫌（？）になったので、ソフィアはその気持ちを配慮して、ここではあえてリーソンの名前を伏せた。

さらに説明を続ける。

「どうしてそんなものを調べているのか尋ねられ、慌てた私は『皇宮でそれらを見た気がするから』と咄嗟に答えてしまったの。そうしたらその同僚が『皇宮に詳しいから案内する』と言うので、あちこち歩き回って探してみたわ。人にあまり知られていない横道なんかも教えてもらった」

イーノクが「ふむ」と呟きを漏らした。

「せっかくだから探した場所を教えてくれ。情報を共有しておけば、私や陛下が同じ場所を探して二度手間になることもない」

「そうね」

ソフィアが頷いてみせると、イーノクは執務机に皇宮の地図を広げ、ペンを手に取る。

「それでどこを探したんだ？」

尋ねられ、ソフィアは順に説明していった。建物内を歩いたあと、サンルームを突っ切って屋外に出て――……という具合に。

「それでここに横道があって……」

「この道は私も知らない」イーノクが目を瞬《しばたた》く。「地図上でも壁で行き止まりになっているが、エ

事の際に計画を変更して、地図と差が出たのか……？　意外とこういう見落としがほかにあるかもしれないな」

「それからこの裏庭――男女が結ばれるという言い伝えがあるブナの木が生えているのよ。ここにも行った」

「……へえ」

ここでなぜかノアが呟きを漏らした。能天気なソフィアが怯《ひる》むほどの、なんともいえない冷ややかな口調だった。

あー……ソフィアは視線を彷徨《さまよ》わせ、慌てて地図の別の場所を指す。

「ええと、それからこのあたり、スイカズラが綺麗で」

するとここでノアがふたたび口を開く。

「――と『彼』が君に言ったのか？」

言い方に棘《とげ》を感じ、ソフィアはチラリとノアの端正な顔を眺めた。

こういう時は顔が整っているぶん感情が読みづらいわ……ソフィアは『あーん』と内心ため息を漏らす。ここにはイーノクもいるから、先ほど有効だった必殺技『いいこいいこ』も出せないし……。

「ソフィア、何を考えている？」

さらに問いを重ねるノアは、評判どおりに『氷帝』そのものだった。

困ってしまったソフィアはにっこり笑って、圧を受け流す。

「あなたが怒っているみたいだから、どうしたものかと思って」

「君が『同僚』とスイカズラを見たのが悪い」

「ＯＫ――決めた。ノアが許してくれるまで、私、あなたが喜ぶことをなんでもするわ」

「なんでも？　大きく出たな」

「そうだ、イーノクさんがここにいるけれど、かまわずさっきの続きをする？」

「ソフィア――」

「これでノアの尊厳は消し飛ぶかもね。私が膝の上に乗って、何時間でも『いいこいいこ』してあげる♡」

綺麗な笑みを浮かべながら、もしかするとソフィアは内心キレていたのかもしれない。

先ほどノアには「あなたが喜ぶことをなんでもするわ」と言ったけれど、ソフィアは反対のことを考えていたからだ。『いいこいいこ』はノアが嫌がると思って、あえてイーノクの前で口にした。

ノアがあの行為を喜んでいないのは明白だった。だってあれをした時、ノアは「ソフィアはずるい」と恨みごとを口にしたのだから。たぶんもう二度とされたくないから、あの時ノアは折れたのだ。

またそれをしますよ……あなたが譲歩しないのならね！

この時ソフィアの頭に以前ルースからされた忠告がよみがえった――「お嬢様、くれぐれも悪役令嬢になってはいけませんよ」――いいの、黙ってルース――だってノアが悪いのよ。私、ノアを喜ばせるために頑張って調査したのに、なぜだか怒っているんだもの。

珍しくノアは呆気に取られた様子でこちらを見つめてきた。

けれどソフィアは折れない。少し怒った顔でノアを見返してやる。

すると。

「……ソフィア、すまなかった」

なんとノアが謝ってきた！

「何が『すまなかった』の？」

「嫌な物言いをしてしまった。反省している」

「謝ってくれてありがとう」

ホッとしたソフィアはにっこりと可憐《かれん》な笑みを浮かべた。

「私も嫌なことを言ってしまって、ごめんなさい」

「君は謝るようなことを何もしていないだろう」

「だけど私、あなたが嫌がっているのに、『いいこいいこ』をすると脅したわ」

「……俺はまったく嫌がっていないが」

「またまたぁ～、気を遣っちゃって～。たぶんもうしないから、安心して♡」

「…………………」

ノアの表情がスッと『無』になる。彼は表情を消したまま机上にゆっくりと片肘を突き、手のひらで顔を覆ってしまった。

肩のあたりに虚無が漂っているわ……ソフィアは小首を傾げる。

ソフィアの言葉の何かが、ノアの精神力をゴリゴリと削ったようだ。一体どうしたのかしら？

そしてこのやり取りを見物していた『陛下命』のイーノクが、ソフィアの無礼さに怒りを覚え、ピキリと青筋を立てた。

＊　＊　＊

「それで何か収穫はあったのだろうな？」

イーノクが上から目線で尋ねる。もともと他者に厳しいタイプであるが、先ほど陛下関連でソフィアに対して腹を立てたせいで、いつもより語調がネチネチしていた。

「なしよ！」

しかしこれに動じるようなソフィアではない。

にこやかに堂々と答える。

「は——これだけ歩き回って、収穫ゼロ？」

イーノクが机上に広げた地図をトントン指差しながらさらに問う。地図上にはソフィアが歩き回った軌跡として、たくさんの×印が書かれている。

「そう、ゼロよ！」

やはりソフィアには嫌味が通じない……苛立《いらだ》ちの治まらないイーノクはさらに詰めることにした。

「まるで見当違いの場所を探していたことになるが」

「失敗は成功のためのステップって言うじゃない？」

ソフィアがあっけらかんと言い放つので、

「馬鹿のくせに、知ったようなことを言って」

紳士としてあるまじき本音がポロリとこぼれ出てしまうイーノクである。

するとソフィアがムムッと眉根を寄せた。性格が真っ直ぐなので、真っ直ぐな悪口は普通に届くのだ。

「馬鹿って言う人が馬鹿なのよ」

「おっと……びっくりするほど凡庸な返し」

「どうして分からないの？　これほど失敗したのだから、そろそろ成功する。ゴールはもうすぐ目の前なのに」

根拠はないが、ソフィアはそう信じている。

「……まさか本気で言っているのか？」

段々とイーノクの顔つきが変わってきた。ソフィアの揺るぎなさを見ているうちに、相手を小馬鹿にしていた気配が消えていく。

「ほら」ソフィアが何かに気づいた様子で地図を指差す。「こうして×をつけてみると、ハッキリ分かるわ――南側はすでに重点的に探し終えているから、今度は北側を探せばいいのよ！」

同僚のリーソンに案内されていた時は『今、地図上のどのあたりを歩いているのか』がよく分かっていなかった。言われるままに右折、左折を繰り返していれば、すぐに方角を見失う。

そういえばあの時、「日当たりが良いわね。ポカポカ暖かい」と口にした記憶がある。こうして地図上で見てみると、確かにふたりは南側を重点的に歩き回っていたようだから、そのせいだったのかもしれない。もしも北側を歩いていたなら、皇宮の高い建物の影になっていたはずで、周囲はもっと寒々しかったのではないだろうか。

「というか……」イーノクは訝しげな顔つきだ。「確か、同僚が皇宮の案内を買って出た――と言っていたな？」

「ええ」

「それは誰だ？　そいつはなぜこんな偏ったルートを選択したのだろう？　デート感覚で長く過ごしたかったから？」

ソフィアが同僚の名前を答える前に、なぜかノアが口を挟んだ。

「――ソフィアを案内したのは『リーソン』という男だ。皇宮資料室一課所属」

語調に乱れはないものの、普段寡黙なノアがわざわざ割って入ったので、ソフィアは少しだけヒヤリとした。先ほどの口喧嘩を思い出し、ちゃんと仲直りして解決したはずなのに、それでもノアの顔色をチラリと窺ってしまう。

ノアは相変わらず端正で落ち着いている。ただ、なんだろう……「リーソン」の名前を口にした彼の瞳は、真冬の朝のように冷えきっているように見えた。

ソフィアがノアの様子に気を取られていると、イーノクが呟きを漏らした。

「リーソン……リーソン？」

「イーノクさん、どうかしました？」

「その男、私が面談して、何度か高位事務官試験で落としたな……」

あ……ソフィアはリーソンと過去に交わした会話を思い出した。あれはソフィアが皇宮資料室で働き始めたばかりの頃だ。

確か彼、「本命は高位事務官で、試験を三度も受けたんだ。毎度落ちてばかりだけどさ」と落ち込んだ様子で話していなかったかしら？　そして「落ちた時は、この世の終わりみたいな暗い気持ちになるよ」とも語っていた。

――リーソンを落としたのがイーノクだったの？

そういえば以前リーソンはイーノクについて、ネガティブな発言をしていた。「彼は人間嫌いでね、誰にでもすごく当たりがキツイんだ。彼は陛下と自分以外は全員不要なゴミだと思っているから、四方八方に容赦がない」――聞いた時は違和感を覚えなかったけれど、よくよく考えてみるとこれってネガティブキャンペーンよね？

だって「陛下と自分以外は全員不要なゴミだと思っている」という部分なんて、本当にイーノク本人がそう思っていることなの？　他者《リーソン》による勝手な推測なのに、これを聞かされた人は、『イーノクってそんなひどい考えを持っているんだ』と事実であるかのように錯覚してしまう。

この流れにノアは何か引っかかりを覚えたらしく、慎重な口調でイーノクに尋ねた。

「なぜリーソンを落としたんだ？」

「能力不足のためです。あれでは使いものにならない」

首を刎《は》ねるくらいの勢いで、イーノクがバッサリ切る。

「……皇宮資料室一課所属ならば、能力が欠如しているとは思えないが」

イーノクが非情すぎるせいか、世間的には『冷たい』でおなじみの氷帝がフォローに入るという、不思議な構図になっている。

ただイーノクには信念があるようで、まったく怯まない。

「私はリーソンが『無能』とまでは言っていません。とはいえ能力不足は事実だし、彼が直属の部下になったら目障《めざわ》りです」

「イーノク、お前少し言葉がキツいぞ」

大好きな陛下からそうたしなめられ、イーノクはハッとした様子で頬を赤らめた。

「あ……そうでしょうか」

「さっきのを本人に言ったのか？」

「ええ、それが彼のためだと思って」

「なぜ彼のためなんだ？」

「才能がない人間がいたら、誰かが『君には無理だ』とハッキリ伝えてやらないと。それが本当の親切というものです……私はそう思ってやってきました」

イーノクの瞳には一点の曇りもなく、悪意もなかった。どうやら彼なりの正義感で、他者に厳しく接してきたようだ。

とはいえ陛下から「キツい」と注意されたことは、イーノクなりにこたえたらしい。声が段々と小さくなっていく。

「適材適所だと思うのですよ……リーソンは皇宮資料室にいてこそ能力を発揮できる人間です。確かにリーソンは仕事ぶりも真面目でミスもなく、頭だって悪くはないでしょう。けれど飛び抜けた『何か』が何もないのです。陛下の側近に『平均よりも少し上』の凡人は必要ありません」

聞いていたソフィアは胸が痛んだ。リーソンの真面目な仕事ぶりを知っているだけに、やるせない気持ちになった。

リーソンのことを「何もない」と評したイーノクがただの嫌な人間だったなら、こんな気持ちにはならなかっただろう。ソフィアは同僚としてリーソンを擁護したくなるけれど、第三者が今の意見を聞けば、もしかすると『イーノクの言っていることは正しい』と考えるかもしれない。

イーノクが静かに続ける。

「私には速読の特技があり、分厚い本一冊を十分で読み切り、内容を一度で記憶することができます。ですが私は武術に関してはド素人です。つまり何が言いたいかというと、陛下の側近になるからには、『何かひとつ』突出していなければなりません。それはなんでも構わない——交渉がすごく上手いとか、計算が誰よりも速いとか、ひたすら陽気とか、独創的なアイディアを出せるとか——なんでもいいから、何かひとつ武器を持っていないと、私は試験官として彼を落とさざるをえないのです」

それを聞き、ノアは少し考えてから、イーノクに考えを伝えた。

「何かひとつ突出したものが欲しいという、イーノクの考えは理解できる。試験の裁量はお前に任せているし、選考基準については問題ない。ただし——相手に不採用を伝える際に『必要ない人材』という言い方をしているのなら、それは不適切ではないか。ただの人格否定だ」

「陛下……」

「必要ない人材というのは、イーノクの個人的な感情だろう。わざわざそれを相手にぶつけるメリットは何もないと私は思う」

指摘を受け、イーノクの瞳が揺れた。彼はずっと『自分がしてきたことは正しい』と信じていたようだが、この瞬間初めて自分の問題点に気づいたようだ。

「……確かにおっしゃるとおりです。試験の際は応募者に私の選考基準を説明して、それに適《かな》っていないから不採用という『事実』だけを伝えるべきでした。『この程度で応募してくるなんて』という相手を下に見る気持ちがどこかにあって、おそらく言動にそれが滲み出ていた……今気づきました」

イーノクがしょんぼりと俯く。その様子を眺めるノアの瞳がなんともいえず物柔らかだったので、それを見たソフィアは胸がドキリとした。

……ノアってすごく包容力があるわ。

親しい相手であっても、だめなことはだめって、ちゃんと指摘してくれる。けれどその失敗ひとつですぐに見放すことはない。

だからこれから先ソフィアが何か間違いを犯したとしても、彼ならば、辛抱強く友達でいてくれるかもしれない。

だとしたら嬉しいな……胸が温かくなる。私はたぶんたくさん失敗しちゃうから、ノアがそれでもずっと親しくしてくれたら、嬉《うれ》しいな……。

視線に気づいたのか、ノアがこちらを見た。視線が絡み、ドキリとする。

「ソフィア……どうかしたか？」

「え」

「顔が赤い」

「これは――ええと、なんでもなーい！」

ソフィアが慌てると、ノアの口角が微かに上がる。清潔感があるのに、それゆえ余計に艶っぽく感じられる大人な仕草だった。

「……ソフィアは可愛いな」

サラリとした悪戯《いたずら》な口調。

ソフィアはおそれおののいた……ノアったら、殺し文句も得意なのね！

＊　＊　＊

「――話を本題に戻そう」

ノアが皆の注意を引く。

「地図上の×印――ソフィアが調べた地点は、ほぼ半円を描いている」

先ほどソフィアはじっくり時間をかけて調べた場所を事細かく報告したので、地図上には×印が五十以上記されている。歩いた順番にマークしていったものだから、こうしてノアに指摘されるまで、法則性があることに気づかなかった。

「確かにそうですね」

少し前まで落ち込んでいたイーノクであるが、気分を切り替えたらしく、いつもの調子に戻っている。地図を目で追いながら、感心したように呟きを漏らす。

「行ったり来たり、ジグザグに前後して進んだり……無軌道に動いているようで、不思議と半円形になっています。建物を迂回しているせいでそうなっているのか……？　いや、でも違うようだ」

実際には建物内を突っ切って移動している箇所があるので、なぜ半円形なのかの答えになっていない。

ノアが地図を指す。

「分布を眺めてみると、ある地点を意図的に避けていることが分かるだろう」

「あ」

イーノクとソフィアは同時に声を上げた。すべての×印から均等な距離――つまり半円を円として捉えると、その中心地点に中庭がある。中庭といっても皇宮のそれは、かなり北寄りの位置ではある

のだが。

なるほど……『半円状のルートで移動した』というよりも、『ある一点を避けるあまり、そこから一定距離を保って移動した結果、軌跡が半円になった』という考え方もできるのか！

「イーノク――ここには何がある？」

地図上ではただの中庭である。しかし皇宮改修前は違ったのかもしれないし、表には見えていない何かが隠されているのかもしれない。

ノアに尋ねられ、イーノクは記憶を探った。速読が特技なので、彼の脳には大量の情報が眠っている。ただそれが膨大であるあまり、集中して呼び出さないと出てこない。

「中庭の地下に……今は使われていない氷室があるかもしれません。出入口は封鎖され、開かずの間になっている可能性もあります」

「氷室……そんなものが中庭の地下にあったなんて話、聞いたことがないな」

皇帝陛下であるノアが知らずに、イーノクが知っているというのは不思議な話だ。そして「あるかもしれません」「可能性もあります」という曖昧な物言いは、なんだかイーノクらしくない。

ノアとソフィアが問うように見つめると、イーノクがもどかしげに口を開いた。

「何年も前に昔の人事記録を流し読みしていて、地下の氷室に関する記載を見たんですよ。でも公式にそんなものは存在しないことになっているから、書類の作成ミスと考えて、脳の中の『どうでもいいことをしまうエリア』にその情報を放り込みました」

「えー！　脳の中身って整理整頓できるの？」

ソフィアは仰天した。そんな、『イケてないドレスをクローゼット内でどう片づけるか』みたいに、

頭の中の記憶を自由自在に分類できるなんて！　ものすごく便利な機能！

「ちなみにイーノクさん、脳の『大事なことをしまうエリア』には何が入っているんです？」

「それはもちろん陛下関連の情報だ。好みのお茶の温度とか、似合っている服の色とか。あとは最近だとルー……」

油断して何か言いかけたイーノクが、ハッとして息を詰まらせる。慌てたせいか最後に「スッ！」と叫んだところで途切れたので、ソフィアは小首を傾げてしまった。

「ル……ス？　留守？　どういうこと？」

「な、なんでもないっ！」

真っ赤になって慌てるイーノクを、なぜか若干半目になってノアが眺める。それは『自分自身の記憶を脳の大事なエリアにしまわれていた』ことに反応してなのか、はたまた『留守』という謎ワードに反応してなのか、ソフィアには判断がつかなかった。

イーノクが逆ギレ気味に叫ぶ。

「と、とにかくっ！　私の記憶のことはどうだっていいだろう――そう――氷室の話だ！」

「ええそうね」

ソフィアが頷いてみせると、イーノクはひとつ咳払《せきばら》いしてから、陛下に向けて説明を再開した。

「人事記録は『仕事中に中庭の下で転んで怪我《けが》をしたので、しばらく療養する』というものでした。要は傷病休暇届けですね。私はそれを読んだ時、『中庭の下』という部分を方角――つまり『中庭の南』と解釈しました。そしてページの最後に『今後の対策』という欄があって、『氷室の閉鎖』と書かれていた。書類自体が汚い乱暴な文字で書かれていたので、『誤字』と判断してしまったんです」

書類作成者が悪筆だったのね……ソフィアは『なるほど』と思った。

その印象からイーノクはすぐに『誤字』と判断した。けれど記述は正しくて、『中庭の下』は言葉どおり『中庭の地下』の意味だった……？

「それは『誰の』人事記録だ？」

ノアが尋ねると、

「ホールという男性使用人です」

イーノクはすぐに答えを口にした。一度記憶を呼び出してしまえば、あとはスムーズに引き出せるらしい。

「その人事記録の日付は二十年ほど前で……あ……待てよ……別の書類に、ホールの同僚に関する記述がありました。ホールには同僚がひとりいて、休暇中はその仲間が業務を行うので問題ないという内容でした。その同僚の苗字がリーソン――そうか、皇宮資料室所属のリーソンは、その息子か！」

そうだったの？　意外な展開にソフィアは目を丸くする。あ、だけど言われてみれば……。

「以前リーソンが言っていたわ、『父も皇宮で働いていたから、子供の頃から出入りしていた』って」

それで彼が「皇宮を案内できる」と主張したので、ソフィアは頼むことにしたのだ。

「リーソンの父親は氷室管理人だった」

ノアが気だるげに目を細めた。

「氷室……氷龍……なんだか暗示的じゃないか？」

これですべてが繋がった――……ノア、ソフィア、イーノクは互いに視線を交わす。

けれどソフィアは納得がいかなかった。それは同僚として関わり、リーソンという人間を直接知っ

ているせいだ。

リーソンは暗い顔をしていることもあったし、嫌なことがあれば愚痴を言うこともあった。確かにポジティブなだけの人間ではない――けれどそれって普通のことでしょう？

彼がノアを狙うほどの攻撃性を秘めていたとは考えられない。たとえば彼がノアの直属の部下で、毎日罵られて精神的に追い詰められていた……とかなら分かるけれど。ふたりに接点はないはずだし、そもそもノアはそんな意地悪をしない。

ソフィアが抱いた疑問と同じことを、イーノクも感じたようだ。

「高位事務官試験では確かに能力不足を理由に彼を落としましたが、人格的に問題があるとは思いませんでした。彼は常識人であるように見えた。リーソンが陛下を呪ったというのは違和感がありますす」

「それはそうだ、リーソンは私を呪ったわけではないのだから」

ノアがイーノクを真っ直ぐに見据える。

イーノクは呆気に取られた。

「それはどういう意味ですか？　呪いのイエローパールは、陛下宛《あて》の献上品として届いているのに」

「私宛の献上品は、まずお前が開封するだろう」

「え、では」

「リーソンの本当の狙いはお前だ――イーノク」

4. 私の首にキスして

衝撃を受けるイーノクに、ノアが順を追って説明する。

「リーソンのやり口は合理的で、よく考えられている。もしもイーノク――お前個人宛《あて》に、差出人不明の怪しい荷物が届いた場合、それを開封して中身を確認するか？」

「……いえ」

イーノクは少し考えてから、首を横に振った。

「面倒なので中をあらためず、そのままゴミ箱に放り込んでしまったでしょうね。私は自分自身のことは、わりとどうでもいいので」

聞いていたソフィアはちょっとした衝撃を受けた。イーノクは神経質そうに見えるけれど、実際は自分宛の不審な荷物を開封もせずに捨てちゃう人なんだ！　大雑把！

そういう怪しいものは一分一秒たりとも取っておきたくない――それは分かる。けれどだからこそ、誰が送りつけてきたのか気になるし、中身だって知りたくなるわよね？

というか私、ずっと呪いのイエローパールを持ち歩いているのよね……ソフィアは今もドレスのポケットに入っているそれを意識した。以前ノアに現物を見せてもらい、実際に触れてみても害はなかったので、調査に必要だからと借りておくことにしたのだ。

自分が大切に（？）持ち歩いているコレが、もしもイーノク宛に直接届いていたならゴミ箱に直行していたのかと思うと、なんだかやるせない。捨ててしまったら、何も調査できないじゃないの！

こうなるとノアよりもイーノクのほうが、よほど心が『氷』じゃない？　たぶん外見上の特徴からノアが『氷帝』と呼ばれているだけで、イーノクのほうが行いはわりとひどい。試験を受けに来た人に、平気で「必要ない人材」とか言い放っちゃうし。

でもそうか……イーノクは陛下命だから、そういうワンコ気質なところが『氷』っぽくないのかな。確かにノアの高貴な雰囲気は『クール』と表現したくなるけれど、イーノクの破綻ぶりはまたちょっと『クール』とは違うのかも。

侍女のルースなんてイーノクに辛辣で、「意地悪クソ人間」って言ってたものね……だけどルース、さすがにそれは言いすぎよ。

イーノク本人が聞いたら号泣しそうなひどいことをソフィアが考えているあいだに、ノアが話を再開した。

「とはいえイーノクは私に関することには神経質だ。ノア・レヴァント宛の献上品で、差出人が不明となれば、お前は絶対に自分の手で開封する。部下には任せない」

「そのとおりです」

敵にまんまとしてやられた……と思ったのか、イーノクがげんなりした顔つきになる。ガックリとうなだれ、額を手のひらで覆った彼は、しばらくたってからやっと顔を上げた。

「ですがリーソンが陛下に呪いのイエローパールを送りつけた——その事実は変わりませんよね。皇帝陛下宛に有害なものを送れば重い罪になる。彼はなぜそんなだいそれたことを？」

「イエローパールにそこまで問題があるとは思っていなかったのだろうな」

「え？」

「あれがまずい代物であることは、上位魔力保持者でないと感覚的に理解できない」

「ではリーソンはそもそも誰かを呪うつもりがなかった？」

「いや。リーソンはお前のことを嫌っていて、孤立させたかったはずだ。むしろ憎んでいる相手がイーノクだけだから、イエローパールを皇帝宛に送ったとしても、それがお前以外に影響を及ぼすことはないと考えたのかもしれない」

ノアが淡々と告げた内容に、イーノクはショックを受けた様子である。

「ひどい……」

「ところが結果的に、私も呪いの影響を強く受けた。これはイエローパールに『相手が孤独になりますように』『愛する者から嫌われますように』という呪いが込められていたせいだ。呪いをかけられたイーノクが心から尽くしている相手が私だったため、この呪いに私も巻き込まれた」

先ほど『リーソンが犯人では？』という疑いと、『リーソンはイーノクを恨んでいた』という動機が浮かんだため、ノアは『狙われていたのはイーノクである』と推理した。そうなると次は、『それではなぜ無関係のはずの自分にも呪いが及んだのか？』という疑問が出るが、それは呪いの内容をよく考えてみれば理由は分かる――イーノクにダメージを与えるため、身近な存在である自分が巻き込まれただけだと。

それは犯人のリーソンが意図したことではないだろう。呪いのイエローパールが勝手に決めたのだ。

しかし犯人と動機が分かっていない段階では、『ノア・レヴァントに呪いの力が及んでいる』という事実のみで判断しなければならず、そこを起点に犯人を捜しているのだから、調査がはかどるわけもなかった。

当初からノアは感覚的に『自分に呪いの力が及んでいる』ことを察知していたし、献上品の宛名も『皇帝陛下』となっていたことから、『呪われたのは自分だ』と当然のように判断した。

そしてノアは魔力過多の問題を抱えており、呪いに強く引っ張られる傾向があった。

ゆえにノアとイーノクを結びつけた呪いは偏って作用したのだ——皮肉なことに本命のイーノクに向かった魔力はわずかばかりで、呪いの大部分は巻き込まれたノアのほうに来てしまった。

「なんてことだ——私の『愛する者』が陛下だったから、ご迷惑をおかけしてしまったのですね」

イーノクが目を瞠《みは》る。

これに対しノアはあからさまに表情を変えなかったものの、イーノクの赤裸々な告白に答える前に、かなり長い時間を要した。

「……………お前の愛する者が私なのかどうかは知らないが、まあイエローパールの呪いではそういう縛りになったのだろうな」

「ああ、私の陛下への愛が深すぎるばかりに」

「……………」

「けれど陛下は呪いに屈して私を嫌ったりしませんでしたね。ふたりの愛が勝ったわけです」

「………………さあどうかな」

ノアの漏らした呟《つぶや》きは、喜んでいるイーノクには届かなかった。

この時、成り行きを見守っていたソフィアは胸がモヤッとした。

なぜかしら……「ふたりの愛が勝ったわけです」と勝ち誇るイーノクに対して、イラッとしちゃったわ。リーソンの気持ちがちょっと分かったかも。

＊＊＊

——五分後。

ソフィアとノアのふたりは中庭にいた。半分抱き合いながら喧嘩《けんか》をするという、仲が良いんだか悪いんだか分からないふたりの姿を眺め、もともと中庭にいた人たちが目を丸くしている。

「ノア、地下の氷室には私も行く！」

「だめだ、危ないから——」

「絶対役に立てるもん」

「俺は君を便利に使おうとは思っていない」

「ノアの分からず屋！」

「君の不満はあとでしっかり聞く、だが今は——」

「あとなんてない！　連れて行ってくれないなら、絶交する！」

「…………それでもだめだ」

「本気よ——私を置き去りにした瞬間、もう友達じゃなくなるし、これで絶交だからね！」

ソフィアがノアの首に手を回してギュッと抱き着く。隙間がないくらいに、ふたりの体が密着した。

ノアは反射的にソフィアの体を抱き留めながら、内心弱り切っていた。

体がこうもくっついていると、転移でソフィアも地下の氷室へと一緒に運んでしまう……そして彼女が口にした「絶交」という言葉を聞き、動揺している自分自身に驚いていた。

この「一緒に行く」「だめだ」の口喧嘩は、先ほどまでいた執務室からすでに始まっている。

――五分前、事件解決のため、ノア、ソフィア、イーノクの三人はふた手に分かれることにした。

ノアは氷室の制圧、そしてイーノクは犯人であるリーソンの確保、という具合に担当が決まった。

そこでノアはソフィアに「君はイーノクと一緒にリーソンの元へ向かってくれ」と指示をした。ところがソフィアが断固これを拒否し、ノアと一緒に行くとゴネ始めたのだ。

ソフィアの瞳には切羽詰まった焦りが浮かんでおり、『自分が一緒に行かねばならぬ』という、確信めいた思いがあるようだった。

不思議なことに、ノアにも同様の確信があった――おそらくソフィアが鍵だ。

自分はこの手の勝負勘を外さないし、それはソフィアもそうなのだろう。だからソフィアは我儘《わがまま》ではなく彼女なりの理屈で『ふたりで氷室に行くことが勝利への絶対条件』と信じているのだ。

ノアは本来ならば私情を捨て、「勝つためにソフィアを連れて行く」という判断をすべきだった。勝率が上がるなら、指揮官として当然そうすべきだ。

けれど心がどうしても納得しない――ソフィアを危険にさらしたくない。彼女を失えない。

結局ノアは「だめだ」と彼女に告げた。けれどソフィアがそれで納得するはずもなく……。

執務室で揉めているうちにソフィアが縋りついてきて、キリがないのでノアはいったん中庭に転移をすることにした。まだ中庭の地下に本当に氷室があるのかはっきりしていない。現地に行ってみないことにはどうにもならないと判断したためだ。この時すでにイーノクは執務室を出て、リーソンの元へ向かっていた。

ノアとソフィアは中庭に転移し、ここでふたりは確信する――『地下に何かある』――。

何も疑っていない状況ならば、中庭に来ても気づかなかっただろう。けれど今は『地下に氷室があるかもしれない』と具体的な疑いを抱いているので、微《かす》かな気配を感じ取ることができた。

そこでノアはふたたびソフィアを帰そうとしたのだが、ここまで来てしまっては、ますますソフィアが引き下がるはずもないのだった。

しっかりと抱き着いているソフィアの小さな声が、ノアの耳元で響く。

「……ノアがひとりで行っちゃったら、私はひとりで入口を見つける。バラバラになったら、あなたは私を護《まも》れないわよ」

「……ああ、まったく」

ソフィアは必ず実行するだろう――ノアにはそれが分かった。こうなると目を離すほうがソフィアにとって危険だ。

「分かった、連れて行く」

ノアが了承すると、ソフィアが彼の首に絡めていた腕をこわごわ外した。少し上半身を離し、じっとノアの瞳を見上げて尋ねる。

「ノア……怒っている？」

「怒ってはいないが、誓え――ソフィア」

「何を？」

「死がふたりを分かつまで、だ」

「え……それって結婚の時に言う……？」

ソフィアが戸惑ったように呟《つぶや》きを漏らすのを見て、ノアは自身の右手のひらを彼女の後頭部に回し

た。クシャリ……とソフィアの絹糸のような髪が乱れる。

「死がふたりを分かつまで、俺のそばにいろ」

「ん……？　わ、分かった。誓うわ」

ソフィアはまごまごしていて、意味を理解しているのかは怪しいものだった。もしかすると『この先は危険かもしれないから、くれぐれも単独行動は避けろ』という警告だと思ったかもしれない。あるいは『恋人のフリ』の延長だとライトに解釈したのかも。

それでも構わないとノアは思った。微かに瞳を細め、優美な仕草でソフィアの額にキスを落とす。

「——共に行こう、ソフィア」

声はひそやかに甘く響いた。ノアがソフィアの体をさらに引き寄せる。

その瞬間、中庭からふたりの姿が消えた。

＊　＊　＊

転移したふたりは氷室の中に佇《たたず》んでいた。地下空間に氷室は確かに存在したのだ。

縦横それぞれ数十メートルはあり、かなり広い。剥《む》き出しの石壁は堅牢《けんろう》な印象で、どこにもカンテラなどの光源がないのに、不思議と室内はぼんやり明るかった。

「わあ……黄水晶の床だ」

ソフィアは感嘆の声を漏らした。

床は美しい幾何学模様になっていて、石床の部分が多いものの、黄水晶を砕いたタイルが効果的に

配置されている。

「以前読んだ物語に書いてあったとおり」

ソフィアは傍らにいるノアに話しかけた。

物語にはこうあった――氷龍が満足して眠っているあいだに、山の精霊は、氷龍の体を国で一番護りの強い場所に移しました。そして氷龍の周りに黄水晶を砕いたものを敷き詰め、それを結界にして閉じ込めました。

これだけ聞くと怖いけれど、大丈夫……ソフィアは自分に言い聞かせる。物語の最後はハッピーエンドだった。氷龍はもういない。

だって、こう締めてあったのだから――赤の王女は自分の体を少し切り、傷口から溢《あふ》れ出た聖なる血を剣に塗りました。そしてその剣を狂暴な氷龍の口に突き刺して倒しました。世界は平和になりました。

ノアは何かが気になっているようで、黄水晶を順に視線で追っていた。

「何かが変だ」

「ノア？」

「この空間にいると感覚が鈍くなる。この場所は俺と相性が悪い」

ノアが眉根を寄せる。ソフィアを見おろす彼の瞳は紺がかって見えた。まるで闇夜のよう。

「氷と氷――闇属性と闇属性――相性が最悪だ」

ここは昔、氷龍の根城だったから、空間自体に『氷』の特性があるのだろうか。それで「氷帝」と呼ばれるノアは氷魔法が得意なわけで、相性が良いのかと思いきや……そうではないの？

疑問に思っていると、ノアが説明してくれた。

「太古の邪神は気性が荒い。主が消えても、その特性はまだここに色濃く残っている。同じ氷属性を弾《はじ》くため、炎のほうがまだ対抗できる」

「ノアより強い？」

「分からない……まるで五感の大半を封じ込まれたような、得体の知れない気持ち悪さがある」

ノアは落ち着いているように見えるけれど、状態はかなり悪いようだ。確かに瞳の色が濃くなっているし、深刻な事態なのかもしれない。

けれど。

「――私がいるわ、ノア」

ソフィアは真っ直《す》ぐにノアの瞳を見上げた。

「さっきね、絶対にあなたをひとりにしちゃいけない、って思ったの。勘が当たった」

「ソフィア」

「私が助けてあげる」

「……頼もしいな」

「そうよ、知っているでしょう？」

ソフィアが小首を傾《かし》げ、可憐《かれん》な笑みを浮かべる。

可愛《かわい》いソフィアを眺めおろすうち、ノアは不思議と体が軽くなるのを感じた。

――君は俺の光だ。

君と出会えてよかった。

＊＊＊

「部屋の奥に噴水があるみたい」

ふたりはそちらに向かった。

噴水といっても、かなり小型なものだ。軸足となる台座部分があって、その上部に受け皿が二段――二段目の受け皿のほうが大きいけれど、それでも両手を広げたくらいの直径しかない。

上段ひとつ目の受け皿には、飾りのついた水の吹き出し口が立ち上がっていた。

「え……中に『貝』が入っている？」

近くに来て覗《のぞ》き込んでみて、初めて気づいた。一段目の受け皿の底に、赤みを帯びた二枚貝が沈んでいる。

貝……ということは、まさか……。

ソフィアはハッとしてノアのほうを振り返った。

「私たち、勘違いしていたのかも。イエローパールはここで『調色《ちょうしょく》』をされているだけだと思い込んでいた。だけど実際は、この二枚貝の中で呪いが育ち、この世にイエローパールという形で生み出されていたんじゃない？」

想定していたよりも状況が悪い。

犯人が養殖場かどこかでイエローパールを購入し、この氷室の中に持ち込んで、赤みを入れる『調色』という作業を行う――その過程で呪いをイエローパールの表面に練り込んでいたのでは？　これ

が想定していた筋書きだ。

そのとおりだったなら、氷室を押さえて調色設備を破壊、かつ犯人であるリーソンを捕まえれば、呪いは断ち切ることができただろう。

けれど。

「淡水パールを生成する二枚貝か……まさか皇宮の中にこんなものがあったとは」

ノアの表情は険しい。

「まずいな……だとするとこの貝自体が、神クラスの生物呪具だ」

この生物呪具は呪いのイエローパールを定期的に何度でも吐き出せるようだ。手元にすでに複数届いていることから、それは明らか。

通常の養殖では一回パールを取り出せば貝はだめになるが、生物呪具なので独自の生態がある。強《きょう》靭《じん》で、凶悪。

「この二枚貝は一体どこから来た？　物語にこんな記述はなかった」

ノアが口にした疑問を聞き、ソフィアは『確かにそうだわ』と思った。

ふたりが顔を見合わせていると、噴水から声が響いてきた。女性の声のように聞こえるが、耳に入った瞬間すべてが曖昧になるような、奇妙な響きだった。

『そなたの願いを言え――ありのままの欲望を』

呼びかけと共に、二枚貝が入っているボウルが淡く光る。

ソフィアは魅入られたように手を伸ばした。ノアが止める間もなく、手のひらを水に浸す。

「では伝えるわ」

「だめだソフィア」

「――私の願いは『世界平和』よ！」

ソフィアの願いを受け、眩《まばゆ》い光が周囲に広がり、一気に収束した。

＊＊＊

不思議な光景だった。

赤みがかった二枚貝が口を開き、大ぶりのイエローパールを吐き出す。

ソフィアの願いが清らかだったからか、吐き出されたイエローパールは神々しく輝いて見えた。これまでノアの元に届いていた呪いのイエローパールとは、まるで違う波動を放っている。

なるほど……ノアは小さく息を吐く。

おそらくリーソンがよこしまな願いを込めた時は、二枚貝がイエローパールを吐き出したその瞬間に、呪いの術式が完成したのだろう。その工程が水中で起きたことや、生み手の二枚貝自体が強力な生物呪具であること、氷室というこの場所自体が結界として作用したこと――それら三つが複合的に作用し、外部に呪いの気配を漏らさなかった。

だから上位魔力保持者が数多く存在する皇宮内で、誰も呪いの気配を察知することができなかったのだ。

――それで生み出されたイエローパールは、その後どうなるのか？

今まさに世に出たばかりの『世界平和』の願いが込められたイエローパールは、ボウルの中をクル

リと一周してから、底に空いていた小さな穴に吸い込まれて消えた。

消えた……どこへ？

二段目の受け皿には出てこない。おそらく中央の台座部分の中を通って、さらに下へ落ちていったのだろう。ソフィアは膝を曲げて噴水の下部を確認したけれど、消えたイエローパールの行方を知ることはできなかった。

「ん……これで終わり？」

いや、終わりなわけがない……それはソフィアにもノアにもよく分かっている。

「――ソフィア、なぜ世界平和を願ったんだ？」

責めるつもりはないが、意図は確認しておく必要がある。

「昔話では大体ね、誠実な人間が勝つのよ」

「そうか」

しかしこれは昔話ではないのだが……言葉少ななノアに対し、ソフィアは元気いっぱい。

「リーソンは試験に落とされた恨みをここで吐き出したのね――それで邪悪なイエローパールが生まれた。だからこちらが恨みを吐き出さなければ、悪いことは何も起こらないと思ったの」

ソフィアの理論はなんとなく正しいようにも聞こえる……ただしノアの見解は反対だった。

噴水のボウルを眺めおろし、強い違和感を覚える。

「リーソンは……イエローパールを都度回収したんだな」

「え？」

「献上品として現物を私宛に送りつけてきた――つまりリーソンが願い手だったイエローパールは、

噴水の『下』に落とし込まれなかったことになる」

「ええと、そうなるわね」

「――この下に『何か』がいると仮定して」

ノアがおそろしいことを言い出したので、ソフィアは目を丸くした。

え、やだやだやだ……聞きたくない！　怖い！

けれどさすが氷帝、容赦がない――ソフィアが縋《すが》るように見つめても、怖い話をやめてくれない。

「その『何か』は呪いのイエローパールが口に入るのを楽しみにしていたはずだ。けれどリーソンが掠《かす》め取ったせいで、しばらくお預けを食らわされている」

「あのでも……この空間はずっと封鎖されていたのよね？　だったら長いあいだ呪いのイエローパールは生み出されなかったはずで、リーソンがたった数個持ち去ったからといって、たいして影響はないのでは？」

「かもしれないが、違ったら？」

ノアの瞳は怜悧《れいり》で澄んでいる。彼が冷静沈着なので、ソフィアはたまらず呻《うめ》き声を漏らした。自分は何も悪いことをしていないはずなのに、断罪されている気分だ。

というか先ほどキリッとキメ顔で「私が助けてあげる」宣言したくせに、すでにソフィアは腰砕け状態である。

「ノア……あーん、あなたの口から楽観的な見解が聞きたい」

「すまないが、無理だ」

「うう……」

「誰も来なくても、この二枚貝は自力で禍々《まがまが》しいイエローパールを生み出していたのかもしれない。あるいは人が来なければ何も生み出さないシステムだった場合、そのあいだは冬眠状態になるから問題はなかったのかもな。俺が思うに、やはり呪いのイエローパールが生み出されたのに、何度か下に落ちて行かなかった――お預けを食らわせたことは大問題だと思うね」

「う……だけど今、私のやつは落ちたわ」

「果たして落ちた『あれ』がお気に召したかな？」

「それは……」

「君の清らかな願いがこもった、素晴らしいイエローパール――あれが落ちてきたとして、もしも俺が邪神の立場なら、怒り心頭だと思うね」

「だけど氷龍は死んだはず」

「物語上ではそうなっている、だが」

「だが？」

「おそらく『何か』いる――下に」

ゴゴゴ……突如地響きがして、氷室の内部が揺れた。ノアが素早くソフィアを抱え込む。

ふたりが振り返ると、黄水晶のタイル表面が液体のようにたゆたい、氷龍がヌラリとせり上がってきた。

＊　＊　＊

昔、リーソンの父は氷室の管理人をしていた。つまり中庭の地下にある秘密施設の管理人だ。皇宮で風変わりな仕事をしている父のことを、リーソンは尊敬していた。

とにかくものすごく特殊な仕事で、『少人数で秘密を守っていかねばならない』という厳しい決まりがあったようだ。前任者が辞める時に後任を指名して引き継ぎ、本来は家族にも仕事の内容を漏らしてはいけないらしい。

表向きは『皇宮内で掃除をする仕事です』で通すのだとか。

ただ父には少し緩いところがあり、この秘密を妻と子供――つまりリーソンに打ち明けた。

当然リーソンは興味を引かれ、氷室に行きたがる。

可愛い我が子にねだられた父は、当時七歳だったリーソンをこっそり職場に連れ込んだ。

ところがこれを同僚のホールに見られてしまう――ホールはその日休みのはずで、まずい場面を見られた父は狼狽《ろうばい》していた。

氷室でふたりが言い争いをしているあいだ、リーソンはひとりポツンと立ち尽くしていた。

場所は噴水のすぐ近くだった。手持ち無沙汰でいると、なんと噴水が話しかけてきたのだ。

『そなたの願いを言え――ありのままの欲望を』

リーソンは噴水のボウルに指を浸し、

「父さんを責めている、あの意地悪なおじさん――ホールが転んで怪我《けが》しちゃえばいいのに」

と呟きを漏らした。すると一瞬あたりが眩《まぶ》しくなり、それに気づいた父とホールが駆けつけて来て、大変な騒ぎになった。

きつく叱られた――「だめじゃないか、勝手に願いごとなんかして！」――大人たちから本気で説

教され、途端に後ろめたい気分になったリーソンは「ごめんなさい」と素直に謝った。

そのあと全員で氷室から地上へ戻る途中、ホールが階段から足を踏み外して転んだ。幸い数段落ちただけで済み、命に別状はなかったものの、ホールは二週間ほど仕事を休まなければならない怪我を負った。

父はホールが傷病休暇を取っているあいだ、ひとりで氷室管理の仕事を続けた。そしてホールが復帰したあとで仕事をクビになった。「私は皇宮を去ることになったが、氷室自体も閉鎖することになったから、まあスッキリってやつさ」と父は暗い顔でリーソンに告げてきた。

ただ父は懲りない人で、リーソンに氷室閉鎖の方法をポロリと漏らした――「閉鎖といってもな、簡素な仕かけで、入ろうと思えば入れるんだよ」――リーソンは集中してこの話を聞いた。

もともと氷室への入口は、中庭の外れにある小さな小屋の中に作られていた。小屋の床面に扉がついていて、それを開くと地下への階段が現れるのだ。

――では氷室閉鎖で、小屋を取り壊して、通路も埋めてしまうのか？

そんなことはないそうだ。封鎖といっても小屋はそのまま残し、床扉を隠すように分厚い絨毯《じゅうたん》を敷き、上にテーブルと椅子を置くだけ。小屋の入口自体は施錠して、以降出入りできないようにするが、父はスペアキーを隠し持っており、それをリーソンにくれた。「記念にやるよ」と言って。

ああ……父は本当にすべてが緩い。

父はクビになったけれど、真面目な同僚ホールはその後も皇宮で仕事を続けたらしい。少し前に定年退職したようだけれど。

もしかすると氷室自体は閉鎖したものの、ホールは小屋の管理人になり立派に勤め上げ、辞める時

は誰かを指名して後任に据えたのかな。定期的に小屋内の掃除はするだろうし。

そして月日がたち、皇宮資料室一課所属となったリーソンは真面目に仕事を頑張った。

氷室に行きたいという考えはすでになくなっていた。大人になれば、考えも保守的になる。

氷室に出入りしているところを誰かに見られて、皇宮の仕事をクビになりたくない。

けれどある日、魔が差して……。

高位事務官試験を受け、試験官のイーノクに手厳しくこき下ろされたあとのことだ。

それでもリーソンはグッとこらえ、三回も試験を受けたのだ——次こそは、イーノクの考え方が変わっているかもしれない、そう期待して。

だけど毎回毎回、ボロクソにけなされる——能力不足——また受けに来たのですか、無駄です——なんだよ、なんでだよ！　仕事でミスをしたことはないぞ！　僕の能力は不足していない！

試験に受かったやつがねたましくてたまらなかった。僕とあいつ、何が違うっていうんだ？　あんなやつ、たいしたことないじゃないか！　イーノクの目が節穴なだけだろ！

三回目、試験に落ちて……とうとうリーソンは氷室に侵入してしまう。

週始まりの朝九時という時間を選んだのは、それが一番人目につかないから。皇宮の各部署は朝九時に朝礼が開かれる——つまりその時間は皆が建物内に引きこもるため、敷地内をウロウロ出歩いている人間がほとんどいない。

そしてリーソンが所属している皇宮資料室の業務は、一週間の中で週始まりが一番暇なのである。

加えて、皇宮資料室は朝礼が九時十五分開始だから、朝九時に氷室に忍び込むのは都合が良かった。

十五分で氷室の用を済ませて急いで職場に戻れば、朝礼には間に合う……だってリーソン自体は何

もせず、二枚貝がイエローパールを吐き出したら回収するだけ……楽なものだ。

宮内便に乗せる皇帝陛下宛の封筒はあらかじめ用意しておけば、サッと投函《とうかん》できるし。

氷室に侵入したリーソンは、噴水に手を浸して願った。

「──どうかどうか、イーノクが愛する人に嫌われますように！」

バーカ、バーカ、イーノクめ！　僕はお前が大嫌いだ！

軽い気持ちだった。だって子供の時、ホールが怪我するように祈り、すぐにその願いは叶《かな》ったけれど、そんなたいしたことにはならなかったし。

イーノクは顔良し、家柄良し、職場でも出世している──なんせ氷帝の側近だ。そんなイーノクが意中の女子にフラれたら……と思うと、想像するだけで愉快だった。

ただそれだけのこと。だいそれた悪事をしでかしたつもりはない。

イエローパールを氷帝宛に送りつけたのは、イーノクへの怒りが治まらなかったから。それをすることで、イーノクを出し抜いたような清々《すがすが》しい気分になれた。お前が大好きな氷帝宛に、謎のイエローパールが届いただろう──側近のお前が一番に開封し『これを送ったやつは誰だ？　なんのつもりだ？』と疑問に思ったよな？　だけどそれ、お前への呪いで誕生したものだから！

あのイエローパール自体は普通のもののようだし、匿名で皇帝に宝石を送ったとしても、罪になることはないだろう、そう思った。

別に問題ない……問題ないさ。リーソンは心の中で繰り返す。

本当は後ろめたかった。だって氷室は閉鎖されているのだ。立ち入り禁止のエリアに無許可で踏み入っているわけで、それだけでもアウトだろう。バレたら解雇かもな。だけどバレるはずない。

たぶん大丈夫さ……問題ない。

＊＊＊

イーノクが血相を変えて皇宮資料室に駆け込んで来た時、リーソンは休憩中だった。

書架の奥にある机と椅子が置いてある場所に引っ込んで、読書をしていた。

こちらに向かって来るイーノクを眺め、着席したままリーソンは皮肉げに口角を上げる。

あーあ……イエローパールを匿名で送りつけた件がバレたかな？

けれど危機感はない。「変わった真珠がたまたま手に入って、陛下に献上したいと思ったんです。でも恥ずかしくて名前は書かなかった」そんなふうに言い訳すればいいさ。「どうか落ち着いてくださいよ、国の一大事じゃあるまいし。たいしたことじゃないでしょ？」堂々とやつの目を見返して、からかってやってもいいかもね。

イーノクが近寄ってきて机の横に立ち、深刻な調子で告げる。

「……――――……」

耳を傾けるうちに、段々とリーソンの顔色が悪くなっていく。

え……イエローパールの呪いが陛下に影響を？　嘘《うそ》だろ、中庭地下にある氷室の件もバレている？

説明を続けていたイーノクが、机の端に積まれている本の山をチラッと眺めた。七冊ほどある本は、適当に置いたせいでガタガタにズレている。だから上から見た時に、各本の表紙もそれぞれ少しずつ覗いている状態だった。

本を凝視しながら、イーノクが慌てた様子でそちらに手を伸ばす。

「え、ちょっとイーノクさん？」

まずい、その本は……！

「まさか、本は二冊セットだったのか？」

眉根を寄せたイーノクが手に取ったのは、上から二冊目の本——赤地に黒い飾りラインが入った特徴的なデザインのものだ。

リーソンは事情を知らないが、イーノクは先日陛下から『黒赤』の本を渡され、氷龍の物語をすでに読んでいる。だから配色が反転した『赤黒』の本がここにあることに気づき、注意を引かれたのだ。

後ろめたいリーソンは慌ててそれを取り返そうとして、イーノクにかわされる。

くそ……！　リーソンは舌打ちしたくなった。氷室の歴史を記した本は二冊あり、長いあいだリーソンが両方キープしていた。これらは皇宮資料室所蔵の本であるため、ここで仕事をしているリーソンならば、特定の本をずっと借りておいても管理台帳上は上手《うま》く誤魔化せる。だから『黒赤』と『赤黒』の二冊はずっとリーソンが持っていた。

ところが先日『黒赤』のほうを紛失してしまった。だから今それは手元にはないのだけれど……。

先ほどイーノクが『本は二冊セットだったのか』と言っていたので、紛失した『黒赤』はすでに、あちらの手に渡っているようだ。そして片割れの『赤黒』も今イーノクに見つかった。

イーノクが本を開き、素早く目を通していく。

……それ、ただ眺めているだけじゃないか？　と疑いたくなるほど速い。常人では考えられないスピードで黙読していたイーノクが、あるところでピタリと目を止める。

イーノクの薄い唇から呻くような呟きが漏れた。

「なんてことだ……氷龍はまだ皇宮にいるのだな」

＊＊＊

赤の王女には夫がいました。

夫はなんでも欲しがる男でした。権力、金、女——彼はすべてを欲したのです。

夫は貪欲な氷龍を崇拝していました。

妻である赤の王女が氷龍を倒した時、夫は激しい怒りを覚えました。

妻はいつも彼の邪魔をします。夫にとって氷龍は大切な存在なのに、勝手に殺した。ひどい女です。

絶命した氷龍のそばに近寄り、夫は涙をこぼしました。そのまま三日三晩泣き続けました。

夫のこぼした涙が黄水晶の床に落ち、それはやがて氷の鱗《うろこ》に変化し、彼の体にまとわりつきました。

夫はそれでも泣き続けました。

四日目の朝、夫は自分自身が氷龍になっていることに気づきました。彼はずっと『氷龍になりたい！』と願っていたので、それが叶ったのです。

ここには氷龍の邪念が濃く残っていたので、夫はその力をもらい受けたようでした。

夫は雄叫《おたけ》びを上げました。

忌々《いまいま》しい妻を八つ裂きにしてくれる！

大暴れしようとした矢先、赤の王女がやって来ました。

赤の王女は夫の変わり果てた姿を見て、涙をこぼしました。

けれど氷龍になった夫は妻を食らおうと襲いかかります。

激しい戦いが繰り広げられました。

赤の王女は山の精霊のやり方にならうことにしました。

自分の右目を取り出し、さらに右手を斬り落として目玉を包み、それに魔法をかけて二枚貝に変えました。山の精霊は右目と右手で黄金の龍珠《りゅうじゅ》を作りましたが、赤の王女は龍珠を作り出すための二枚貝を作ったのです。

そしてその二枚貝を盆に張った水の中に沈めました。

二枚貝を入れた途端、盆は大きく形を変え、二段構えの噴水になりました。

「憎い夫がこの暗い場所で、みじめに暮らしますように」

赤の王女は夫を呪う願いを口にしました。

するとこの願いを聞き入れ、二枚貝が呪いの黄真珠を口から吐き出しました。

赤の王女はその黄真珠を手に取り、氷龍となった夫の口に放り入れました。

夫は満足しました。

黄真珠には妻の憎しみや悲しみが込められていて、とても美味《おい》しかったからです。

いつも清廉潔白でいた妻が堕落し、夫は嬉《うれ》しく思いました。

妻はもう一度願いました。

「禍々しい黄真珠が与えられない時期があっても、どうか夫がこの場所に強く縛られますように。私の前に二度と姿を現しませんように」

ふたたび二枚貝が黄真珠を吐き出しました。赤の王女はまたそれを夫の口に放り込みました。夫がこれを呑《の》んだので、強い呪いとなり、夫をこの地に縛りつけました。夫はこの部屋から出られなくなりました。

赤の王女は夫が氷龍になったことを、皆に秘密にしました。

貪欲な夫がいなくなっても、誰も困らなかったからです。

＊　＊　＊

「ひえええええええ！！！！！」

氷と氷がぶつかり弾ける音が響き、ソフィアは頭を抱えた。

こういう音って聞いているだけで背筋がゾクゾクしちゃう……！

一方、ソフィアをお姫様抱っこしつつ、氷龍から放たれる凶悪な氷魔法をさばいているノアのほうは、見た目はなんだか余裕そうに感じられた。

「――大丈夫か、ソフィア」

落ち着いた声音で彼女を気遣ったあとで、ノアは視線を微かに動かし、右に転移して攻撃を避ける。

ソフィアとしては状況が一割も理解できていない――たった今どこから魔法が飛んできて、どうやって彼はそれを察知したのか、そしてどれだけ高度な駆け引きをして転移先ポイントを決めているのか、まるで分からない。

足手まといのソフィアを抱っこした状態で、高度な転移魔法を連発し、急に飛んで来る攻撃魔法に

柔軟に対処して……なんでノアはそんなことができるの⁉

「あーん、ノア、ごめんなさーい！」

「なぜ謝る」

「私、スーパー邪魔！　もうそこら辺に捨ててくれていいからあ‼」

我儘を言って勝手について来たのはソフィアだし、ノアがその尻拭いをする必要はない。というかノアだけなら余裕で脱出できるんじゃないかしら？

ソフィアが必死に訴えると、ノアの口角が微かに上がったように見えた。

え……戦いの最中なのに、笑っている？

「君が腕の中にいると『死ねない』と思えるから、ちょうどいい」

「何それ、斬新な励まし方！」

ソフィアが目を丸くすれば、彼がくくっと悪戯《いたずら》な笑みを漏らす。

「……もう手放せないかもしれないいな」

「何が⁉」

「内緒」

空中で氷が弾ける。氷壁越しにエネルギーが激突して散りゆくさまを、ソフィアは眺めていた。それは星の輝きのように美しくもあった。

高度な魔法戦が繰り広げられている中に、騒ぐだけのド素人がひとり……。

ノアは寛大に許してくれたけれど、ソフィアは胸が苦しくなる。

「うう、私が世界平和なんかを祈ったばかりに……」

「斬新な反省だな」

先ほどソフィアが口にした「斬新な励まし方」という台詞《せりふ》をもじり、ノアが感心したように呟きを漏らす。

「――そろそろか」

視線を巡らせたノアがタイミングを見計らって、防御として周囲に展開していた氷壁をすべて解除した。これにより一気に視界が開ける。

「え」

彼のこの思い切った処置に驚き、ソフィアは「わわわ」と狼狽して、彼の首にギュッと抱き着いた。

「ノア、怖い」

「大丈夫だ、正面を見てみろ」

促され、こわごわ視線を転ずると、氷龍の姿が跡形もなく消えている。

「どこへ行ったの？」

目を瞠るソフィアに、ノアが説明してくれた。

「氷龍の動きには規則性がある」

「規則性？」

好き勝手、やりたい放題という印象しかなかった……！

「氷龍は移動する際に、時折、床下に潜っていたのだが――それには気づいていたか？」

「そうね、確かに」

細長い体を波打たせるように空中を移動し、たまに床下へ飛び込む要領で頭から突っ込み、スルス

ルと下に吸い込まれて行くのを何度も見た。そしてすぐに別の場所から上がって来るのだ。

「床下に入る地点、床下から出る地点——どちらの場合も必ず、黄水晶のタイルが敷かれているところに限定されていた」

「そうだったの？」

氷龍は動きながら凶悪な氷魔法を放ってくるので、ノアは周辺にずっと防御氷壁を張り巡らせていた。つまり氷の壁越しに向こう側を観察しなければならず、ほとんど視界が利かなかったわけだけれど、その状況で氷龍の動きを正確に把握していたの？　ノアって神様？

でも確かに言われてみると……初めに氷龍が登場した時、黄水晶からせり上がって来たのよね。登場のインパクトがものすごくて、すっかり忘れていたけれど。

ノアが説明を続ける。

「ほら——床はすべてに黄水晶のタイルが敷かれているわけではない。石床と組み合わされて、幾何学模様になっている」

「そうね」

「氷龍の動きは無軌道なように見えて、一セットを終えるとまたループする流れになっている。たとえば左奥から黄水晶のタイルに1、2、3……とナンバリングしていくと、氷龍の動きは、1、5、2、7、8、3、9、6、4……と動いて、一セットそれをやり終えると、ふたたび1に戻るんだ。そしてまったく同じことを繰り返す。これはおそらく、この空間を作り上げた術者の『癖』が反映しているのだろう」

「どういうこと？」

「物語には『山の精霊』と書いてあったが、そいつが術者だ。山の精霊は凶悪な氷龍を封じ込めるため、黄水晶のタイルを敷き、結界を張った。その過程で黄水晶にナンバリングし、編み込むような要領で1の次は5……という具合にひとつずつ力を注ぎ込んでいったのだろうな。だからこの地に縛られている氷龍も、結界の法則性から逃れられない」

「複雑なルール……」ソフィアは思わずため息を漏らす。「しかもそれ、1から5は空中を移動、5に着いたら床下に入り、2からせり上がる、そして7まで空中を移動してふたたび地下に入り、8から地上に出る……みたいに上下移動も組み合わさるから、眺めているだけだと普通は法則性に気づかないと思うわ」

ソフィアからすると『ノアの脳ってどうなっているの？』なのだが、当の本人は『別にたいしたことない』と思っているようだ。

「見たものをそのまま絵のように記憶しているだけだから、労力はそんなに使っていない」

いいえ、労力は使っていると思う。人生で起こることを、ひとコマひとコマ絵のように記憶していったら、脳のスペースをあっという間に使い切ってしまうわ。ノアといいイーノクといい、一流の人って、クローゼットの中身みたいに脳の中を自由自在に整理整頓できるの……？

ソフィアはふと『もしも私がものすごく負けず嫌いな性格だったら、こういうすごい人たちに差をつけられたくなくて、感情を乱していたかもしれない』と思った。侍女のルースは乙女《おとめ》ゲーム（？）という未来視の力で、ソフィアが悪役令嬢になるのを見たと言っていた。きっと悪役令嬢のソフィアは、ここにいる『私』とは考え方が違って、優秀な人たちにどうしても負けたくなかったのね。

勝ち負けなんて、どうだっていいのにね……だってノアが友達でいてくれて、私は幸せだもの。

ソフィアはにっこりとノアに笑いかけた。

「ノアがお友達で本当によかった」

ノアの良いところはたくさんある。偉大な魔法使いだし、頭がとても良い。そしてもっとすごい点はね、私のお馬鹿な失敗を寛大に許してくれる、海のように広い心を持っているところなの！

「…………………」

ノアは一瞬固まったあとで、やがて『やれやれ』と肩の力を抜いた。

「結局……ソフィアが最強なんじゃないか？」

「どうして？」

「俺は君のためならば、なんだってするだろう。君は女王陛下のように、ただ命じればいい。それだけですべて上手くいく」

……本当に？　ソフィアは小首を傾げる。

「ねえノア、だけど私、あなたにタダ働きをさせたくないわ」

「へえ、何か報酬をくれるのか？」

「あなたはただ私に命じればいい——それだけですべて手に入る」

ソフィアが美しい笑みを浮かべると、今度こそノアがフリーズした。

＊＊＊

「1、5、2、7——……」

しばらくして、ノアが言っていたとおりループが再開した。

ソフィアは相変わらずノアに抱っこされ、ただ運ばれている状態だ。

防御氷壁の向こうで氷の火花が散る。ノアの対処は的確で、危なげなかった。

けれど。

「このまま続けていると、こちらが負ける」

ノアが冷静にそう告げる。

ソフィアはノアの瞳を覗き込み、ハッと息を呑んだ。

虹彩の色がどんどん濃くなっている……戦闘で魔力を使いすぎだし、ここは闇の魔力が満ちているから、彼の特性上どんどん暗いほうに引っ張られてしまうのね……。

「一度脱出する？」

たぶんノアならそれも可能だろう。隙を作って、中庭に転移すれば……。

しかしノアはこの案に賛成しなかった。

「……一度離脱して、それで状況が良くなるとは思えない」

「でも」

「君は世界平和を願ったことを失敗だと悔いていたけれど、俺はかえってよかったと思っている」

「どうして？」

「この様子だと、氷龍は遅かれ早かれ暴れ出していただろう。俺がここに来た時に襲いかかってくれて、運が良かった」

なるほど……そういう考え方もあるのね。確かにノアが皇宮を不在にしている時に氷龍が暴れ出し

たなら、誰もそれを止めることができずに、たくさんの人が大怪我をしていたかもしれない。

ノアが続ける。

「それに……おそらく君のおかげで、氷龍の力が弱まっている」

「え、本当に？」

私、何もしていないけれど？

「ソフィアの魔力は聖属性だ。君が清らかに『世界平和』を願い、それが嘘偽りなく本心から出たものだったから、それにより生み出されたイエローパールをうっかり口に入れた氷龍は力を削がれたのだろう」

わお、やった！　ソフィアは「イエイ♪」と素直に喜んだ。そして気分が上がると一気に潜在能力が開花するのが、ソフィアの特性でもある。

「ねえねえノア、私、良いことを思いついたわ！」

「…………嫌な予感」

「大丈夫、大丈夫」

軽く請け合うソフィアを、ノアが詐欺師でも見るかのような目つきで眺めおろす。

んー……なんで？　絶対に良いアイディアなのにい！

「危ないことをしないな？」

「しないしない」

「本当か？」

「どちらかというと、ノアの負担が大きい」

「それなら構わない」

ジェントルマンなノアは、ソフィアの負担が軽いと分かり、あっさり了承した。

——氷龍が4の黄水晶に飛び込み、一連の流れにキリがつく。

「少し待ち時間がある」

しばらくたてば、また1から氷龍が出て来て、地獄のループが再開されるだろう。

「じゃあ下ろして」

ソフィアが頼むと、ノアが抱っこしていた彼女の体をそっと下ろした。

ふたり、向き合って佇む。

「——で、どうする気だ？」

「私ね、今、呪いのイエローパールを持っているの」

ソフィアはドレスのポケットに手を入れ、イエローパールを取り出してみせた。これは以前ノアの元に届いた献上品の、四つ目だ。

ノアがそれを眺め、呆《あき》れたような顔つきになる。

「以前君に見せたイエローパール……まさか肌身離さず持ち歩いていたとは」

ソフィアが「参考までに見たい」と言って、先日ノアは塔の上で現物を彼女に見せた。問題はそのあとで、ソフィアは体質的に呪いのイエローパールになんの影響も受けないらしく、「しばらく預かるわね」と持ち帰ってしまったのだ。

彼女は以前、浄化魔法を暴走させてイエローパールを三つ砕いているのだが、この四つ目はソフィアがずっと肌身離さず持っていたために、術者と同化することで破損することなく今日まで残った。

それはソフィア自身が『この四つ目のイエローパールは事件解決に必要だから、浄化で壊しちゃダめ』と考えていたので、ポケットに入れたままノアに対して聖魔法を使った時も、イエローパールにその力が及ぶことはなかったのだ。そうして残されたイエローパールが今、役に立ちそうである。

ソフィアはイエローパールをグッと握り締め、背伸びをしてノアに訴えた。

「本の内容を覚えている？　赤の王女が氷龍を倒したくだり」

「ああ――自分の血を剣に塗ったと書いてあったな。それを氷龍に突き刺して倒した」

そう、物語にはこう書かれていた――『赤の王女は自分の体を少し切り、傷口から溢れ出た聖なる血を剣に塗りました。そしてその剣を狂暴な氷龍の口に突き刺して倒しました』

結局、氷龍はここにいるので、赤の王女が倒したあとでまた復活したようだけれど、一度倒したのは事実ではあるのだろう。

ソフィアはこくこく頷《うなず》いてみせる。

「おそらく赤の王女は聖女だったのね――彼女は体から出た血液を使って、氷龍を内側から浄化したんじゃないかしら？」

物語を一読するかぎりだと、『剣を突き刺して倒した』と解釈しがちだが、剣を使ったのはただの手段であり、『氷龍の口中に聖女の血液を流し込む』ことこそが重要だったのでは？　だってただの物理攻撃なら、太古の邪神は倒せなかったはずだから。

ソフィアの考えを聞き、ノアがきつく眉根を寄せる。

「だめだソフィア、君の血液は使わせない」

「ん……どうして？」

「君が怪我をするのは許容しがたい」

ノアは『ありえない』とばかりにひたすら圧をかけてくるのだが、ソフィアは納得がいかなかった。

女性でも血判を押すため指を切ることはあるし、そこまで禁止されることではないと思うのだけれど……それに今は生きるか死ぬかの瀬戸際なのよ？

「でも……ちょびっと傷つけるだけだから」

「だめだ」

「指先、ちょっとだけ～」

「だめ」

「んー、ケチ」

「ケチで結構」

もう……本人が「切ります」って言っているのに、ノアの分からず屋め！

ソフィアは考えを巡らせる……血液はだめか……でも別の方法でもイケるかも？　なんかイケそう……たぶんイケる。

考えごとに忙しいソフィアを眺め、ノアが小さく息を吐く。

「ところで先の案だと、どうして俺の負担が大きくなるのか分からない。君は自分が血を流すつもりでいたようだし、発言に矛盾があるぞ」

「何も矛盾はなーい！　ノアにもしんどい仕事を用意しているから」

「そうか、言ってみろ。君の怪我を禁じたぶん、ハードにしてくれて構わない」

なんでもいいぞ——な余裕の態度。

ソフィアは先の血液案を却下されたこともあり、ほんの少し苛立《いらだ》ちを覚えた。

いいわ、聞いて驚かないことね！

「かなりキツイわよ」

「いや、大丈夫だと思う」

「甘くみないで、絶対精神にくるから」

「……一体、なんなんだ」

彼が促すので、答えようとするのだが……いざ口に出すとなると、ソフィアはドキドキしてきた。

だけど言うわ！　ソフィアは頬を真っ赤に染め、キュッと目を閉じて訴えた。

「ノア――私の首にキスして！」

「…………………」

ノアが遠い目になった。

＊　＊　＊

案の定、ノアが乗り気ではなさそうなので、ソフィアは一生懸命彼に説明しなければならなかった。

「あなたがキュンとさせてくれないと、私は魔法を使えないでしょう？」

「……ああ、それで？」

「あなたが私のロックを外してくれれば、聖魔法を使えるようになるから、手に持っているこのイエローパールに浄化の力を込められると思う。やりすぎてイエローパール自体を壊してしまわないよう、

力の加減は気をつける」

「そうだな」

「もう少ししたら、氷龍は1の黄水晶からせり上がって来る――私、そこに向けて浄化したイエローパールを投げるわ。氷龍はイエローパールが飛んで来たら、反射的に口に入れるはず。だってそういう習性があるから」

ソフィアは『我ながらクレバーな作戦だわ』と心の中で自画自賛した。どう――イケそうじゃない？

イエローパールに血を塗ったほうが力は強まりそうだけれど、ノアがどうしてもだめだというから、それは諦める。けれどどちらにせよ、手の中にグッと握りしめた状態で胸をトキめかせれば、かなり強い魔力を込められると思う。

賛同を得られると思ったのに、ノアはどうしても首にキスするのが嫌なようで、慎重に尋ねてくる。

「なぜ首なんだ？」

「だって私、首が弱点だから」

ソフィアがさらに頬を赤らめるのを眺めおろし、ノアが気だるげに瞳を細める。

あら……何かものすごーく怒っている？　そんなに首にキスするのが嫌なの？

まあそれは嫌か……気持ち悪いよね……。

「誰かにされたのか？」

「え？」

「過去、誰かが君の首にキスをしたのか――と尋ねている」

一言一句、はっきりと聞き取れるほど、ノアの語調がキツい。

「ええと……」

「ソフィア」

「侍女のルースに首をくすぐられて、ゾクゾクして泣いちゃったことがある……」

わーん、恥ずかしい……！　ソフィアが半ベソで白状すると、ノアが急に態度を軟化させた。

「なんだ、そうか」

「ノア？」

「けれどまあ……これからはルースにも触れさせるな」

ノアの大きな手のひらがソフィアの腰に回る。

抱き寄せられ、ふたりの距離が一気に縮まった。

至近距離に、サファイアよりも濃いブルー……今のダークモードなノアはアダルトな香り。

「ノア……首にキスさせて、ごめんね？」

ソフィアがおずおずと詫《わ》びると、ノアの視線がさらに艶っぽくなる。

「馬鹿……役得だ」

彼がかがみ込み、ソフィアの首筋に唇を這《は》わせた。

＊＊＊

ソフィアはヤケドしそうだと思った——……触れられたところが熱い。

「ん……んんん……！」

きゃあ、位置を少しずつ変えて、キスを続けないでぇ！

視界がゴールドに染まる。脳が爆発しそうだった。

「――ソフィア、来るぞ。五秒後だ」

彼がキスをやめ、氷龍が出て来るポイントを流し見る。

ソフィアは頷いてみせたあと、足首をサッと振り、華奢《きゃしゃ》な靴をポイポイと脱ぎ捨てた。

「いける」

確信がある――私はできる！

ソフィアはゆったりした動作で両腕を持ち上げた。しなやかな動きだ。背筋を伸ばして胸を張り、少し腰をひねって片足を上げる。無駄な力が抜けているのに、体の軸はしっかり定まっていた。

彼女の手の中には生まれ変わった輝かしいイエローパールが。

ノアは邪魔にならないようソフィアから離れながら、『美しいフォームだな』と感心していた。この世界では見たことのない動きだ。

ソフィアは昔、この投球フォームをルースから習った。ルースは「これがオーバースローです――王道中の王道。お嬢様は運動神経がよろしいので、女子だけど百四十キロ出せるかも」と言っていた。

確かにソフィアは運動神経が良い。

右の軸足に置いていた体重を滑らかに移動させていく――大きく前に踏み出した左足へと。

右投げ――肘が美しくしなる。

「いくわよ、ソフィアスペシャル――!!」

指先に魔力が宿り、スナップの瞬間すべてがイエローパールに乗っかった。

ドシュン――目にもとまらぬ速さでイエローパールが一直線に飛ぶ。空気を切り裂き、光の尾を引きながら。

黄水晶の床からせり上がってきた氷龍は、鎌首をもたげてカッと口を開けた。背をうねらせ前進し、貪欲にイエローパールめがけて食らいつく。

ノアが前面に防御氷壁を張り巡らせた。

ガツッ……硬質な音が響き、氷龍がイエローパールを噛《か》んだらしい。その瞬間、閃光《せんこう》が弾けた。

分厚い防御氷壁が一瞬で消え去るが、ノアは膨大な魔力を押し出して氷壁を作り続ける。

もう一度大きな爆発が起こり、氷壁の向こうで花火のように華やかに散った――その瞬間、邪気が消し飛んだのが分かった。

光の残滓が消えゆき、やがて静かになった。

＊＊＊

――氷龍の脅威が消え去ったあと、ソフィアにとってつらい別れがあった。

リーソンは良い同僚だった。けれど彼が規則をいくつも破ったことは事実だ。

閉鎖された氷室に入り込み、呪いのイエローパールを作成して、それを持ち出した。

氷室に足を踏み入れる危険性を理解していなかったとしても、皇宮の設備を私的に使用したという事実だけで十分に解雇理由になる。解雇どころかもっと重い罪を科されても不思議はなかった。

けれどノアは本件を表沙汰にできない。表沙汰にできないから、公的に裁けないのが難しい。

なぜ表沙汰にできないかというと、そもそも『中庭下に氷室があった』という事実が大問題なのである。『今は誰も知らない大昔のこと』ならば、皇帝が何も知らなかったとしても仕方がないだろう。けれど本件に関しては、近年まで『氷室管理人』というものが存在して、皇宮施設を独自のルールで運用していたのだ。ノアが皇帝になる前のこと――それはそうなのだが、とはいえやはり、数百年前の話ではなく二十年前の話となれば、最近すぎる。『少し前まで氷室管理人が存在した』という事実すら知らなかったとなると、トップダウンが機能していなかったことになり、統率力を疑われる。政治的な問題になりかねない。

ノアは氷室の情報が上がってこなかった理由として、「先代の負の遺産」と語っていた。

以前も感じたけれど、やはり亡父と折り合いが悪かったのだろうか……それを聞いたソフィアは胸を痛めた。自分も両親から愛をもらえなかったから、ノアの境遇には共感を覚える。

そんな訳で今回の件は表沙汰にはできないけれど、リーソンはお咎《とが》めなしというわけにもいかない。

そこでノアが側近のイーノクに尋ねた――「私が決めてもいいが、どうする？」

イーノクは「私がやります」と答えた。そもそも今回の件は、イーノクがリーソンに不適切な態度を取ったことから始まっている。

初めにイーノクは殊勝な態度でリーソンに謝った。

試験官として結果を伝える際、不適切な言動があり、申し訳なかった――イーノクが心から悔いているのが伝わったようで、リーソンは驚いていた。

イーノクは自分のあやまちを認めたけれど、だからといってリーソンを無罪放免にはしなかった。

皇宮の仕事は解雇、紹介状は書けない、本件は口外無用、魔法効力つきの秘密保持契約書にサインしてもらう、そして王都からなるべく離れた場所でやり直すこと――イーノクが告げた条件は以上だ。

氷室自体はノアが氷結して厳重に封印したので、ふたたびリーソンに魔が差すことがあっても、二度とあそこには入れない。生物呪具の二枚貝もノアが氷結させた。もう安心だけれど、それでもリーソンはやはり皇宮追放になる。

リーソンは意外と冷静に見えた。もしかするとまだ実感がなく、後日ものすごく落ち込むのかもしれないけれど。

リーソンはごねることもなく、「温情に感謝します」と丁寧に頭を下げた。

そして最後にソフィアに話しかけた。

「……がっかりさせちゃったよね。ソフィアさんにとって、良い先輩でいたかった。ごめん」

こんな時、どう言葉をかけたらいいのだろう……ソフィアには正解が分からない。

リーソンはいけないことをした。けれど過去、彼がソフィアに仕事を教えてくれた事実は消えない。

「リーソン、仕事を教えてくれてありがとう。私にとって、あなたは親切で良い先輩だったわ」

「……………くそ、僕は馬鹿だ。自分で全部だめにした」

「明日がある」

「ソフィアさん」

「今日で終わりじゃない。道が行き止まりになったら、別のルートを進めばいいじゃない？」

それを聞き、リーソンが泣き笑いになる。

「そうだね……なんとか踏ん張って、やり直すとするよ」

ソフィアは少し考え、イーノクのほうに視線を転じた。

リーソンがここから去ってしまうから、彼のために同僚として、イーノクに仕返ししてやろう。

「イーノクさん、あなたの目は節穴だったわ」

ソフィアがそう言うと、イーノクが呆気《あっけ》に取られた顔でこちらを見返してきた。

「どういう意味だ？」

「あなたは試験の際、リーソンに突出した点が何もないと評価したのでしょう？　けれど違った——あなたはリーソンにまんまと出し抜かれた。リーソンはあなたの意表を突いたのよ」

言いたいことを言い終えてソフィアが綺麗《きれい》に口角を上げると、イーノクの肩が数センチばかりガクリと落ちた。彼の顔はげんなりしきっていて、まるで苦虫を噛み潰したかのようだ。

ソフィアに援護され、リーソンはものすごく驚いていたのだが……やがて何かを噛みしめるようにそっと俯《うつむ》き、しばらく顔を上げなかった。

＊　＊　＊

その後間もなくして、ソフィアは皇宮に移り住むことになった。

なぜこんなことになったのか、ソフィアにもよく分からない。

確かにもともとノアからは「皇宮に住んで恋人のフリをしてくれ」と頼まれてはいた。けれどイエローパール絡みの大きな問題に片がついたことで、ソフィア的には彼と交わしたその約束がリセットされたように錯覚していたのだ。『差し迫った脅威がなくなったんだもの——そうなると別に皇宮に

転居する必要もないかもね？』というふうに。

けれどノアの見解は違ったようだ。彼の行動は迅速だった。

おそらくノアはソフィアのそういう呑気《のんき》なところを見抜いていたのだろう――彼女の注意が逸《そ》れる前に説得にかかった。「イエローパールの件と、俺の魔力過多の件は別だからな。君は皇宮に住む必要がある」と。

無関心・無執着・冷酷――それゆえ人から「氷帝」と呼ばれている彼であるが、なぜかソフィアの前ではその属性を失ってしまうようである。ソフィア自身も把握できていないであろう、彼女の心の機微を察知して、寄り添い甘やかし囲い込む。

ソフィアはソフィアで彼に懇願されると滅法弱い。

美しいサファイアの瞳に見つめられるだけで、なんだか頭がぽーっとしてきて、なんでもしてあげたくなるのだ。

……だって彼、とっても優しい目で私を見るんだもの。これじゃほだされちゃうわ。こんなに丁重に頼んでくるなんて、彼、魔力過多の件でよほど困っているのね……。

それでいざ転居の話が進めば、滞在する部屋がまた問題というか、なぜかノアの自室に近い、大層立派な居室をあてがわれてしまい。

これではルースが以前話してくれた『氷帝に付き纏《まと》って独占しようとする、我儘な悪役令嬢』そのものではないか――ソフィアは『こんなんじゃ、だめだめ』と自分に言い聞かせた。彼に任せているとすっごく心地良い状態に持っていってくれるけど、私がそれにストップをかけるわ！　だって現実のソフィア・ブラックトンは悪役令嬢ではないのですから！

「ノア、私、寝泊まりするのは普通の客室でいいわ」

頑張って主張はしてみたのよ。

だけど彼から、

「君に相応《ふさわ》しい部屋を用意したのだが、嫌だったか？」

陽だまりを思わせる穏やかな瞳でじっと見おろされると、「んー……」「でも……」「あー……」途端にしどろもどろになり。結局数秒後には「まぁいいか」と流されてしまう。

そして皇宮に移り住んでからもずっとこんな感じで、ノアに押し切られることの繰り返し。

彼の誘惑はしりぞけるのが困難。

「ソフィア、一緒にディナーを」とか。

「朝食はテラスでとろう」とか。

「薔薇《ばら》の香りがするお茶を君のために用意した」とか。

「本を読むなら、場所は私の執務室でもいいだろう？　座り心地の良い椅子を用意しておく。君のお気に入りのクッションも」とか。

「庭園で咲き誇る花々が君を待っている――お手をどうぞ、レディ」とか。

驚いたことに、これらすべての誘いにソフィアは「イエス」と答えていた。しかも嫌々な「イエス」ではない――にこにこの「イエス」だ。

「ねぇノア――私の演技はどう？　恋人のフリは完璧かしら？」

庭園を散策しながらソフィアが可愛く尋ねると、ノアは物柔らかに彼女を見つめ返し、

「君が完璧でなかったことは、ただの一度もない」

と答えるのだった。

＊＊＊

――さて、ソフィアの皇宮生活もだいぶ落ち着いた頃。

皇宮主催の『春の訪れを祝う会』が開かれた。これは大規模なガーデンパーティーで、おもだった貴族が参加する公式行事である。

すでに皇宮に転居しているソフィアは会場が近いがゆえに油断してしまい、開始時間になっても支度を終えることができなかった。

とはいえまぁ、女性の身支度に時間がかかるというのは、上流社会では共通認識になっている。だから遅れて参加したとしても、それで誰かに咎められるようなことはない。むしろ逆に、前のめりで時間より早くやって来るほうが『変わっている』と眉を顰《ひそ》められることもあるくらいだ。

ただし今回ソフィアは陛下の『恋人』として出席するわけなので、ふたりの関係性を周知する意味合いもあるわけだから、時間ぴったりに参加することが望ましかった。

そのためノアは彼女をエスコートするつもりでソフィアの自室を訪ねた。しかし彼はまさかの門前払いを食らってしまう。

一応、扉口まで出て来てくれたソフィアが、細く開けたドアの隙間から、

「ノア！　無理！　先に行って！」

と告げて、バタンと扉を閉めてしまったのだ。

これに彼は一瞬額を押さえたものの、『まぁソフィアだから仕方ないか』と気持ちを切り替えて、単身会場に向かった。

＊＊＊

実のところ侍女のルースは貴族階級に属している。

彼女はもともとここガーランド帝国の出身で、子爵家の長女として生を受けた。

普通ならば貴族令嬢は年頃になると結婚して、実家を出る。ところがルースの場合は二十歳を越えても一向に縁談が纏まらなかった。一年、また一年――……いたずらに年月だけが過ぎ去り、周囲からの風当たりはどんどん強くなる。やがてルースは実家で厄介者扱いされることにも嫌気がさして、外国のマルツに渡ることに決めた。

それは何年も前、彼女が三十歳をいくつか過ぎてからのことである。

その後マルツで暮らし始めたルースはお嬢様と出会い、仕え始める。

そしてなんの因果か、こうしてふたたび自国へと戻って来た。そのためルースも出自的に『春の訪れを祝う会』への参加権を有しているのだった。

先日、お嬢様から、

「ねぇ、ルースも一緒に出ましょうよぉ！」

と誘われ、普段のルースならばこんな誘いには絶対に乗らないのだが、ここでちょっとした欲が出た。

……礼装した氷帝と、悪役令嬢ソフィア・ブラックトンのツーショットか……。

どんな感じになるのかしらね？　しかもあの氷帝がまさかの甘々モードなわけでしょう？　ゲームでの氷帝の冷ややかさを知っているからこそ、お嬢様を甘く見つめる彼にはゾクゾクする。しかも今日はふたりとも着飾っているわけだものね。

あー……見たい。強烈に見たい。

なぜこんなに欲望を駆り立てられるかというと、先日、氷帝の笑顔をこの目で見てしまったせいだ。

——彼はお嬢様と一緒にいると、平素と違う顔を見せる。

ガーデンパーティーではさらにすごいものが見られるかもよ？　一度その考えに囚《とら》われてしまうと、頭にこびりついて離れなくなってしまった。

そんな訳で、鋼の意志を持つはずのルースがとうとう欲望に負け、

「……分かりました。出席します」

と答えていた。

ルースとしては悪魔に魂を売り渡したような心地であったが、それでも彼女は後悔していなかった。

氷帝のあのとろけるような笑みが見られるのならば、どんな責め苦にも耐えられる。それがファン心理というものだ。これは恋愛感情ではない。ルースからいわせれば自分のこの感情は、恋なんてものを凌駕《りょうが》した、もっと尊いものなのである。

そして本日。

ルースはルースで相応しい格好をする必要があったために、お嬢様の身支度を取り仕切ることができなかった。そんなこともあり時間が押しに押していた。

――いや、皇宮の侍女たちは皆優秀ではあるのだ。

しかしいかんせん、お嬢様の取り扱い方法がよく分かっていない。お嬢様はビシバシ厳しめに接するくらいでちょうどいいのだ。彼女の能天気なお喋《しゃべ》りに付き合っていると、こんなふうに遅れが出てしまう。

先に自分の支度を終えたルースは、ようやくお嬢様の支度を手伝うことができた。のらりくらりとしているソフィアのかじ取りをルースがスパルタ方式で引き受けたため、その後はスムーズに進んだ。

こうして見事にドレスアップしたお嬢様に付き従い、ルースは庭園に出て行った。

あとは麗しい氷帝とお嬢様のツーショットを目に焼きつけ、ふたりのラブラブドキドキな触れ合いをそっと見守ることにするわ……つい頬が緩むルース。

ところが想定外の事態が起こる。

ガーデンパーティーに合流したふたりは、氷帝ノア・レヴァントがゲームヒロインであるマギー・ヘイズと抱き合っているのを目撃することとなったのだ。

＊＊＊

――さて、時は少し巻き戻る。

聖女マギーは数週間前から皇宮資料室で仕事を始めた。そして勤務早々オーベール女史から依頼され、陛下の執務室に本を届けたことがあった。

初めて陛下に対面した際、マギーは彼の放つオーラにただただ圧倒された。

──高貴で神秘的！　ああ、なんてすごいのかしら、彼は特別だわ！

そしてたぶん重大な問題を抱えてもいるわね……マギーの勘がそう告げる。注意深く眺めてみると、彼の周囲を黒い靄のようなものが取り囲んでいるようにも感じられた。

そこでマギーは、

「窓を開けて、部屋の中に風を入れるとよろしいですよ」

とアドバイスしてみた。にっこりと微笑《ほほえ》みながら。

マギーとしては陛下に話しかけたつもりだったのだが、なぜか室内にいた側近のイーノクという男性がグイグイ進み出て来て、

「はいはい、どうも」

とぞんざいにあしらい、マギーを部屋から追い出してしまった。

陛下はほんの一瞬こちらを眺めただけで、すぐに視線を逸らした。それは『音がしたからそちらを見ただけ』というような、情緒の欠片《かけら》もない、ただの反応にすぎなかった。

マギーは皇宮資料室へと引き返しながら、

「陛下のために、何かできることがあるはず」

呟きを漏らし、考えを巡らせた。

昔から自分はガッツだけはある。冷たくされても、へこたれない。陛下に好かれたいとかではなく、彼の力になりたいのよ──ただ自分がそうしたいから、損得抜きに行動するの！

──しかしそれ以降、マギーが陛下に接触する機会はなかった。『陛下の執務室に本を届け、しかも体調まで気遣った』という実績があるので、上司であるオーベール女史から同様の依頼が続くもの

と思い込んでいたのだが、当てが外れた。

次はいつ陛下の執務室に呼ばれるのかしら……そんなことを考えながら何日も過ごした。

ある日、回廊を歩いていたマギーは中庭のほうに目を遣《や》り、小首を傾げた。

木陰でランチを食べているあの青年――見覚えがある。

確か彼は私と同じ、皇宮資料室所属じゃなかったかしら？　名前はリーソン……だったかな？　あちらは格上の一課で、こちらは格下の三課所属なので、直接話したことはないけれど。

リーソンは薄いペラペラのパンを、顔をしかめながら口に運んでいる。

なんとなく眺めていると、彼のそばをアマンダという名前の、これまた一課所属の女性が通りかかった。陰で皆から『蛇女《メデューサ》』と呼ばれている女性だ。スタイルの良い美人だけれど、とにかく性格がキツイことで有名。

「ふっ……何それ豚のエサ？　みじめ」

アマンダが小馬鹿にした口調で嘲笑し、カッとなったリーソンが薄いペラペラのパンを握り締めてベンチから立ち上がる。

「君ってほんと嫌な女だな！」

ふたりはそのまま喧嘩しながら去って行き――……。

でも、あら……？　マギーは目を凝らした。リーソンはよほど慌てていたようで、ベンチに本を置き忘れている。

マギーは「ちょっと、あの！」と回廊から声をかけたのだが、リーソンたちはどんどん遠ざかり、しかも喧嘩に集中していて呼びかけに気づかない。

そこでマギーは回廊から中庭に出て、ベンチに歩み寄った。

「高そうな本……」

黒革の装丁で、赤い飾りラインがあざやかに入っている。

本を開くと、赤色顔料で薔薇の紋章印が押されていた。これは『皇宮資料室所蔵の本』であることを示している。ということは……リーソンはこの本をあとで皇宮資料室に戻すつもりだったのかしら？　どこかの部署から貸し出しを依頼されて持ち歩いていたのなら、運搬途中でランチを食べ始めたりしないものね……？

だけど、うーん……なんだろう……この本、何かが気になる。

理由はよく分からない。だけどこれ、くわしく調べてみたほうがいいかもしれない。

マギーはおそるべき野生の勘を発揮し、その本から怪しい気配を嗅ぎ取ったのだった。

回収した本を持って移動している途中で、同僚のエスターに出くわした。階段の踊り場で人目がないこともあり、マギーはついはしゃいで恋バナを始めてしまう。

——実はつい先日、マギーは大枚《たいまい》をはたいて『ある人物の肖像画』を購入したばかりだった。お喋り相手のエスターもそれは知っているので、自然とその話題になる。

高額極まりないその肖像画には、一体何が描かれていたのか？

——それは『氷帝の微笑み』である。

現実の氷帝は笑わないからこそ、氷帝——けれどその肖像画には、陽だまりを思わせる淡い笑みを浮かべた氷帝が描かれている。

筆致は繊細で鮮烈、驚くほど出来が良い。大きさもまたちょうど良く、十五センチ四方の小ぶりな

ものなので、引き出しに入れておいてこっそり好きな時に眺められる。

世に出回っている数は極端に少なく、手に入れるのは至難の業だ。仲介業者があいだに入っていて画家の正体が不明なので、頼み込んで新たに描いてもらうのも不可能。マギーも入手する際は非常に苦労した——聖女という立場を使って、やっとそのひとつを手に入れることができたのだ。

「陛下はね、私だけに微笑みかけてくれるの！　尊い！」

マギーは甲高い声で叫び、身をよじった。ファン心理が爆発しているので、興奮度ＭＡＸである。今現在その絵を眺めているわけでもなく、何時間も前に見た記憶でこれだけ興奮できるのだから、恋する乙女のパワーはすさまじい。

「私、このあいだ彼にリンゴをむいて差し上げたのよ——ねぇこれってもう夫婦よね？　エスター、あなたどう思う？」

マギーはその絵画をほとんど聖画扱いしており、リンゴをむいて奉献したこともあった——そしてそれをエスターに聞いてほしくて仕方ない。なぜこの話をしたくてたまらないのかというと、理屈ではなく、ただシンプルに言いたいから——好きなものを語っている時、本人はものすごくハッピーになれるので、相手にどう思われようがとにかく言いたい。

一方、聞き手のエスターは冷静で、「声が大きくない？」とやんわり注意をした。

エスターはこんなふうにいつも落ち着いていて、態度が淡々としている。俗世間にあまり興味がないようだ。というのもエスター本人は上位魔力保持者で超優秀、上司のオーベール女史からも気に入られているのに、「実家が三流貴族の私は、気楽な三課所属がちょうどいい」と言い張って、一課への昇進を断り続けているというのだから。

マギーはエスターの考えが理解できない。だってもしも私に一課昇進の話が舞い込んだなら、ノリノリでOKするもの！

「あ、そういえば」エスターがふと思い出して告げる。「オーベール女史があなたを探していたわよ。陛下の執務室にまた本を運んでほしいんですって」

「え、行く行く！　すぐ行く！」

マギーは瞳を輝かせた。やった――もう呼ばれないかと思っていた！　神様、ありがとう！

陛下の部屋に向かうことで頭がいっぱいになり、マギーは対面のエスターに、抱えていた黒革の本を押しつけた。

「ごめん、これ皇宮資料室の棚に戻しておいて！」

「え？　ちょっと――」

「お願い、今度ランチをおごるから！」

こうしてリーソンが先ほどベンチに置き忘れていった黒赤の本は、マギーから同僚のエスターに、そして皇宮資料室の書棚へと移動することになった。

そしてそれを後日ソフィアと氷帝が発見することになろうとは、この時のマギーは夢にも思っていなかったのである。

――このあとマギーはオーベール女史の指示に従い、意気揚々と陛下の執務室へ向かった。これで彼と会うのは二度目だわ、うふ♡

二度目に本を運んだこの時、陛下がブローチを着けていないことに気づいた。前回彼は、蝶《ちょう》の羽のようなブローチを着けていたはずだけど……どうして今日はしていないの？

「あの……」

思い切って陛下に話しかけようとしたら、またイーノクの邪魔が入る。

「はいはい分かった分かった」

――ああもう、一体何が分かったっていうのよ！　私まだ「あの……」しか言ってないんですけど！　なんなの、この人！

前室まで押し出され、そこでイーノクとふたりきりになったので、仕方なく彼に申し出てみる。

「以前陛下が着けていたブローチが気になっています。あのアイテム、問題を抱えていますよね？　私なら浄化できるかもしれません」

「なるほど……しかしあれは貸し出せない」

「そんな、そこをなんとか！　私、皆さんご存知のマギー・ヘイズです！」

どうぞよろしく！

「知っとるわ」

「浄化の聖女ですよ！」

「分かった分かった、じゃあそうだな――同じようなものが六つある。過去、陛下が使用していたものだ。それを渡すから、もう帰ってくれ」

それはセールスを追い返すがごとくの投げやりな台詞にも感じられたが、マギーは気にしないことにした。物事というのは結果が大事だ。こうして粘ったことで、陛下にまつわる重要な六つのアクセサリーを預かる流れになったのだから、満足すべきだろう。

資料室に戻り、オーベール女史に、

「陛下の私物を浄化するという、重要なミッションを遂行せねばなりません。そのため仕事をしばらく休みたいのですが」

と告げると、あっさりと了承された。

その後何日も教会に通い、ひたすら祈りを捧《ささ》げ、とうとうマギーはやり遂げた。

アクセサリーに使用されている石が、『漆黒』から『薄いグレー』に変わったのだ。

汗だくになりながらマギーは歓喜に打ち震えた――ああ、できたわ！　私、浄化に成功した！　神様、ありがとうございます！　マギー・ヘイズ――私は平和を愛する聖女、マギー・ヘイズです！

今後もどうぞごひいきに！

ルンルン♪

得意満面でふたたび資料室勤務に戻ろうとしたマギー……ところがここで想定外の事態に。

ムキムキマッチョなオーベール女史から、

「あなたが担当していた仕事は、すでに別の方が引き継いでいます。もうあなたは結構――聖女のお務めに集中なさい」

とショックなことを言われてしまったのだ。

「え！　私の仕事を誰が引き継いだのですか？」

「名前を聞いてどうするのです？」

「だって……その方は陛下の執務室に本を運ぶわけですよね？」

「そうですね」

「陛下は難しい方だと思いますわ。普通の人ではこの仕事は務まらないのでは？」

「普通の人というのは、たとえば、あなたのような人のことですか？」

マギーはびっくりした。他人から「非凡」と評されたことは多々あれど、「普通」と言われたことはこれまで一度もなかったからだ。

そこで両腕をむん！と持ち上げ、力こぶを作ってみせながら、冗談めかしてこう返した。

「私、元気だけはあるんです！元気は普通以上！そして突き抜けて能天気！マイペース！ちょっと天然です、てへ！それが私の取り柄です！」

「ああ、そう……」なぜかいたたまれない様子のオーベール女史。「でもわたくし、あなたの上位互換をもう知ってしまったから……」

「私の上位互換なんて、存在しませんよ！」

「いいえ、世界は広いのよ、マギーさん――相手が空に浮かぶ雲だとすると、あなたはせいぜいタンポポの綿毛程度」

「ひどい！」

「これでも手加減して表現したのですけれどね」

「もう、とにかく――後任の名前を教えてくださいな！でないと納得できません！」

「ソフィア・ブラックトンさんです。あなたとは課が違いますけれど」

課が違う人に仕事を奪われたとしても、それについては文句を言うべきではない――各人への仕事の割り振りは、オーベール女史に権限があるからだ。とはいえ気になるものは気になるわけで……。

「ソフィアさん……どういう方です？」

「どういう方？」

オーベール女史の顔が盛大にしかめられる。まるで世紀の難問を突きつけられたかのような表情だった。

「あー……わたくしの語彙力《ごいりょく》では到底説明できません」

「は？」

「この会話、本当に時間の無駄だわ。いいこと、あなた――後任にヤキモチを焼くのはおやめなさいね」

「私、ヤキモチなんて……」

「とにかく、資料室にあなたの席はもうありません。さようなら」

――バタン！　鼻先で扉を閉められ、マギーは資料室をクビになった。

――というようなことが過去にあり、マギーは浄化した（正確には五十パーセントほど浄化できた）六つのアクセサリーを持ったまま、陛下とふたたび相まみえるチャンスを待ち望んでいたのである。

＊＊＊

後見人であるホルト伯爵に連れられ、『春の訪れを祝う会』に出席したマギー。

陛下へ挨拶する人の列に並び、マギーは着飾った自身の姿をもう一度見おろした。

――うん、いいわ！　ばっちり！

レモンイエローのドレスは自分に似合っていると思う。瑞々《みずみず》しくて、とても素敵だ。

陛下は以前顔を合わせた時のことを、覚えていらっしゃるかしら……？　マギーは心臓がドキドキしてきた。マギーが本を持っていった際に、「窓を開けて、部屋の中に風を入れるとよろしいですよ」とアドバイスしてあげた、あの件――あとになってから彼は、『あの子は一体、誰なのだろう？　気になる』と何度も思い返したりしたかしら？

前の人が終わり、マギーの番が来た。

ホルト伯爵が挨拶し、マギーのことも紹介してくれる。ここで何か私的な言葉をかけてもらえるものと期待していたのに、陛下から告げられたのは通り一遍のありふれたもので……。

マギーは思わず彼のほうに一歩踏み出していた。

「あの、陛下――お預かりしているアクセサリーの件で、ちょっと」

たくさんお話ししたい！　早く言わないと！　気持ちばかりが焦って、足を捻《ひね》ってしまう。慣れないヒールを履いていたせいもあるだろう。

陛下は紳士なので、当然、マギーが転ばぬよう手を伸ばして支えてくれた。しかしそれは必要最低限の気遣いでしかなかった。それゆえ『さらにもっと』を期待していたマギーには少し物足りなく感じられた。

もしかするとその『少し物足りない』が、無意識のうちに表に出てしまったのだろうか……不可解にもマギーの足の関節がさらにグニャリと曲がり、上半身を支えきれなくなる。その結果、マギーはみっともなく彼のほうにしなだれかかってしまった。

――その後のことは、あっという間の出来事だった。

マギーは横手から強い力で引っ張られ、気づいた時には毅然《きぜん》とした女性騎士に抱え込まれていた。

それは介助というよりも、拘束に近いものだった。唐突な動きで陛下に接近したので、不審人物と勘違いされ引き離されたのだ……マギーは一拍遅れてその事実に気づいた。

そしてこの状況に激しく狼狽し――言い訳しなければ！　とすぐに思った。こんなことで彼に勘違いされたくないわ。私は見事に浄化を成功させたのだ。彼にちゃんとそれを伝えないと――。

陛下のほうを見ると、彼はすでにマギーから視線を外していた。微かに眉根を寄せ、どこか遠くを眺めている。

超然としている陛下しか知らなかったので、この時の彼の横顔を見てマギーは驚いた。

一体何を見ているのだろう？　陛下の佇まいには、衝動めいた何かが滲み出ている。

「陛――」

「マギー」ホルト伯爵から叱責の声が飛んで来た。「さぁ、ほら、下がるぞ。こんな無礼な振る舞いは許されない。立場をわきまえなさい」

マギーはハッとして体を縮こませた。

いつも温厚で、マギーのことを優しく見守ってくれていたホルト伯爵から厳しく叱られたことで、自分が先ほどしでかしたあれやこれやが、なんだかものすごく恥ずかしくなってきた。

＊　＊　＊

「……ヒロインのマギー・ヘイズだわ」

かたわらで侍女のルースがそんな呟きを漏らしたのが、ソフィアの耳に届いた。

視線の先──五十メートルほど離れた場所で、ノアが可愛らしい令嬢の体を抱き留めている。よろけた彼女を支えてあげたようだ。

その光景を見たソフィアの足が止まる。

「あの……お嬢様？」

ルースが心配して声をかけるが、反応がない。

ソフィアの表情は特に何を訴えているでもなかった。傷ついているようでも、怒っているようでもない。ただ少しまごついているように見えた。

「大丈夫ですか？」

ふたたび声をかけると、ソフィアがやっとルースのほうに顔を向けた。

「私、今……お腹《なか》の上のあたりがキュウッとした」

「そうですか」

「これって、胃もたれ？」

「あのね、お嬢様」ルースはため息を吐《つ》く。「ご自分でも分かっていらっしゃるのでは？」

「……ノアが女の子と抱き合ってるぅ」

「嫌ですか？」

「ええ」ソフィアが可愛く眉尻を下げる。「でも、嫌だと思うなんて、変よね？」

「どうしてですか？」

「だって私たちは恋人同士のフリをしているだけで、それはただの演技だから」

「たとえそれが演技で、契約だとしても、お嬢様が心の中でどう感じるかは別の話では？」

「そっかぁ」

「そうですよ」

「んー……」

ソフィアは少し混乱しているようだった。少したってから口を開く。

「あのね、ルース――私以前、マギーさんがお友達に話しているのを聞いちゃったの。彼女、『陛下は私だけに微笑みかけてくれるの』って言っていたわ」

「え、それ本当ですか？　いつの間にふたりはそんなに親しく……」

訝《いぶか》しげに眉根を寄せるルースを見つめ、ソフィアが続ける。

「あと『このあいだ彼にリンゴをむいて差し上げた』とも言ってたかな……それってずいぶん仲良しよね？」

「ええ？　そこまでいくと絶対嘘ですよ、だって」

喋っている途中で、勘の良いルースはあることに気づく――あ、まさか？

「――お嬢様、それたぶん『絵』です」

「どういう意味？」

「私は趣味で絵を描くのですが……結構前にその話をしたのを覚えていますか？」

以前お嬢様に向かって、「テオドール・カーヴァーと縁切りしたいなら、皇宮資料室で仕事をすべきです」とアドバイスをしたことがあった。

熱を込めて話していたら、お嬢様から指摘を受けたのだ――「だけどルースあなた、手首に赤と黄色のシミがついているわよ？　自分の手元の汚れも見えていない人が、私の未来を本当に見通せるの

かしらね？」と。その際に、「これは趣味で絵を描くので、絵の具がついただけです」とルースは言い訳したのだが……それをお嬢様は覚えているだろうか。

ソフィアは小首を傾げてから、こくりと頷いた。

「あなたの手首に絵の具がついていた、あの時ね？」

「そうです。私は乙女ゲーム――ええとつまり『未来視』の力を使って、陛下の笑顔を見たことがありました。実際にお嬢様が陛下から笑顔を引き出すよりも、ずっと前のことです。その記憶をもとに絵を描き、数人の顧客に売りつけたのですが……確か顧客名簿にマギー・ヘイズの名前があったはず」

ルースは仲介業者を通して絵を売り、その業者に顧客名簿を提出させた。そのため買い手であるマギー・ヘイズはこちらの素性を知らないが、ルースのほうは『どこの誰が買ったか』をしっかり把握しているのだ。

「あ、じゃあ――マギーさんはノアが微笑んでいる肖像画の話をしていたの？」

「そうだと思います。その際に彼女が言っていたという『彼にリンゴをむいて差し上げた』云々《うんぬん》は、絵の前にリンゴを置いた、ということでしょうね。要はおままごと」

「そっか……」

「お嬢様は可愛いですよ、とっても。会場にいるほかの誰より可愛い。だから自信を持ってください」

普段はまるで愛想のないルースが、しんみりした調子でそんな台詞を告げる。妹、あるいは、娘を前にしたのかのように、ソフィアを見つめながら。

けれどソフィアの元気はなかなか戻らず、浮かない顔だ。

やはり視覚から入ってきた情報の影響は大きく、ノアがマギーと抱き合っているのを見てしまったショックが尾を引いているのかもしれない。

ソフィアが小声で呟きを漏らす。

「でも私、前もお洒落《しゃれ》してパーティーに出席して、『ほかに愛する人がいる』って言われてしまったの」

「テオドール・カーヴァー？」

「そう……あんなのはもう、いやだな」

「お嬢様、不吉ですよ。やつの話題を出すのは、おやめください」

「どうして？」

「また現れたらどうするんです？　キモイですよ」

「確かにそうね」

「資料室で氷壁に足を挟まれて以来、姿を消しているのでしょう？」

「足の治療のため、温泉地に行っちゃったんだって――ノアが『これじゃ話をつけられない』ってちょっとイラッとしていた」

「え、陛下がイラッとしていたのですか？」

「そうなの」

「それはたいしたもんですね」

ルースが感心した様子でそんなことを言うので、ソフィアは小首を傾げてしまう。

「どうして？」

「陛下が心を乱すのは、お嬢様に関係することだけだからです」

「そうかしら？」

「そうですよ」

「……そうかしら」

ソフィアが頬を染め、可愛く微笑む。

「さぁ、それじゃあ陛下のところに行きましょうね」

ルースがそう促した、その時。

「――ソフィア・ブラックトォン！　お前に話がある！」

「うわ、出た」

激しい動きで登場したのは、今話題に上がったばかりのテオドール・カーヴァーだ。

彼に行く手を遮られ、ルースは嘔吐《おうと》しそうな顔つきになった。

ソフィアのほうは目を丸くしてすっかり固まっている。実はソフィア――「胸を揉《も》んでやる」などのいやらしい台詞に免疫がなく、それを躊躇《ちゅうちょ》なく繰り出してくるテオドールに対して、トラウマレベルの強い苦手意識を持っていたのだ。

わりと素直に「気持ち悪いよぉ」などと口にしているソフィアを見ていたルースは、『なんだかんだいってお嬢様なら、テオドールごとき軽くあしらえるだろう』と軽く考えていた。しかしそれはどうやら楽観視がすぎたらしい。

ソフィアの腕がカタカタと震え出したのに気づき、さすがのルースも焦りを覚えた。

「さぁ、ふたりきりになれる場所に移動するぞ！　先日の男娼《だんしょう》の件で、言い訳をするなら聞いてやろうじゃないか」

「……やだ、行きたくない」

拒絶するソフィアの声は小さかった。喉が強張《こわば》り、大きな声が出せなくなっている様子だ。

「ソフィアは俺から逃げられないぞ。結婚するしかないんだ」

「私が陛下と恋人同士になったこと、聞いていないの？」

「父上がそんなことを言っていたようだが、どうせ嘘だろう？」

「どうして嘘だと思うの？」

「陛下は理想が高い。君なんて相手にするものか――魔力もない出来損ないなのに。それにたとえ魔力があったとしても、ソフィアみたいに頭が空っぽな女のことを好きになるわけがないだろ？　君は顔と体しか取り柄がないんだからな」

罵られ、ソフィアの瞳がじわりと潤む。「頭が空っぽ」と誰かに言われても、普段なら笑い飛ばせた。だけど今は……ほかの女性と抱き合うノアを見てしまい、心がぐらついていた。

「……ノアはそういうことで判断しないもの」

そう弱々しく返すのがやっと。

「都合良く利用されているのに、頭が空っぽだから気づいていないんだな――いいからこちらに来い、ソフィア」

呆れたことに、テオドールは実力行使に出ようとしている。彼がソフィアの腕を取ろうと手を伸ばしたのを見て、ルースは慌てて割って入った。

ところがテオドールは赤い色を見た雄牛のように一直線――ルースという障害を払いのけ、さらにソフィアのほうへ近寄ろうとする。

「――ソフィア」

その声はテオドールが発したものではなかった。

迫り来るテオドールに怯《おび》えていたソフィアは、横手から優しく手を取られ、次の瞬間、温かいものに抱え込まれていた。感触だけでこの腕が誰のものか分かってしまうほどに、ソフィアにはすでに彼の存在が当たり前になっている。

「ノア」

あなたの名前を口にするだけで、心震え――……そして安心できる場所に帰りついたという気持ちになる。

ふと気づけば、ソフィアはノアの腕の中に。

そしてテオドールは少し離れた場所でたくさんの衛兵に取り押さえられていた。

＊＊＊

テオドールに突き飛ばされてよろけたルースは、真っ先に駆け寄って来たイーノクに体を支えられた。

お嬢様を助けないと――ルースがふたたびテオドールに立ち向かうべく前に出ようとしたところで、氷帝が現れソフィアを抱え込むのが見えた。

それでホッと息を吐く――……ああ、お嬢様はこれでもう安全だ……。

「ル、ルースさん、お怪我はないですか……！　ああ、大切な貴方《あなた》に何かあったら、私はどうかしてしまう……！」

イーノクがかたわらで何か言っているのだが、ルースはソフィアの身を案じていたので、内容は耳に入ってこなかった。

ああ……まったくなんというガーデンパーティーだろう。暴漢《テオドール》に襲われかけた可憐な悪役令嬢ソフィアを、氷帝が宝物のように護っている。

改めて考えてみると、やはり不可解だった。

結局ここは乙女ゲームの世界なのか、そうではないのか。

もしかするとそもそものきっかけは、こういうことだったのかもしれない――転生者はルース以外にも存在した――ふたつの世界に、互い違いに。

たとえばガーランド帝国から地球に転生した、Aさんという人がいたとする。そのAさんが『乙女ゲーム』という形で、前世ガーランド帝国の記憶を、地球でアウトップットした。Aさんが体験した世界では、ソフィア・ブラックトンはとんでもない悪女だった。

それを転生前のルースが地球でプレイ――そしてその記憶を残したまま、今度はAさんとは反対に、地球からガーランド帝国へ転生した。

そうすると一見時系列が合わないようでもある――普通に考えるなら、ルースはもっとあとの時代――氷帝や悪役令嬢が亡くなったあとに転生しないとおかしい。

けれどおそらく矛盾は出ないのだろう。

時間というものは必ずしも『過去から未来へ』というふうに、一方向に固定されているわけでもないと思われるからだ。

Ａさんとルースは互い違いに転生し、時間軸もねじれて前後した。

とはいえこの世界は、ルースがプレイしたことのある乙女ゲームとは三つの点で大きな違いがある。

——まずひとつ目は、テオドール・カーヴァーの性格。

攻略対象者の彼がなんであんなに阿呆《あほう》なのだろう？　性的にだらしなさすぎる。ゲームそのままなのは、外見だけ。

テオドールは今、衛兵に取り押さえられてみじめな姿を晒《さら》している。公衆の面前でこれだけの騒ぎを起こしたのだ——こうなってはもう、実父カーヴァー公爵は息子と縁を切るしかない。国外追放が妥当だろうか……家督は繰り下がり、次男が継ぐことになるかもしれないわね……。

カーヴァー公爵は息子への最後通牒《つうちょう》として「これ以上、ソフィア・ブラックトンにちょっかいを出すな。面倒を起こすな」と指示していたのに、それをまるきり無視してあれだけ大暴れしたわけだもの、どんなに温厚な親でも「もう出て行け、お前！」となるに違いない。

そうなるとテオドールの可愛い子猫ちゃんことゾーイ・テニソンは、これからどうなるのか……まぁそれは別にどうでもいいことだけれど。

——それから相違点のふたつ目は、皇宮資料室所属のリーソンがイーノクに恨みを抱いた点。

乙女ゲームではリーソンが陛下（というかイーノク）にイエローパールを送りつけるなんてシナリオはなかった……それなのに、なぜだろう？

リーソン本人の成績は変わっていないはずなので、乙女ゲーム世界でも同じように高位事務官試験

には落ち続けていたと思われる。だけどゲームの彼はこんな事件を起こさなかった。

ということはつまり、だ――『落とされ方』が違った？　この世界のイーノクはゲーム世界の彼より、話し方や態度が意地悪なのかもしれない。

そもそもイーノクは攻略対象者だし、インテリ腹黒キャラといっても、ここまでひねくれていなかった気がするのよねぇ……なんで彼は「意地悪クソ人間」に成り下がってしまったの？

一体この世界のイーノクに何があったのか……。

ルースは今まさにその「意地悪クソ人間」イーノクに気遣われ、ものすごく親切に話しかけられているのだが、考えごとをしていて上の空だったため、彼への評価がプラスに転じることはなかった。

ちょっと可哀想《かわいそう》なイーノク……それでも彼は大好きなルースをその手に抱き留めることができて、天にも昇る心地であったので、本人はなんだかんだ幸せそうではある……。

ルースは自分の体を支えているイーノクを完全に無視して、考察を続けた。

――そして相違点の三つ目は、悪役令嬢ソフィア・ブラックトンが辿《たど》った運命。

この世界にいるソフィアは十二歳の時に受けた魔力測定で、『才能なし』と判定されている。

うーん……一体、どうして？

結局、氷帝がソフィアをキュンとさせ、彼女がとんでもない魔力を有していることが証明されたので、本人の能力自体はゲームと同じだったわけだ。ただし外国で呑気に暮らしたことで、潜在能力が飛躍的に高められ、元の設定を大きく超えてしまったようだから、これもまた差異ではある。

とにかく起点となった十二歳時、悪役令嬢に何があったのかしらね……？

答えは出ぬものの、どうにも不可解に感じてしまうルースなのだった。

＊　＊　＊

——七年前の、ある晴れた日のこと。

ルースはこの時まだガーランド帝国にいた。この時点では前世の記憶を取り戻していなかったルースだが、頭のどこかがずっと絶えずモヤモヤしているような、現状に対する違和感にさいなまれることが多くなっていた。

そんな状態で通りを歩いていた彼女は、激しい衝動を覚えて足を止める。

え——懐かしい匂い——……このスパイシーな香りは一体……？

あとになって判明したのだが、この時ルースが強く惹《ひ》きつけられたのは、カレーの匂いだった。

ルースは胸を鷲掴《わしづか》みにされたような心地になり、焦りで足をもつれさせながら、鼻をクンクン動かして歩き始めた。彼女はすっかり前方不注意になっていて、ある雑貨店の前で寝そべっていた犬の尻尾を踏んでしまう。

犬は激怒し、ギャン！　と鳴いて飛び上がった。そしてあまりに勢い良く動いたために、繋《つな》がれていた縄から抜け、犬はそのまま通りへと駆け出して行った。

通りに犬が飛び出して来たので、往来で馬車を進めていた御者は仰天し、手綱を強く引いた。

馬はこれに驚き、たたらを踏み——馬車が蛇行し、歩道に突っ込む。

——歩道を歩いていた十二歳のソフィア・ブラックトンは、背後から大きな音がしたので、びっくりして振り返った。

そして驚愕《きょうがく》に目を見開く。

眼前に迫るのは、鼻息も荒くいななく黒馬、今にも横転しそうに傾いた馬車、瞳に恐怖の色を浮かべる御者——それらすべてがゆっくり動いているように彼女には感じられた。

「ふにゃーっ!!」

ソフィアは間抜けな悲鳴を上げ、慌てて避けようとしたのだが、あいにく場所が悪かった。

彼女がその時にいた場所は修道院前の歩道。やんごとないお方が隠居するために作られた修道院で、かなり凝ったデザインになっており、塀と歩道のあいだには見事な噴水が造られていた。

後退した拍子に踵《かかと》が段差に当たり、ソフィアはバランスを崩した。

手をバタつかせ——……彼女はそのまま背後にあった噴水に、後頭部から突っ込んでいった。

ゴーン——……！　頭を強打！

ブクブク……と溺れかける令嬢を、お付きの侍女はじめ、通行人が慌てて助けに入る。

——ところでこの時、十五歳の少年が巻き添えでひどい目に遭っていた。

たまたまソフィアのすぐ近くを歩いていた彼もまた、歩道に突っ込んで来た馬車に轢《ひ》かれそうになった者のひとりだった。

その場にいた全員が右往左往したので、その中の誰かに突き飛ばされて彼は転んでしまった。

痛い……顔をしかめるが、少年を気遣ってくれる大人はひとりもいない。というのも身なりの良い可憐な少女がたった今噴水に沈んでいったので、そちらを助けることで皆いっぱいいっぱいになっていたからだ。

それは少年も理解していたし、拗《す》ねたり恨んだりするような話でもない。

ところが彼の不幸はこれで終わらなかった。

噴水に沈んだ令嬢の侍女が、転んでしまった少年をおそろしい目つきで睨《にら》みつけたのだ。

「——ったく邪魔だな、さっさとどいて道を空けろよクソガキ！　早くお嬢様を助けないと、私が叱られるだろうが！」

罵られ、少年はビクリと肩を震わせる。

え……今の、この女性が言ったのか？　二十代半ばくらいだろうか——痩せていて、世間一般では『美人』と評される容姿をした女性だ。それがこんなチンピラみたいな口をきくのか？　世も末……！

少年は深く傷つき、この日を境に嫌味で粘着質な性格に変わった。

彼の名はイーノク——のちに氷帝ノア・レヴァントの側近になる男である。

ちなみに元凶のルースは一心不乱にカレーの匂いを追っており、背後でこんな騒動が巻き起こっていることに気づいてもいなかった。

その後無事に救助され、ずぶ濡《ぬ》れでなんとか家に戻ったソフィアは、高熱を出して三日ほど寝込んだ。それでも五日が経過した頃にはすっかりよくなったので、当初の予定どおり魔力測定を受けに行くことに。

ところが頭を強く打ったばかりのソフィアは、一過性の症状で、魔力の出力回路を見失っていた。

十二歳時点の彼女はまだ魔法を使えないのだが、魔力の出力回路自体はこの段階ですでに形成されている。そしてこの出力回路確保が無意識に行われる処理であるがゆえ、彼女自身、自らの体に起きている異変に気づくことができなかった。おそらくもうあと一週間も経過していれば、自然治癒して

いたはずである。とにかく時期が悪かった。

自然な状態ならば、本人が有している魔力は体内の見えない管を伝って、手のひらから出力される。そのため手のひらを専用器具で測定することで、出力口から逆算して辿り、眠っている魔力量を測定することができる。

しかし途中の管が一時的に途切れているソフィアは、手のひらから何も漏れ出てこないので、『魔力ゼロ』『才能なし』と判定されてしまった。

その後家族会議が開かれ、落ちこぼれの烙印《らくいん》を押されたソフィアは、『私ってだめなんだ』と強く思い込んでしまう。これにより、強力な自己封印が完了——そして現在に至る。

つまりこうして相違点が出ているのは、七年前、ルースが前世の記憶を刺激されて非常識な行動を取ったことが原因だった。

テオドールに関しても、彼が性に奔放になるようなきっかけが、過去にあったのかもしれない。それもまたルースが知らず知らずのうちに起点となって、とんでもない事件を巻き起こしていたのかも?

ということは結局、ここは乙女ゲーム世界そのものではなく、ルースという異分子のせいでどこかの時点で枝分かれした、並行世界のひとつということになるのだろう。

＊＊＊

皇宮の緑あざやかな庭園に集った貴族たちはすっかり困惑していた。華やかなガーデンパーティー

に出席している最中、まさかこんな騒ぎを目撃することになるとは。

騒ぎの元凶であるテオドールは拘束されたものの、すぐに元どおりというわけにはいかない。

見物人は気もそぞろであるのに、当事者のひとりである氷帝はといえば、彼にとって特別な令嬢にしか注意を向けていない。

「助けに入るのが遅くなって、悪かった」

ノアは懐に抱え込んだソフィアを気遣うように見おろした。

いつも陽気なソフィアが、腕の中で雨に打たれた子猫のように震えている。

「ノア、私――」

彼女が身じろぎして、真っ直ぐにノアのほうを見上げる。微かに眉根が寄っていた。

呼吸をするごとに彼女の動揺が治まっていくのが、そばにいるノアにも感じ取れた。

そしてふと気づいた時には……。

腕の中に閉じ込めたソフィアが、彼にとってもっとも不可解な存在に変わる――……ノアは彼女の変化に戸惑っていた。

菫《すみれ》色の瞳がノアを囚える。エネルギーに満ちた情熱の赤と、ノアが持つ色と同じ青――それらが交ざり合い、強い輝きを放ち、彼を虜《とりこ》にする。

「私、ヤキモチを焼いたわ」

テオドールのことで何か弱音を吐くのかと思っていたら、彼女の口から想定外の台詞が飛び出した。

「ソフィア？」

「さっきノアは、女の子と抱き合っていたでしょう？」

驚いた……先ほどよろけたマギー・ヘイズを抱き留めたのを、ソフィアは目撃していたらしい。

「支えただけだよ」

「でも、だめよ」

「怒っているのか？」

「そうよ。私以外の女性に触れてはだめ」

ノアは彼女の腰を抱き、愛《いと》おしげに見おろす。

ソフィアの勝負服は白いドレスだ。

……どうしてこんなに可憐なのだろう？　ノアは彼女に見惚《みと》れた。

すっきりした上半身のデザインは、彼女の良いところを存分に引き出している。

滑らかなライン――魅惑的で、健康的で。そしてウエスト部分で切り返しがあり、ギャザーとフリルをふんだんにあしらった、花弁のような軽快で可愛らしいスカート部分。

デコルテと耳には、ノアが贈ったサファイアの見事なアクセサリーが輝いている。

「心は君のものだから、許してくれ」

ノアは浮気をしたわけではないし、目の前でよろけた女性を紳士的に支えただけだ。けれど彼は誠心誠意ソフィアに謝った。

そしてソフィアだって本気で怒っているわけじゃない――むしろ先ほどの状況でノアが女性を冷たく払いのけて転ばせていたなら、その気遣いのなさに対して彼女は腹を立てていただろう。

だからこれらのやり取りは、ただひたすら甘いだけの、ふたりのじゃれ合いなのだった。

「……どうしようかしら」

そう言ってこちらを見上げるソフィアの瞳は小悪魔的だ。

「どうしたら可愛い笑みを見せてくれるんだ？」

「考えてみて」

「ソフィアは褒められるのが好きだったな」

「んー……かもね」

「君は春の妖精みたいだ」

「あなたのためにお洒落をしたのよ」

「とても綺麗だ、ソフィア」

ようやくソフィアが微笑み、華奢な手を伸ばしてくる。

ノアは頬を撫《な》でられ、夢見るように瞳を細めた。

人々はこの光景に雪どけを見ただろう――氷帝と呼ばれた彼が、恭《うやうや》しく彼女に愛を乞う。

「――私は君に囚われた、愛の奴隷だ」

ノアが優美に少しだけ膝を折り、ソフィアの腰と太腿《ふともも》に腕を回す。ソフィアはあっという間に彼に縦抱きにされていた。

三十センチほど持ち上げられ、視界がぐっと開ける――そのまま彼にクルリと回され、景色が三百六十度流れていった。

それにより視界に映った人々が呆気に取られ、こちらを眺めている様子が見て取れた。

一回転したあとで、ふたたび彼を見おろす。

ソフィアが愛おしげにノアの頬を両手で挟み、至近距離で眺めおろすと、彼が幸せそうな笑みを浮

かべて彼女を見上げた。

初めて氷帝の笑みを目撃することとなったギャラリーが大きくどよめいた。そこここで見物人の女性が黄色い声を上げている。

ソフィアは彼の笑顔を初めて見たわけではなかったけれど、それでもこうしてとろけるように微笑みかけられれば、やはりトキメキを覚えた。キュンと胸が切なく高鳴る。

ソフィアとノアの周辺でゴールドの粒子が弾けた。

その清涼なエネルギー波は会場の隅々にまで波及していった。出席者の大半が魔法の能力を有していたため、これが高レベルの浄化魔法であることに気づいた。

祝福の風が爽やかに吹き抜け、色とりどりの薔薇、ライラック、ダリアがそこここで花開いた。

心躍り、鳥がさえずる。

世界は眩しいほどに輝いていた。

「――静かなところへ行こう」

テオドールに絡まれたばかりのソフィアを気遣って、ノアが彼女を抱いたまま歩き始める。

ソフィアは運ばれながら、侍女のルースがいるほうを振り返った。

いつも冷静なルースが口をポカンと開けて、去り行くふたりの姿を呆気に取られて眺めている。

ソフィアはルースと視線が絡むと、悪戯っぽく彼女にウインクしてみせた。

あとがき

四季でたとえると、この作品は「夏」のイメージです。

カラリと晴れて陽気であるけれど、不意に空が暗くなり、雷鳴がとどろき夕立が降り出し、先がどうなるか分からない——そんな不思議な作品だと思います。

私自身もこの作品を書いている時は、夏のような眩しさと夕立のような激しさを交互に味わいました。「運」がカンストしているなあ……というホクホクのラッキーデイが続いて、同時に体調が未知の状態になり、なんというかまあ……乱高下で目まぐるしかったので「生きている」という実感は充分味わえました。

実は過去半年くらいの記憶が曖昧です。脳の状態が良すぎる時と悪すぎる時がコロコロ変わり、人生でここまで脳と体が盛大にバグったのは初めてというか、白い靄の中を突っ切ってきた感じでした。とにかく負荷がかかったなあ……けれどその状態はもう抜けています。

今は整っていますので、現状を総括すると——「ツイている」のひとことですね。

なんだかんだツイている——人の親切が身に沁みる今日この頃です、ありがとう人生。

そんな訳でこの作品に関しては書いた時の状況が異常だったので、愛着が強すぎる一方、少し苦みもあるという、複雑な感情を抱いていました。


それでですね――……。

今あのねノネ先生に描いていただいた表紙カラーイラストを眺めながら、あとがきを書いているのですが、これまで整理できていなかった気持ちのモヤモヤが晴れまして。

イラストが素晴らしすぎて、「うわあ、この作品を書いて本当によかったあ……！」と心の底から思いました。

だってこれ、素敵すぎませんか？　圧巻ですよ。

いやあ、好きですねえ……すごく好きです。

人物造形・表情・服装・色・構図――すべて完璧だと思います。

あのねノネ先生、素晴らしい表紙イラストを描いてくださり誠にありがとうございました。感謝申し上げます。おかげさまでこの作品がとても良い思い出に変わりました。

これから挿絵イラストも出来上がってくるので、ひたすら楽しみです。

＊　＊　＊

さて――運がカンストしつつも夕立の中を駆け抜けた私は、新しい扉を開きました。具体的に言うと、商業活動に関してふたつばかり考えが大きく変わった点がありました。せっかくなので、備忘録的に記しておこうと思います。

まずひとつ目は、他力本願をやめる、です。

もともと私は他力本願をしない人間でしたが、その上でさらに、自分の中に残っていた最後の微かな甘えがすべて削ぎ落とされました。

作家はひとつの作品を生み出す過程で膨大な量の取捨選択を行います。気が遠くなるほどの『ボツ』を繰り返し、ゴミと化したネタを踏み越えて、ひとつの作品を完成させる。

私の場合は二千文字あたり、会話・展開のパターンを最低十種類は考えるようにしています。

さらにその十パターンに対し、それぞれ十手先まで展開を考える――そしてその中で最適なひとつを選ぶわけです。これは一ページ目から最終ページまで絶えず繰り返される地道な作業です。思いついては捨て、思いついては捨て……とはいえ作品は生ものでもありますから、複数案を捻り出す作業に時間をかけすぎるのもよくありません。理想は日常会話と同じスピードで取捨選択していくのがベストです――そうなる

と脳を酷使しすぎることになるので、とんでもなく疲弊します。

商業作家の大半は何百・何千パターンの展開を考え尽くした上で長編一本を書き上げるため、必然的に、他者が瞬間的に考えつくようなストーリー展開は、作者本人はすでに検討済みであり、明確なデメリットがあってボツにしていることが多いです。

専門家が時間をかけてブラッシュアップし尽くしたものに対し、責任を持たない誰かの意見を安直に取り入れてしまうと、すべてが凡庸に成り下がる危険性があります。

そこで私は考えました——自分よりもセンス・発想力・トークスキル・人間力が優れた誰かに、取捨選択の舵取りを任せるのはどうだろう、と。

私は数年ほどこの考えに取り憑かれていました。

結局実現はしませんでしたが、それでよかったのだと思います。

直近で色々な経験をしたことで、「大事なことの舵取りを他人に任せたらいけない」という当たり前の結論に行き着きました。

＊＊＊

直近で考えが変わったことのふたつ目は、「日本の全コミカライズ作品（電子漫画）の全世界展開」についてです。これについては過去二回、考えが変わっています。

そもそも私はかなり昔から「異世界系漫画は、アニメ化したようなヒット作に限定されず、すべての作品が全世界展開される時代が来る」と考えていました。

異世界系漫画は海外の人にとっては「変則型のライトな時代劇」にカテゴライズされると思うので、相性が非常に良い気がしたのです。

自分の中でこのビジョンがあまりにハッキリしていたことと、時代の流れ的にも自然なことに感じられたため、数年内に必ず実現されるものと信じて疑いませんでした。ＡＩが発達すれば他言語への翻訳が正確に手間なく行えるようになりますし、日本の電子漫画は全作品、あっという間に地球の隅々まで行き渡るはずです。

そのため私は日本のマーケットよりも、海外のマーケットを意識して作品を作り続けました。具体的に意識したのは、人物描写に厚みを出すこと、人生のほろ苦さや挫折を必ず入れること、登場人物に負荷をかけて物語に大きな起伏を作ること、どんでん返し・サプライズを入れて飽きさせないこと、ブラックユーモアを積極的に取り入れること、などです。

この方針は商業デビューする前から一貫していました――いつか自作がコミカライズした場合に、日本よりもずっと大きい海外のマーケットで受け入れられたほうが良いと判断したからです。

ところが、です……何年たっても、思い描いていた未来が来ません。

それで今から一年ほど前のことですが、「もしかして永遠にそんな時代は来ないのでは？　結局、日本で大ヒットした作品しか海外展開されない現状が続くのでは？」という疑念が私の中で生まれました。

完全に時代を読み違えた……と落胆しました。

けれどここ最近でまた考えが変わり「いや、やはり来るかもしれない――新時代」という気持ちになっています。そのきざしがいくつか出始めているように思えるのです。「異世界系（電子）漫画全作品の全世界展開」――これが実現すれば「さよなら旧時代」で、ここからは誰も先を予測できない新しい時代に入ります。

近代において時代の変革に必要なものは「特別なひとりの天才」ではなく、「感情を動かされる体験の共有」だと私は考えています。

キリスト、ブッダのような世界の在り方を変えてしまう思想家は今後出てこないでしょう。なぜなら現代社会は情報が氾濫しているからです。

「特別なひとりの天才」に頼らず大きな流れを作るには、志向の似たものを集めた文化を流行らせて「量」で勝負することです――そして「分かりやすさ」も大事です。

その点、電子漫画は強力なツールです。絵があるおかげで流し見でもなんとなく内容が追えるし、文字の勉強にもなります。

世界中のあちこちに存在する「読み書きは不得意であるけれど生活に必要なので一応スマホは持っている」という層が、（現地の言語に翻訳済の）日本の電子漫画にたくさん触れたら、世界中の識字率が大きく上昇するかもしれません。

実現すれば日本経済に大きな影響をもたらすでしょうし、日本が大きく跳ねるきっかけになるかも。

コミカライズは投資の概念によく似ています。

投資は「自分が働く」代わりに「お金に働いてもらう」というものですよね。

これと同じでクリエイターは作品を一度しっかり作ることで、あとはコミカライズ作品そのものに働いてもらう――せっかくこの世に生み出された素晴らしい作品たちです、日本だけで囲い込んでしまうのは非常にもったいないと思います。

時代が中世だったら、百年後も名前が残るのは偉人だけでした。

けれど現代ではもう少しハードルが下がっています。

私には元々「百年残る作品を作りたい」という夢があり、それを実現させるためのもっとも現実的なルートとして「絵本出版」「ゲームのシナリオを担当すること」を計画していました。

絵本なら子供の時に読んでくれた人が大人になって、自分の子供にそれを読み継いで……とずっとつながっていきます。

ゲームシナリオに関しては「小説より長く残りそうだから」という理由でした。

ラノベの世界で経験を積んだら、いずれそちらの方向にシフトして……とこれまではそんなふうに考えていたのですが……。

しかし「百年残る作品を作りたい」なら、もっとも確実な方法は、実はコミカライズなのかもしれません。「異世界系（電子）漫画全作品の全世界展開」が実現すれば、「百年後に自作が残っている」確率は少し上がります。

広い範囲に行き渡ることで、作品に愛着を持ってくれる人が増えるからです。

ですので私は執筆活動を続けながら、新時代の訪れを待とうと思います。

最後になりましたが、作家として今一番興味があるのは後宮ものです。

勉強してみたら面白かったので、書いてみたいと思っています。

機会があれば別の場所で作品を通じてまたお会いしましょう。

それではごきげんよう。

二〇二四年七月吉日　山田露子

IRIS NEO

『指輪の選んだ婚約者』

著：茉雪ゆえ　イラスト：鳥飼やすゆき

恋愛に興味がなく、刺繍が大好きな伯爵令嬢アウローラ。彼女は、今日も夜会で壁の花になっていた。そこにぶつかってきたのはひとつの指輪。そして、“氷の貴公子”と名高い美貌の近衛騎士・クラヴィス次期侯爵による「私は指輪が選んだこの人を妻にする！」というとんでもない宣言で……!?

恋愛には興味ナシ！な刺繍大好き伯爵令嬢と、絶世の美青年だけれど社交に少々問題アリ!?な近衛騎士が繰り広げる、婚約ラブファンタジー♥

悪役令嬢《あくやくれいじょう》のはずなのに、氷帝《ひょうてい》が怖《こわ》いくらいに溺愛《できあい》してくる

2024年9月5日　初版発行

初出……「悪役令嬢のはずなのに、氷帝が怖いくらいに溺愛してくる」
小説投稿サイト「小説家になろう」で掲載

著者　山田露子

イラスト　あのねノネ

発行者　野内雅宏

発行所　株式会社一迅社
〒160-0022 東京都新宿区新宿3-1-13 京王新宿追分ビル5F
電話　03-5312-7432（編集）
電話　03-5312-6150（販売）
発売元：株式会社講談社（講談社・一迅社）

印刷所・製本　大日本印刷株式会社
ＤＴＰ　株式会社三協美術

装幀　世古口敦志・丸山えりさ（coil）

ISBN978-4-7580-9666-9

Printed in JAPAN

おたよりの宛て先
〒160-0022 東京都新宿区新宿3-1-13 京王新宿追分ビル5F
株式会社一迅社　ノベル編集部
山田露子《やまだつゆこ》 先生・あのねノネ 先生

悪役令嬢のはずなのに、氷帝が怖いくらいに溺愛してくる

山田露子

illustration あのねノネ